문단 반세기 **한춘섭 회고록**

꽃은
첫새벽에
피어나더라

꽃은 첫새벽에 피어나더라

©한춘섭 2016

1판1쇄	2016년 10월 14일
지은이	한춘섭
펴낸이	강민철
펴낸곳	㈜컬처플러스
기획	왕성상
편집·교열	고혜란, 음소형
디자인	조정화
제작	한기홍
출판등록	2003년 7월 12일 제2-3811호
ISBN	979-11-85848-01-3(03810)

주소	(우)04557 서울시 중구 퇴계로 39길 7, 5층 (필동 2가, 윤미빌딩)
전화번호	02-2272-5835
전자메일	cultureplus@hanmail.net
홈페이지	www.cultureplus.com

값 18,000원

문단 반세기 **한춘섭 회고록**

꽃은 첫새벽에 피어나더라

한춘섭 지음

/A 컬처플러스

해 뜨는 순간에

한춘섭

어둑한 길을 물어 새벽은 도착했다
촘촘히 추운 집들 몇 년을 버텼느냐
다 삭아 흙밥 되어도
그리운 화석 한 점

살아 낸 그 역사는 고향이 되어 주고
살아 갈 고향 언덕 역사를 남겨준다
떠돌던 별자리마다
새 이름이 생겼다

물 위로 솟는 해도 땅 위로 솟는 해도
해가 뜨는 순간의 기적을 보는 일은
참으로 생각할수록
대단한 일 아니더냐!

세종이 처음 만든 조선의 달력으로
온 누리 춘하추동 눈 비 바람 거느려라
갑오년
대왕이 타신
푸른 말이 다시 오면

님의 거처 행궁 있는 남한산 성(城)에 올라
왕조가 번성했던 기억을 알고 있는
숭렬전
옛 길 물으며
해맞이 하러 가자

• 목차

남들이 걷지 않은 새 길로…

기록을 남기고 싶었다. 바윗돌에라도 비문을 새겨 두고 싶었다. 일평생 나와 인연으로 악수를 나눈 사람들과 더 가까이 오랜 시간 만남을 가지기 위해 삶의 그림자를 문자와 사진으로 새겨 한 폭 그림같이 채색도 하고 싶었다.

인간관계에서 그립고 안타까운 옛 시절을 되돌릴 수만 있다면 감동 일렁이는 삶으로 기록하고 싶었다. 한두 마디라도 더 흔적으로 새긴 채, 끈질긴 담장이 넝쿨이거나 산속 길가의 칡뿌리 같은 나의 삶에서 슬펐고 흐뭇한 일들이 겹겹 잔뿌리로 남아 있다가 꺼내 읽을 이들에겐 '별난 이의 얼굴'이었음을 알게 하고 싶었다. 나는 우공이 되어 어쩌면 신기루일지도 모를 첫 길을 내면서 산봉우리를 향해 걸어가고 싶었다.

'성격이 운명을 만든다'는 말처럼 남들이 걷지 않은 새 길을 가기 위해 비탈진 산 바윗돌도 파내고, 맑은 샘물을 찾는 일을 즐기며 살아 왔다. 중시조 후로 300~400여 년 동안 가문 중에서

문인, 학자는 내가 최초 존재이다. 문단 등단조차 현대 시조시인으로는 출생지 경기도 양평군에서 내가 최초였다.

나의 활동은 크게 시 창작과 연구, 역사 속 인물발굴, 문화콘텐츠 개발 등으로 나뉠 수 있겠다. 이에 한국 시문학 '시조시' 계승을 위해 한국시조시인협회와 한국시조학회의 대표적 사업에 해당될 〈한국시조큰사전〉 편찬을 필두로 중국 조선족문단에 연변시조시사 창립 승인과 부흥운동, 선양시의 조선족 시조시 후원, 전국권에 묻혀있던 근·현대 시조시인들과 잡지 및 동인지 조사연구를 했다. 그리고 지역성 한국문화의 선구자적 업적들 많은 묶음 속에서 둔촌 이 집, 강정일당 등 역사적 인물들을 연구·선양하고, 유·무형 문화유산들을 찾아 연구·지정시킨 노력은 보람된 일이라 하겠다.

나도 남들처럼 편하고 즐거운 시간을 가져 보고도 싶었다. 하지만 맡겨진 내 앞의 일에 책임지며 더 활기 있고 보다 의미 담긴 역사적 행보를 위해 부지런히 살아왔다. 그 결과 적지 않은 결실을 이뤘다고 생각한다.

"우리는 어떻게 살다 가야 하나?" 이 시대의 이정표가 되는 진실이 후대에 전해져야 하지 않은가? 열정이 많았던 청춘 그 시절도 눈 깜짝하는 시간이었지만 모든 일에 최선을 다해 시 창작과 강연과 문화리더로서의 성취 좌표를 회고록으로 저장해 두고 싶었다.

'문단 반세기'를 맞은 나는 회고록을 준비하면서 보통의 인문학전공자들이 일생동안 잘 걷지 않는 새로운 길 개척과 발자취,

남들이 걷지 않은 새 길로…

성과 등을 밝히게 됐다. 내가 펼친 사업과 행사에 초지일관 적극 동참해준 아내와 더불어 모든 일을 책임지고 활기차게 역사적 행보를 해왔다.

남들에겐 하찮을 수도 있는 우리나라 시조문학의 계승·발전을 위해 떳떳한 시대정신으로 정통성·민족성이 담긴 문학장르의 위상을 높이려 애썼다고 나름대로 자부한다. 새 시대 청년세대들로 하여금 우리 시조문학의 우수성을 깨닫고 아낌없는 부흥에 나서 인문학의 새 지평을 열어가도록 디딤돌을 놓기 위해서다. 우리의 역사적 자산과 민족의 혼을 간직할 울림 있는 시조시 문학을 다음 세대에게도 전하며 감동을 주려 했기 때문이다.

인문학 속의 시대정신으로 만드는 가치있는 발자취는 '천년쯤 흙 아래 머물다 싹을 틔운다는 연꽃(蓮花)씨' 같은 게 아닐까.

끝으로 이 책이 세상에 나오기까지 수차례 서울과 분당을 오가며 심혈을 기울여준 (주)컬처플러스 강민철 대표와 왕성상 대기자, 조정화 디자이너에게도 감사를 드린다. 일생을 떠받들어준 부모형제들과 가족 특히, 사랑하는 아내 지원(芝園) 신정길에게도 고마움을 전한다. 천년 후까지라도 그 은혜를 어찌 무엇으로 보답하겠는가. 이 기록에서 다 못한 아내에 대한 평전(評傳)은 또 다른 한 권에 담아 내려고 한다.

2016년 10월
경기도 성남시 분당구 정자동 서재에서
한 춘 섭

한춘섭의 꿈과 도전은 현재진행형

'남이 가지 않는 길을 찾아 스스로 개척해나가는 끈질긴 집념의 문인', '성실·끈기·인내를 무기 삼아 무(無)에서 유(有)를 만들어내는 교육자', '번쩍이는 아이디어와 뭔가를 꼭 이뤄내겠다는 도전의식으로 끝내 꽃을 피우고 마는 문화인', '처복(妻福)이 아주 많은 문화 사업가'….

암천(岩泉) 한춘섭(韓春燮) 선생 얘기다. 그는 아무리 넘어지고 굴러도 다시 일어서는 오뚝이 같은 삶을 산 부도옹(不倒翁)이자 인동초(忍冬草)다. '문단 반세기' 동안 남이 가길 망설이거나 힘들어하는 길을 처음 열고, 한번 벌인 일은 뒷걸음질 치지 않고 대차게 밀고 갔다. 독특한 삶을 살아온 교육자이자 시조시인, 문화인, 문화사업가로 요즘 시절 보기 드문 인물임엔 틀림없다.

2016년 여름, 한 선생의 회고록 기획·진행을 위해 몇 차례 만나 주고받은 얘기와 원고 속에서 단번에 알 수 있었다. 38년 차 언론인으로서의 직감이랄까. 한쪽 날개인 신정길(申貞吉) 여사는 그에겐 자타가 인정하는 복덩이임엔 틀림없는 것 같다. 잉꼬부부로 호흡을 척척 맞춰 부창부수(夫唱婦隨)해온 게 '지금의 한춘섭'을 있게 한 핵심 포인트다. 한 선생의 애창곡에서도 짐작할 수 있다. '너의 맘 깊은 곳에~'로 나가는 '빗속을 둘이서'와 박달도령과 금봉아가씨의 사랑을 읊조린 '울고 넘는 박달재' 노랫말이 고개를 끄덕이게 한다.

한 선생이 걸어온 발자취를 들여다보면 유독 '최초', '처음', '국내 제1호', '첫', '개척자'란 수식어가 많다. 국내 최초 〈한국시조큰사전〉 편찬, 서울 시내 5개 대학교 국문학과 전공 대학생들 시조문학동인단체 '울림회' 국내 처음 발족 및 초대회장, 대학원 졸업식장에서의 결혼식 국내 제1호 주인공, 한국시조 연구 교수 단체인 한국시조학회 최초 창립 제안자, 경기도 성남지역 '성남학' 첫 창시자, 한·중 시조시 문단 교류 개척자 등 사례를 찾아보면 수두룩하다. 활동반경이 무척 넓다. 나라 안팎, 나이, 분야, 남녀를 가리지 않는다.

새벽에 일어나는 새가 벌레를 더 많이 잡는다고 했던가. 바로 한 선생이 그렇다. 일 욕심, 뚜렷한 목표의식, 사람들과의 만남을 좋아해 그에겐 늘 하루해가 짧다. "하루 평균 4시간 이상 잠을 자본 적 없다"는 그의 말에 이해가 간다. 희망과 용기 속에서 인내심으로 버텨내며 일을 하고 뛰어다녔다. 더욱이 뭔가를 하지 않고 가만히 있질 못하는 스타일로 어떻게 보면 '일벌레' 같은 일생을 살아온 셈이다. 그에겐 '일이 취미'이고 '취미가 일'이다. 쉼 없이 뛰는 심장처럼 마침표 없는 일상을 보내고 있는 것이다.

어쩌면 자신 앞에 부딪힌 힘든 현실의 벽과 악조건의 시대적 운명이 한 선생을 그렇게 만들었는지도 모른다. 일제강점기 때 경기도 양평의 가난한 농사꾼 집안에서 태어나 서울에 입성, 성공의 길을 열기까지 숱한 난관을 뚫어야 했고, 냉혹한 현실과 맞서며 치열하게 살아왔다.

빈주먹의 고학생으로서 이를 악물고 주경야독(晝耕夜讀)하며 현실의 걸림돌을 걷어내고 당당히 일어섰다. 6·25전쟁의 피란살이, 월남전 참가로 죽을 고비를 여러 번 넘긴 점도 **빼놓을** 수 없다. 그런 힘든 삶의 족적과 흔적, 추억들이 그의 작품에 오롯이 스며들어 있다. 슬픔, 기쁨, 사랑, 만남, 이별, 눈물, 웃음이 들어있다.

한 선생과 한 번이라도 만나본 사람은 그의 삶의 태도와 생활철학, 학구욕, 애향심 등이 얼마나 진지하고 기본과 원칙, 객관성이 있는지를 눈치챌 수 있다. 일에 파묻힌 나머지 일상에서의 흥과 오락이 다소 덜한 게 아쉽다. 그러나 멋과 맛을 찾으려고 애쓴다.

그는 고희를 훌쩍 넘겼음에도 '한국문화원연합회 부설 향토문화연구소장', 〈우리문화〉 편집주간', '한국폴리텍대학 성남캠퍼스 외래교수', '시조시인(전 성남문화원장)' 등 명함에 적혀있는 여러 일들을 하느라 70대 후반인데도 세월을 잊고 산다.

이젠 나이 80을 바라보며 편히 쉴 때이지만 그의 꿈과 도전은 여전히 현재진행형이다. 그 끝은 과연 어디까지인지 지금으로선 알 수가 없다.

2016년 10월
〈한준섭 회고록〉 기획자 / 언론인

왕 성 상

기획자의 말

안개 자욱 유년시절
배고팠던 시골아이

저 멀리 이어진 시골길.
일제강점기 시절 우리나라 국민 모두에게 아프고 힘들
었던 망국민의 인생길이 시작되었다.

1940

(음) 1941년 8월 24일   경기도 양평군 단월면 보룡1리 273(재인동)에서 출생
(음) 1944년 2월 21일   아버지 한동운(1912.11.14.~1944.2.21.) 별세
    1948년 4월 1일   단월국민학교 입학

고국에 돌아온 아버지는 광복 이전에 세상 떠나

나의 어린 시절 세 살 안팎의 아버지의 기억은 안개 자욱한 새
벽 앞산처럼 아주 희미하다. 세 살 때 홍역을 앓던 나에게 들기
름의 등잔불 앞에서 대추와 사과즙을 먹여주던 아련했던 기억,
집 울타리 안쪽의 외양간 양쪽 돼지우리와 닭장의 고약한 냄새
가 싫다며 엄마에게 짜증내던 아버지의 목소리가 먼 메아리처럼
희미하게 기억될 뿐이다.

종일 두 끼니도 힘겹던 시골아이에게 요절(天折)한 내 아버지에
대한 기억은 나이가 먹을수록 더 희미해질 뿐이다. 죽음을 눈앞
에 둔 채 피를 토하며 신음하던 내 아버지 한동운(1912~1944년)께
서는 어쩌다가 지긋지긋했을 왜놈의 탄압을 떠올리곤 치를 떨면
서 "니들은 붙잡혀가지 말고 잘 숨고 살아야 돼"라며 가족들에
게 몸서리치는 육성을 유언으로 남긴 채 눈을 감으셨다고 했다.

살아 생전 아버지는 시도 때도 없이 한숨 섞인 불만을 토해내

고 매일 악몽의 잠자리를 고통스러워하면서 담배연기만 뿜어내곤 했다.

일제 강제징용 근로보국대로 끌려간 아버지는 일본 군수공장을 거쳐 규슈탄광 노예광부로 천길 땅속을 드나들다 불치병 폐결핵이 걸려 골병이 든 채 겨우 목숨만 건져 귀국선편으로 집에 돌아왔다. 아버지는 3년간의 긴 병고 끝에 32살 청춘의 나이로 광복 1년 전인 1944년 홀어머니와 아내, 세 동생과 두 아들을 남겨 두고 비통스러운 생애를 마쳤다.

난 평생을 두고 간절하게 그리운 아버지의 사진 한 장도 본 적 없이 먼 하늘나라만 쳐다보고 이제껏 살아왔다. 그래서 실물모습의 사진조차 간직해오지 못한 우리 가족들을 원망할 때도 있었다. 한 맺히게 짧았던 아버지는 일제 탄압세상이 이 세상이겠거니 하며 사시다가 험난하고 참혹한 일생을 끝내고 말았다. 왜 내 아버지는 사진 한 장조차 못 남기고 우리 곁에서 멀리 사라졌을까? 참으로 애통할 따름이다.

그래서 나는 한씨(韓氏)집안의 소종가(小宗家)인 우리 집이야말로 멸문지화(滅門之禍)에 벼락을 맞아 불탄 나무등걸 같다고 생각한다. 내 할아버지마저 혼란했던 구한말 의병무리에서 동분서주 헤매다 실종된 채 객사(客死)의 혼백만 떠돌아다니고 종가의 큰 아들인 아버지마저 일제침탈에서 골병든 근로보국대 청년으로 병들고 요절(夭折)했으니 대가족인 네 형제들이 한 집에서 살았다고 한들 큰 자식 종손(宗孫) 대들보가 모두 꺾인 집안 식구들에게 희망 담긴 기쁜 삶들이 어디에 있었겠는가.

이렇다할 내 소유의 논밭조차 별로 없는 가정에서 농토 1500여 평을 경작했지만 사실 옆 동네 대지주 경주 이씨의 땅 소작인(小作人)에 머물렀을 뿐이다. 할머니도 할아버지가 돌아가신 뒤

쓸쓸한 과부로 지내셨고 내 어머니조차 큰 며느리였지만 태산 같은 살림걱정만 끌어안고 사는 '평생과부'로 식솔들만 열네 식 구를 거느려야 했다.

따라서 경기도 양평군 첩첩 산촌의 소작농민 중에도 남자 없이 여자의 노동력만으로 생계를 이어가야 하는 가장 열악한 빈농가 집안이었다. 그런 탓에 가정이란 게 긴 가뭄 끝에 조갈이 든 콩잎, 깻잎같이 웃음 한 번 날려볼 수 없는 불행의 어두운 그림자만 쌓여 식민지 억눌림의 저소득층 집안내력만 헤아려보아도 내 할머니와 어머니의 여자일생은 기구했던 운명이 아닐 수 없다.

"한춘섭은 영어를 잘 하는 학생"

어릴 적 나의 꿈은 교사, 경찰이었다. 힘든 여건 속에서 다녔던 국민학교 선생님이 존경스러웠고, 일제강점기와 6·25전쟁 전후 어린 마음에 경기도 양평군 면지역 지서에서 근무하는 순경이 대단하게 보였던 기억이 난다.

나는 최악의 조건에서도 그 꿈을 이루기 위해 두 주먹을 불끈 쥐고 이를 악물었다. 일찍 별세한 아버지에 대한 원망은 전혀 하지 않았다. 그저 '주어진 운명이거니' 하고 현실을 있는 그대로 담담하게 받아들이며 꿈을 향해 나아갔다.

나는 책을 가까이 하려 애썼고, 일찍부터 영어를 열심히 익혀 꼬마 때부터 '기특하다'는 소리를 자주 들었다. 그 바람에 어른들한테 귀여움을 받고, 때론 경제적 도움도 받았다. 10살 때 6·25전쟁이 나 동네사람들 편지를 대필해준 일이 있다. 우리 옆집에 갓 결혼한 신혼부부의 편지를 대신 써주며 전령사 노릇을 했다. 그 신혼부부 집의 신랑이 군에 징집됐다. 나는 글을 쓰고 읽지 못하는 신부의 부탁을 받고 편지를 써주고 남편으로부터 답장이 오면 읽어주곤 했다. 그러면 신부는 고맙다며 먹을 게 귀했던 시절이라 밤이 되면 고구마와 감자를 쪄서 자신의 방에 나를 불러 대접했다. 그러나 가슴 아프게도 새 신랑은 전사(戰死)했다. 10여 차례 편지를 주고받은 신부는 신랑이 전쟁터에서 숨졌다는 통보를 받고 얼마 뒤 재혼했다.

중학생 땐 "영어를 잘 한다"는 소리를 듣는 바람에 돈이 없어 갈 수 없었던 수학여행도 갔다 온 일이 있다. 열다섯 살 중학교 (남녀공학) 2학년 때 "한춘섭은 영어를 잘 하는 학생"이란 소문이 학교 전체에 나돌자 여학생들로부터 인기였다. 그중에서도 집이 부유한 한 여학생이 나를 좋아했다. 그해 가을 학교에서 남한산성으로 단체 수학여행을 가는 일정이 잡혔지만 나는 돈이 없어 갈 수 없게 됐다. 그러자 그 여학생이 돈을 대신 내어주어 수학여행을 갈 수 있었다. 1박 2일 일정으로 학생들은 남한산성 백제장에서 하룻밤을 묵으며 재미나게 어울렸다. 다음날은 그곳에서 하남까지 걸어가 팔당 나룻배로 용문역에 닿은 뒤 30리 길의 단월면에 있는 우리 집까지 갔다.

아빠 묘소 다녀오던 날 광복 맞아

세 살 적 어린 시절은 편모슬하에서 늘 엄마의 치마폭 옷끈을 붙잡고 밤낮 곁을 떠나지 않으려 했다. 나이가 일곱 살 더 많은 하나뿐이던 형조차 철없는 10살 아이였고, 둘째아들인 나마저 엄마가 가는 족족 좇아다니는 강아지와도 같았다. 어떨 땐 20리

길 양평군 청운면 오일장날에도 졸졸 따라가려 했다. 엄마 친정 나들이에도 어김없이 뒤따라 다녔다. 지금 생각해보면 어린 마음에도 내가 의지할 데는 엄마뿐이라고 여겼던 것 같다. 그도 그럴 것이 삼촌이나 사촌들이 한 집에서 대가족으로 같이 살고 있다지만 정을 붙일 식구는 내 맘에 별로 없었기 때문이었다.

또 한해가 흘렀다. 1945년 네 살이 되던 늦여름 어느 날 우리나라가 일제강점기 속박의 세상을 끝내고 해방을 맞았다. 3일 뒤늦게 온 동네로 소식이 알려졌다. 남편 잃은 허탈감의 엄마는 그날도 '못절골' 콩밭 잡초뽑기 일을 하러갔다. 어머니는 그 밭일을 갈 때마다 응달쪽 아빠의 무덤 산 옆길을 지나치게 되면 "춘섭아, 저기 네 아빠 묘소에 가서 절이나 하고 갈래"라며 말씀하셨다. 그럴 때마다 철없던 나는 숨 가쁘게 무덤으로 기어 올라가 넋두리하시는 엄마를 따라 큰 절 몇 번 하곤 했다.

1945년 8월 15일 광복의 그날에 대한 내 기억은 지금도 생생하다. 그날 낮 잡초를 뽑고 바깥마당에 닿았을 때 동네사람들은 너나없이 태극기를 두 손에 쥔 채 "만세! 만세!", "대한독립 만세!", "우리 대한독립 만세!"를 목청껏 소리치면서 춤을 췄다. 그때의 모습이 아직도 뚜렷한 기억으로 박혀있다. 두 달마다 강제로 시골집들이 마을 '소제(掃除)의 날'에 검사를 받던 일도 희미한 기억으로 남아있다. 감격의 해방을 맞아 동네사람들은 서울 망우리에서 강원도 속초~홍천 간의 경강(京江)국도 큰 길옆 우리 집 앞의 너른 마당에 모여 이삼일 동안 밤낮없이 들썩였다. 마치 잔칫날 같았다. 밤에도 마당 한가운데 모닥불을 피운 채 서로 얼싸안고 만세를 불러댔다.

1945년 8월 15일! 조선 땅 모든 백성들의 그 기뻤던 그날은 어린 나에게도 잊을 수 없는 '기쁜 날'들의 첫 기억이 된 셈이다.

빈농 집안의 배고팠던 시골아이

20세기 초부터 일본의 국권침탈로 36년 동안 조상들 모두가 원통함의 세월을 견딜 수밖에 없었다. 우리의 아버지요, 할아버지 윗세대들에겐 망국민(亡國民) 일생의 삶 대부분이 고통뿐이었다. 그리고 나를 낳아 고생스럽게 키워준 어머니나 할머니 세대도 비정상적 상황으로 나라가 풀려났기에 육신은 덜 피곤했을지 몰라도 남편도 없고, 집안 대들보 같던 큰 자식을 잃은 시어머니와 며느리 즉 우리 집의 가장격인 할머니와 어머니 두 여인의 하루하루 삶의 걱정거리는 높은 산보다 더 험난했다.

그러므로 앞뒤가 막힌 우리 동네 서낭당 길가의 '상처로 굽은 고목'이라고나 할까. 답답하고 한탄스러운 내 홀어머니에겐 힘겹고 눈물뿐인 한 많은 일생이었다. 그러므로 먹을 것 없었던 형과 나도 하루 두 끼의 배고픔으로 온갖 고민이 생겨나고 짜증만이 쌓였다. 어린 시절 기억 대부분이 굶주린 세 끼니의 견딤이었다.

일제의 패망과 더불어 대한제국이란 굴레를 벗어나 광복의 기쁨을 누릴 수 있었던 나라사정도 강대국들 덕택이었다지만 북위 38도선 남·북한 분단 역시 강대국들의 잘못된 역사흐름의 시행착오였다.

이에 따라 우리나라는 오늘날까지도 민족분열 및 이념갈등으로 불리한 한계를 벗어나지 못하고 있다. 사이비 정치지도자들 술책이 나라발전을 가로막게 만든 채 갈망했던 광복과 독립이 꿈에도 소원인 민족통일인 양 착각했다.

한국사정을 전혀 몰랐던 미군 제24군단 하지(John R.Hodge ; 주한 미군 사령관)중장의 잘못된 출발로 군정(軍政)의 통치가 더 힘겨웠던 남한 농촌사람들을 가난뿐인 수렁으로 몰아넣었다.

'피 묻힌 이 땅', '눈물 흘린 이 땅의 백성'들은 너나없이 하루
하루의 삶이 그 어느 때나 통곡보다 더 기가 막혀 혼란 속에서
한숨 멈출 날이 없었다. 세상을 살아간다는 게 밤낮없이 배고픔
도 참아내야 했고, 피곤한 농사일을 하면서도 굶주렸던 국민학
교만 졸업한 내 형도 어린나이에 몇 년간 집을 떠나 살아야했다.
형은 이천 읍내 남의 가게 점원을 하며 돈을 벌겠다고 집을 떠났
다. 지금 생각해 보면 열세 살의 형님은 소년시절부터 객지에서
머슴 생활을 한 것이다.

  철부지를 갓 면한 여섯 살의 나는 어머니가 농사일터를 가시
면 따라가서 뽑아놓은 잡초를 나르고 가을타작이 끝난 볏짚을
나르며 일을 도왔다. 그래도 남의 땅 소작에게 가난은 늘 피할
수 없는 굴레로 논가에 벼 짚단 묶음처럼 쌓여졌다.

  아무리 땀 흘려 뼛골 부서지게 농사에 매달려 소처럼 일해봤
자 우리 집 생활은 땀내 배인 가난뱅이에 불과했다. 철이 들지
않은 나는 빈농의 배고픔에 허덕이는 시골아이로 항상 "먹는 게
제일 무섭다"고 말씀하신 어머님이 생각난다.

  대체로 세 끼니 중 점심은 건너뛴 채 저녁은 제삿날이거나 식
구들 생일 같은 특별한 날 외에는 대부분 찐 감자 몇 알에 푸성
귀 나물죽이 고작이었다. 가난은 어쩔 수 없이 숙명이 된 채 열
네 식구가 한 집에서 살기를 포기하고 그 후로 둘째, 셋째삼촌들
이 각기 집 세간을 꾸려갔다. 그러므로 나의 유·소년 시절 나머
지 다섯 식구도 절망에 빠진 채 두려움을 안고 할머니와 엄마,
막내삼촌과 나만의 힘겨운 목숨 끈을 이어갔다.

  고통의 어린 시절 봄날엔 어린 사촌들, 동네아이들과 산기슭
을 쏘다니며 냉이와 씀바귀를 캐어 끼니 이을 반찬거리 찾기에
나섰다. 여름철엔 이 산 저 들판에서 뽕나무 오디열매와 앵두,

산딸기를 따먹던 그 시절 허기진 생활들이 지금에 와서 그나마 고향을 생각할 때 떠오르는 추억 어린 일들이다.

나는 형이 국민학교를 졸업한 그해 뒤를 이어 1학년 신입생이 됐다. 아버지 없는 가정에 하나뿐이던 형은 유별나게 나를 보살펴줬다. 돈을 벌어오면 형은 공책과 그림물감을 사주었고 이따금 집에 올 땐 어김없이 태극기 그려보기와 족보에 있는 선조들의 한자 써보기를 숙제로 내주곤 했다. 여름에는 냇가에서 헤엄치는 법을 가르쳐줬고 냇물 속의 다슬기도 잡아주었으며, 가을에는 메뚜기 잡는데도 앞장서주었다. 아마도 보릿고개 때 허기진 배고픔을 어느 정도 해결시켜준 사람은 엄마와 형뿐이었던 것 같다.

겨울 추위가 닥치고 방학이 되면 형은 두툼한 짚신도 만들어 신겨주고 눈썰매까지 만들어 신나게 얼음판놀이를 할 수 있게 해주었다. 특별히 설엔 식구들 내의도 사왔다. 나에겐 태극기가 그려진 방패연을 만들어주면서 '건-곤-감-리' 4괘가 틀리지 않도록 잔소리도 하면서 새 장갑 설빔도 사다준 형님이 유년 시절의 그리움이다.

광복 이후 3년간 군정을 거치며 정부수립 단계를 숨 가쁘게 밟아 1948년 5월 10일, 드디어 낯설다시피한 첫 민주주의 총선거가 실시됐다. 이어 제헌 국회가 열리고(5월 31일), 정부조직법 및 헌법을 제정·공포했다(7

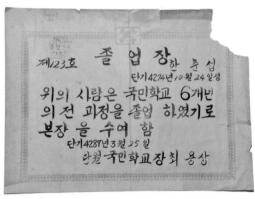

1954년 3월 25일 단월국민학교를 졸업했다. 졸업장에는 단기로 연도가 표기돼 있다. 단기 4287년 3월 25일

월 17일). 이로써 국회에서 이승만 대통령과 부통령 이시영을 뽑아 대한민국 정부의 면모를 갖췄다. 어쩌면 8·15광복 못지않게 '대한민국 정부수립' 역시 벅찬 감격의 역사였다.

답답했던 미군정 통치 3년간 우리나라의 운명은 한 치 앞을 예측할 수 없어 어느 구름장에 천둥칠 소낙비가 들어있는지 가늠하기 어려웠던 시절이다. 남·북한의 도시와 농촌 그 어느 곳에도 정국혼란의 크고 작은 사건들 예를 들자면 이승만·김구 선생의 환국(還國)을 비롯해 찬·반 시위와 난립된 정당활동, 남·북조선의 정면대립이 끊이지 않았다. 이런 분위기 속에 비상령 발동과 각종 테러로 민심은 어지럽고 세상은 밤낮 시끄러웠다.

쌀값은 날로 치솟고 오랫동안 백성들을 억압했던 법률·제도가 풀려지는 가운데 양평군 산골짜기의 작은 동네 농촌아이들은 세상돌아가는 사정도 모른 채 뛰놀며 살았다.

십 리 밖 학교까지 흙먼지길을 걸어다니던 단월국민학교 시절 바지를 입고 책보를 멘 채로 냇가의 피라미를 잡느라 하루하루가 신났었다. 미국과 소련에 의해 대한민국 운명이 어떻게 펼쳐질지 걱정하는 어른들 세상을 약간 눈치챘을 뿐 철 없이 산으로 들로 신나게 뛰놀던 개구장이 시절이었다.

그때 경제사정은 아주 나빠 힘들었고 기아·질병마저 창궐해 혼란스러웠다. 길거리 버스도 하루 네 차례로 줄었다. 용문역을 지나던 낡은 중앙선 열차마저 연료부족으로 운행을 대부분 멈췄던 때였다. 빈부격차도 최악의 수준이어서 백성들 살림이 윤택할 리 없었다.

시골 국민학교 교실 난롯불 땔감조차 부족해 어린 학생들이 집 장작을 등교 때 새끼줄에 묶어 나르던 시절이었다. 가난한 집들의 형편도 크게 나아질 게 없어 배고픈 생활을 벗어나기 쉽지 않았다.

돈벌이가 신통찮은 형도 농사일을 하는 집에 다시 들어와 3대째 종가의 가난한 살림을 떠맡은 어린 농사꾼이 됐다. 동네 면장이나 순경지서장쯤 높은 자리로 보이는 사람 외엔 자전거 한 대조차 타볼 수 없는 처지였다. 동네 어느 한 집도 라디오방송을 듣거나 신문을 구독하며 사는 이가 없었다. 일 년 중 쌀밥을 먹기란 식구들 생일날 아니면 생각조차 못했다. 입고 다니는 옷은 무명천 한복뿐이었다. 식민지 백성들 생활에 익숙했던지 모든 나라사정이나 마을형세도 자치능력이 신통치 않아 전등불을 켜고 사는 것은 딴 세상 이야기였다.

국도(國道)를 마당 앞에서 바라보면서도 오가는 낡은 트럭을 개조한 화물차 소리를 듣거나 흙먼지만 실컷 들여 마실 뿐이었다. 동네 20여 채 집들은 황토벽 초가지붕의 초라한 모습이었고 농촌의 배고픈 아이들은 어딜 가더라도 30~40리 길은 걸어 다니는 게 일상의 모습이었다.

세상 사람으로 태어나 '쌀밥'을 모른 채 허기진 배를 움켜쥐었던 유년기가 시작됐다. 전국적으로 쌀이 넘쳐나 재고가 쌓여가는 지금 사람들이 그런 얘기를 들으면 거짓말이라고 할지 모르지만 나의 어린 시절 1940년대엔 그랬다. 집안 식구들 모두가 피골이 상접한 몰골로 일제강점기 나라 잃은 국민으로서 기구한 운명을 벗어날 길 없었다.

더욱이 나는 세 살이 되기 전에 아버지가 세상을 떠나는 바람에 생활은 비참했다. 어린 시절 농촌 고향의 추억은 늘 배고팠던 옛일만 떠오를 뿐이다. 먹을 게 넘쳐나고 몸에 좋은 웰빙(참살이) 음식이라며 일부러 보리밥집을 찾고, 살을 뺀다며 굶는 요즘 세태와 비교하면 격세지감이 든다.

10살에 온 몸으로 겪은 6·25
운동장 흙바닥에 앉아 공부

성장

1954년 3월 25일 단월국민학교를 졸업했다. 6년 동안의 학업을 마무리하며 찍은 사진 한 장에 아득한 과거가 아른거린다. 맨 뒷줄 오른쪽 두 번째가 필자다.

1950년대 소년기 (少年期)

1950

1950년 9월 15일	둘째 숙부 한동익 별세(학살)	
1952년 4월 28일	할머니 신락지 여사 별세	
1954년 3월 25일	단월국민학교(보룡리 소재) 6년 졸업	
4월 5일	지제중학교(지평리 소재) 입학	
1957년 3월 4일	청운중학교(용두리 소재) 3년 졸업	

6·25 전쟁 발발로 '여름 피란살이'

1950년 6월 25일 일요일 새벽 북한 공산군들은 38선을 넘어 공격해왔다. 옹진, 개성, 동해안 일대에서 일제히 기습 남침해온 것이다. 모두가 열세였던 남한 국방군들 전선은 여지없이 무너졌다.

일간신문 호외판으로 남한사람들은 전쟁소식을 들었다. 지방 시골사람들은 하루 늦게야 입소문을 통해 난리가 났음을 알았다. "난리가 났대. 북괴군이 쳐들어와 난리가 났대."

웅성거림의 소문이 삽시간 동네사람들을 낙담시켰다. 급기야 그날 밤 내내 포성이 38선 가까운 북쪽에서 '콰-앙! 쿠웅, 쿵-쿵-' 섬뜩한 소리로 식구들 귓가에 조금씩 더 가까워졌다. 불안감에 창백해진 식구들 얼굴빛은 점점 굳어지면서 두려움에 밤잠도 설쳤다.

우왕좌왕하는 가운데 또 하루가 지나갔다. 6월 27일 수요일

1954년 3월 26일 넷째 숙부의 결혼일에 온 가족이 찍은 사진이다. 단정하게 차려입으려 했지만 6·25 동란 후의 궁핍했던 시골 사람 모습 그대로다. 앞줄 왼쪽 두 번째가 필자다.

국민학교 3학년이었던 나는 학교로 갔다. 학교 정문에 이르자 선생님들이 밖에 나와 두 손을 휘저으며 "애들아, 오늘부터 수업은 못한다. 어서 집으로 돌아가라"고 말했다. 지체할 틈도 없이 '임시휴교령' 팻말이 교실에 붙여져 우리의 앞길을 가로막았다.

북한군은 도처에서 남한의 국방군을 격파시키며 물밀듯 쳐들어왔다. 하루 사이에 아군들 전선을 무너뜨린 채 경기도 북부 동두천과 강원도 인제까지 침공해왔다. 남침 사흘 만인 6월 28일 서울시내 중심부가 점령됐다는 소식이었다. 기가 막히고 통탄할 일이었다.

백성들이 철석같이 믿었던 나라가 정부 수립 2년도 못 채운 채 이 꼴이 되다니, 피눈물 속의 하늘 무너지는 소리가 현실로 다가오고 있었다. 공포에 질린 할머니와 엄마는 해 뜨기 전부터 수선스럽게 움직이며 떨리는 목소리로 "애들아, 전쟁이 터졌어. 어서 우리 집도 피란을 준비하자"고 말했다. 나는 "할머니, 엄마! 어디로 피란을 가나요?"라고 물었다.

모 심은 앞 논둑도 막아야 하고 논둑 풀도 베어야한다는 삼촌도 겁에 질린 채 소 외양간을 향해 소쿠리 가득 소먹이 풀을 주면서 대문 밖으로 훌쩍 나가버린다.

아마 그날 오후 2시쯤 됐을 때였다. 생전에 듣도 보도 못한 요란한 굉음을 뿜는 육중한 소련탱크 20여 대가 끝도 없이 인민군 보병연합 행렬의 엄호를 받으며 동네를 지나가는 큰 도로 앞을 대뜸 막아 서있지 않은가. 따발총을 멘 괴뢰군 장교 몇 명은 말 등에 타고 '진격 인민군'을 호령하고 맨 앞 탱크위에서는 지휘봉을 잡은 북한군 장교 한 명이 나타나 마이크에다 대고 마을사람들을 향해 소리쳤다.

"남조선 인민 여러분! 환영합니다. 오늘부터 우리는 통일하기 위해 이곳에 왔습니다. 남조선 인민들은 안심하시고 우리를 믿고 협조해주기 바랍니다. 제발 안심하십시오."

들떠있는 어린 마음마저 숨통이 철렁 빠져나간 듯 했다. 어디서 누구에게 말 붙일 사람도 없었다. 동네를 지켜주던 순경아저씨들도 전혀 보이지 않은 채 먼지와 자갈길 앞 도로엔 우리나라 버스나 트럭 한 대 없이 침략군들의 소리만이 떠들썩한 공포의 하루가 어둠을 덮었다.

밤 사이 할머니를 모신 두 삼촌은 앞산 너머 40리 길 양동면 '고슬'이란 탄광촌 산동네로 급히 피란을 갔다. 엄마와 형은 찹쌀을 볶아 맷돌로 갈아 미숫가루를 밤새도록 준비했다. 날이 밝자마자 나와 형도 피란길에 나섰다. 며칠 지나면 피란도 끝나려니 생각한 엄마는 혼자 집을 지켜야한다며 그냥 계셨다.

그러나 예상은 빗나갔다. 침공한 북괴군들이 마을청년 두세 명을 앞세우고 동네 가가호호를 찾아다니며 "학생들이 공부하도록 학교에 보내시오", "피란 간 사람은 집에 돌아와 평소처럼 일들 하시오"라고 말했다.

남모르게 피란 간 할머니로부터 연락이 와 나 혼자 집으로 되돌아왔다. 할머니 곁의 두 삼촌이나 형은 인민군에 끌려갈 수도 있는 나이의 젊은이여서 그 후로도 화전민 동네 광산굴에서 두 달 넘게 숨어 지내야했다.

초조 속에도 난 학교를 2~3일에 한 번씩 갔다. 친구들도 줄줄이 결석이었다. 대부분의 시간은 "장백산 줄기줄기~"로 시작되는 북한식 국가(國歌)를 운동장에서 어설프게 반복연습해야 했다. 4학년 이상 선배들은 침략군들의 집단활동에 이리저리 끌려 다녀야 했다. 동네 경찰지서와 면소엔 뻘건 천을 팔뚝에 맨 낯선 청년들과 인민군들이 '인민위원회사무소', '치안지소'란 간판을 내걸고 태양모양의 '인공기'를 내걸어두고 몰려다녔다.

나와 엄마는 썰렁한 집안에서 두려움과 허전함까지 느꼈다. 뿔뿔이 흩어진 가족생각에 저녁이면 살벌한 동네를 떠나 멀리 도망가고도 싶었다. 1주일도 안 돼 서울에 이어 한강다리도 폭파됐단다. 먼 남쪽의 금강방어선이 무너지고 낙동강방어선도 적군들에게 빼앗겨 국방군들은 계속 후퇴만 한다는 소식이 들렸다. 학교 선생님과 친구들 입을 통해 미군과 UN(국제연합)군대가 맥아더장군 통솔로 한국에 들어올 것이란 소문까지 나돌았다.

밤이 깊어 창백한 낯빛으로 삼촌이 집에 왔다. 할머니가 탄광 굴 속에서 폐렴이 생겨 폐가(廢家) 사랑채로 옮겼는데, 3일전부터 높은 열이 나고 미음조차 못 넘겨 고생하신단다. 엄마는 다급히 그 밤중에 할머니 피신처로 가셨고 난 두 명의 사촌들과 집을 지켰다. 이튿날 초저녁엔 난데없이 북괴군 다섯 명이 우리 집 대문을 두드렸다. "이 집 사랑채를 내일부터 '인민군진료소'로 사용할거다. 어른들 오면 지시에 따르도록 해라"고 말했다.

겁에 질려있는 나는 한 마디 대꾸도 못했다. 이유여하를 막론하고 무조건 집을 비우라는 명령조였다. 우리 집이 단월면소 옆집이면서 큰 길과 바깥마당이 붙어있어 북괴군들 임시막사로 적당했던 것 같다. 꼭두새벽 밤길에 엄마는 문을 열고 들어섰다. "얘들아, 할머니가 돌아가셨어! 너희들끼리 감자 삶아 먹고 집 잘 보면서 며칠만 잘 있어야 돼. 소여물도 제때 주고."

엄마는 앉지도 못한 채 물건 몇 가지를 챙겨들고 그 즉시 나가셨다. 식구들이 뿔뿔이 흩어진 셈이다. 거창 신씨(신락지 愼樂只, 1893~1952년) 할머니는 좋은 세상도 못 사시고 전쟁피란 중 외딴 마을에서 장례식조차 치르지 못한 채 59세의 나이로 서러운 일

제2문턱

생을 마치셨다.

삼촌 두 명과 형도 공산주의 적군치하에 맘 놓고 활동할 수 없는 도망자청년이 돼 탄광촌 굴 속 생활을 견디며 집엔 얼씬도 못했다. 정말 하루하루 생활이 불안했다. 집과 학교 모두가 북한군의 침략으로 떨지 않을 수 없는 불길한 예감만 더욱 깊어갔다.

한 달도 채 되지 않아 팔뚝에 뻘건 띠를 두르고 모자를 쓴 부락 인민대원들이 삼삼오오 짝을 지어 반공청년 '반동분자' 색출에 혈안이 됐다. 그들은 지주계급이거나 미군정 때 앞잡이들을 찾아 나섰다. 더운 여름철 논밭의 곡식농사는 손을 놓은 채 과거의 동네지도자와 지주층 사람들은 모두 숨어야했다. 그때 각 마을에서 생포된 반역죄인들은 모두 처형될 것이란 끔직한 소문도 학교를 오가며 들었다.

한편 할머니가 여름 피란 중 돌아가셔서 식구들의 애통함은 컸다. 하지만 친척이나 이웃들조차 슬픔을 나눌 경황이 없었다. 우리 가족들만의 서러움으로 집 분위기는 곳간 어둠마냥 썰렁했다. 그런 판국에 전쟁은 하루 앞을 예측할 길이 없었다. 반동분자를 붙잡아온 인민청년단은 의기양양해 있었고 앞집 너른 마당에 묶여끌려온 반동분자들의 공포감은 시시각각 천 길 낭떠러지 분위기였다.

1주일 사이 반동분자로 끌려온 이는 점점 늘어났고 울타리 너머 반역자 딱지가 붙은 죄수들이 옆 동네 사람임을 알 수 있었다. 이따금 나는 울타리 밖으로 그들을 살펴봤다. 공포에 떨고 있는 처절한 광경을 보고 있노라니 내 몸엔 갑자기 경련이 일어났다.

그날 밤부터는 잡혀온 사람들의 매맞는 비명소리가 어둠 깔린 집 밖으로 무섭게 퍼져 나왔다. 정말 무서웠다. 저항 한 번 못한 청년들은 두세 명씩 줄에 묶인 채 옷마저 벗겨진 상태에서 발길

질과 몽둥이로 구타당하며 "한번, 살려 주세요! 제발, 목숨만 살려 주세요!"라고 울부짖듯 소리쳤다.

영영 돌아오지 않은 둘째삼촌

이틀 뒤면 추석이었다. 흩어졌던 가족들이 한집에 모여 할머니 무덤에 잔디 입힐 일, 추석날 차례 지내고 성묘 갈 일을 이야기 하면서 찐 옥수수와 쑥버무리, 수제비국으로 저녁상을 준비할 때였다.

"여보게, 동익이 집에 있는가?" 누군가 둘째삼촌 이름을 사립문 밖에서 부른다. 불쑥 들어선 사람들이 보였다. 그들 목소리는 공포를 몰고 왔고 불안감을 덮어씌울 마귀 같은 인상이었다. 목소리조차 카랑카랑했다. 그 뒤를 따라 총을 든 인민군 두 명도 바짝 따라 붙어있었다. 삼촌이 문을 열고 안채마루로 나서기 무섭게 젊디젊은 북쪽 인민군 둘이 달려들어 양팔을 거머쥐었다. 모든 식구들은 경악했고, 온 식구가 애걸했으나 헛수고에 그친 순간 엄청난 사건이 눈앞에서 벌어졌다.

저항 한 번 제대로 못한 그 어두움 짙어오는 초저녁의 순간들. 그날 이후 둘째삼촌은 영영 집에 오지 못했다. 꽤 여러 날 만에 식구들이 모여 난리 걱정, 농사하며 소 키울 걱정도 했다. 그리고 끌려간 둘째삼촌은 어떻게 해야 되나 하면서 초조한 시간이 흘렀다. 6·25전쟁 그해 추석은 모든 식구가 넋 나간 채 허둥대며 흩어진 낙엽처럼 뒹굴러다니는 신세였다.

두 딸의 아빠였던 둘째삼촌(한동익, 1919~1950년)은 광복 후 줄곧 농사꾼으로 틈틈이 반공청년단 면사무소 부위원장 직함을 지니면서 동네일을 해왔다. 그게 공산주의자 눈에는 '반동분자'라며 표적대상이 된 것이다.

전쟁이 나고 두 달 넘게 산속에만 숨어지냈던 삼촌에게 그 흉측한 오랏줄은 온 가족들 앞에 천지가 무너지는 원통함으로 남아 불행연대의 슬펐던 가족사(家族史)로 전해오고 있다. 그 다음 날 삼촌은 양평읍으로 죄수들 무리에 섞여 가족들 곁을 영영 떠났다. 허망한 세상의 약소민족 사나이 운명으로 생목숨 떼죽음 속 불귀(不歸)의 혼령이 된 것이다. 추석 3일 뒤 결국 양평읍내 남한강 백사장 구덩이에서 300여 명이 넘는 집단학살의 만신창이 죽임을 당하고 말았다. 죽은 자들 몰골상태가 분간키 어려움으로 부패된 시신을 이틀간 읍내 강변 둑 아래 모랫벌에 나가서 엄마와 숙모, 삼촌과 나 넷이 죽은 삼촌의 왼손 엄지손가락이 잘려나간 흔적을 뒤적이며 아주 힘들게 찾아 시신을 들것으로 옮겨야했다.

그 현장에서 같이 참살당한 용문면 덕촌리 작은댁 큰아저씨 시신도 함께 덕촌리 마을입구 야산에 묻고 무덤을 만들었다. 집안청년 모두가 도망자로 피신해 있으므로 두 분의 봉분묘소는 여섯 명이 허겁지겁 덮어두었다.

공산주의 침략하수인들 총구 앞에서 '여름피란' 때 내 삼촌처럼 무고하게 생명을 잃은 수만 명의 피 흘린 이 강토를 지금도 생각할 때면 난 애국자 꽃다운 피 향내가 이 나라 유구한 역사의 생명 끈이라고 생각한다.

6·25전쟁으로 인한 인명 피해는 매우 많다. 〈한국통사〉(을유문화사 편)에 따르면 남한의 인명 피해만도 사망자 15만 명, 부상자 23만 명에 이르고 공산군에 납치된 10만 명 외에도 행방불명된 사람이 20만 명이 된다고 한다.

아! 어찌 그때 일들을 잊겠는가. 모든 백성들의 분통터질 기막힌 사연을. 생목숨 허무하게 죽음으로 몰아넣은 이 땅의 국가지도자들과 지금을 사는 우리까지도 무거운 책임을 면치 못할 일 아닌가. 천추하(千秋下) 두고두고 다 갚을 길 못 찾느니. 그러고도 지금껏 대한민국 지도자들이 분단과 갈등의 쇠사슬을 풀지 못한단 말인가?

하늘에 한 점 잘못도 없던 순수한 백성들의 피 흘림 앞에 정치꾼들의 이념이란 한낮 통치수단일 뿐이지 않은가. 무참히 그 억울함이 몽땅 잊혀지다니! 목 메여 울부짖던 그날의 피해가족들 아내와 형제, 아들, 딸의 후손대대로 억장 무너짐을 어느 세월에야 '통일의 대한민국', '통일의 기념비' 앞에서 만세 부르고 태극기를 꽂아 위로해줄 수 있겠는가. 한심스런 시대와 역사 앞에 한국인 모두가 죄인이 아닌가.

북괴 남침 3개월이 지날 즈음 전세(戰勢)는 우리 쪽으로 유리해지기 시작했다. 속전속결 전쟁으로 적화통일을 계획했던 공산주의 소련, 중공, 북조선은 UN참전군 맥아더사령관의 인천상륙작전, 육·해·공군 화력 앞에서 속수무책으로 전면 후퇴했다.

이로써 1950년 9월 28일 대한민국 수도 서울을 되찾고 퇴각하던 북괴인민군대를 쳐부수고 북진을 계속해 동해안에서는 청진까지, 중부에선 압록강 연안도시 초산·혜산진까지, 서부전선에서는 선천까지 대한민국과 유엔 참전 16개국 연합군은 북상진격을 거듭했다. 아차하면 전멸 당했을 남한 땅이 깜짝할 사이에 되살아났다. 이 감격스런 때가 내겐 9살 나이로 잊을 수 없는 뉴스였다.

나라를 빼앗긴 채 총칼 앞에 무릎 꿇고 숨죽인 3개월간의 1950년 '여름피란'과 학살현장의 주검을 내 눈으로 똑똑히 보았다. 죽은 이들의 시체 썩는 악취도 맡으며 앞집 너른 마당에서의 몽둥이찜질로 포악하게 생목숨 쥐어짜는 문초현장도 목도했다. 이 때가 국민학교 3학년이었다. 지금 생각해도 잊혀지지 않는 끔찍한 체험이었다.

나는 이따금 온몸이 땀에 젖은 채 오그라들도록 진저리치는 꿈을 꾼다. 공산주의 몽둥이와 그 널려진 강모래 시체들의 흉측한 광경들이 지금도 꿈속에서 나타나곤 한다. 기쁨보다 허망함으로 가슴쓰라림의 아픔이 응어리져있기 때문인 것 같다.

그 전쟁시절 우리 집은 '여름피란'을 가다가 할머니가 돌아가셨고, 억울하게도 둘째삼촌까지 반동분자로 몰려 북괴군의 후퇴가 임박한 날 학살당했다. 1950년의 짧은 여름은 두 차례가 모두 부고장(訃告狀) 없는 장례식을 치러낸 불행 겹친 집안이 됐다. 그 후 우리 집안의 웃음은 사라졌고, 그 어떤 일조차 관심 쏟을 겨를도 없었다.

국도 큰 길 옆에 살다보니 이따금씩 북으로 달아나지 못한 '인민노동위원'이란 동네 빨갱이와 퇴각로가 막혀 미처 도망 못 간 인민군부상병 수십 명도 마을지서에 잡혀있었다. 특히 호남지역 지리산과 가야산 산악지대로 숨어든 일명 '빨치산' 무리들이 후일 장기항전(長期抗戰) 유격대로 오랫동안 나라사정을 수선스럽게 했다.

그 해 늦가을 벼농사 수확도 어찌 타작해 거둬들였는지 모른다. 학교공부 날짜도 제대로 채운 적 없이 겨울 추위는 일찍 찾아왔다. 어린 나는 매일매일 공중부양된 마음으로 1년이 사라진 채 전선에 끌려간 이웃친구 형님 앞으로 새댁이 보내는 편지 대필(代筆)을 줄곧 해주었다. 마을지서 순경에 붙잡힌 빨갱이들이나 도망 못간 패잔병 인민군들이 그 후 어찌됐나 생각할 틈도 없이 전쟁혼란기 한 해가 지나갔다.

우리 마을 개천 앞에는 미군헬리콥터 임시비행장이 있었는데 이곳에 복무하는 미군장교 조종사 2명이 우리 마을에서 3년 넘게 한국여인과 동거하고 있었다. 그 두 장교를 동네사람같이 아니, 삼촌이나 형님처럼 쫓아다닌 10살배기 나는 친근감으로 적잖은 시간을 보낼 수 있었다. 그 장교들과 자주 만나면서 알파벳 영문자도 몰랐던 어린 나이에 간단한 기초영어를 말할 수 있게 됐다. 나는 미군들의 말을 이해하는 '별난 아이'로 소문이 나 주변 사람들의 눈길을 끌었다.

결국 국민학교 졸업 때가 돼 비행장이 철수하고 두 장교 역시 동네를 떠났다. 하지만 운 좋게도 나에게 남은 건 "춘섭이는 영어 잘 하는 아이!"라는 소문이었다. 참혹했던 6·25전쟁 속에서 유·소년시절을 보낸 나에게 훗날 20세 초반부터 주한미국대사관 총무과 직원신분으로 야간대학 4년을 무사히 마칠 수 있게 하는 헛되지 않은 시간을 내 삶에 남겨주기도 했다.

중공군 개입으로 다시 '겨울 피란살이'

1950년 11월 27일 60만 명의 대규모 중공군과 북괴군들은 통일의 축배를 들려했던 우리 국군과 유엔군들 앞으로 총 반격전을 해왔다. 중공군과 북괴군은 추위를 뚫고 개미떼처럼 재침략 포문을 열어 깊은 밤중에 어지럽게 북·꽹과리 소리를 내며 남한 땅을 짓밟아왔다.

북진을 거듭했던 모든 아군 쪽 무기와 국제연합병사들에게 살을 에는 혹독한 추위와 식량보급로가 막힌 높고 험준한 산악전투는 참기 힘들었다. 그해 12월은 벼락 맞은 세월이었다. 어쩔 수 없이 총 퇴각명령으로 아군 쪽 병사들은 피눈물을 흘린 패전이었다.

서울을 수복시킨 막강한 한·미·영·필리핀 등 유엔연합군들이 북조선 원산상륙작전을 성공으로 끝내려했지만 이뤄낼 수 없었다. '기습과 포위 전법(戰法)'에 능한 중공군과 북괴군들이 험준한 낭림산맥 고지전(高地戰)을 버티며 밤에만 이동, 출몰함에 따라 미 극동공군과 미 극동해군 20만 명 지원사격조차 무력화되고 전투병사들은 뿔뿔이 흩어져 두만강~장진호 일대의 아군작전계획이 물거품으로 돌아가고 말았다.

이때의 전사(戰史)에 따르면 갈팡질팡 후퇴하며 수많은 사상자가 나왔다는 기록과 함께 중공군침략자들이 '사탕에 몰려든 개미떼처럼 곳곳에서 기습적으로 달려들었다'고 적고있다.

흔히 우리가 현대사에서 말하고 있는 '1·4후퇴'의 중공군 개입 인해전술(人海戰術)은 바로 이때의 전투를 두고 하는 말이다. 1951년 1월 24일 완전후퇴로 남한지역 곳곳에서의 중공군 춘계공세는 미연합군 화력을 무력하게 만들었다. 전면전으로 번질 것처럼 교전상태가 끝날 줄 모른 채 산발적 전투와 게릴라산악전투로 이어져 경기북방 산악지대 가평과 용문산~속사리로 퍼져나갔다.

1951년 3월까지의 중공군 재침공은 양쪽 모두에게 처참한 전투로 대한민국을 집어삼킬 기세였다. 1월 4일 서울함락과 강원도, 경기도의 산악지방 전투병사들 모두가 혼비백산이 됐다. 일진일퇴의 전투교착상태로 패색(敗色)이 짙어 시시각각 방송보도가 전파를 통해 알려졌다. 나는 머리끝이 삐쭉삐쭉하게 설 만큼 무서운 시골 밤길로 뭔가 기쁜 소식이 없나 알아보며 전쟁 중에

철모르는 어린 아이가 돼 동네를 헤매며 돌아다녔다.

"춘섭아, 양씨 아저씨 집 다녀와 봐. 우리 군인들이 어디까지 후퇴했나, 라디오 소식 좀 알아 오거라"

하루하루 밤이 오는 게 엄청 무서웠다. 밤만 되면 더욱 무서워 오금 펼 기운조차 빠져나가는 느낌이 들었다. 얼떨결에 옆집 아저씨로부터 전해 들은 급박한 소식에 우리 집도 예외 없이 '겨울피란'을 또 준비했다.

다만 피란은 섣불리 할 게 아님을 알지만 궁리 끝에 식구들끼리 세 패로 나눠 내일 새벽 날 밝기 전에 떠나기로 했다. 엄마와 나, 사촌누나는 집에 남아 있고 형과 둘째숙모, 사촌 여동생, 넷째삼촌 다섯 명은 여주 큰댁으로 일단 피신하고 전쟁의 기미를 두고 보면서 다른 결정을 하자고 했다.

그날로 셋째삼촌 네 식구는 양동면 삼촌의 처가로 피하는 게 좋다면서 추운 그날 밤 부랴부랴 짐을 메고 떠났다.

이틀이 지나자 아니나 다를까 낮에 들이닥친 북괴군용차와 걸어서 몰려온 수백 명의 인민군들이 옷 색깔만 쳐다봐도 기가 질릴 태세로 동네까지 쳐들어왔다. 정말 너무나 무섭고 놀래서 눈물도 나오지 않은 채 목소리까지 꽉 막혀 내 몸이 오그라들 지경이다. 인민군은 나에게 "야, 이놈아! 너 몇 살이지? 집에 누가 있니?"라고 물었다.

지난해 여름 쳐들어왔던 인민군대와는 확연히 달랐다. 두려움에 떨어야했다. 누군가를 찾으려는 눈빛에 쥐구멍이라도 찾아들고 싶었다. '여름피란' 보다 '겨울피란' 생활은 추위로 인해 죽음 앞에 놓인 짐승처럼 살아가기 힘들었다. 방안에 숨어 지낼 일 외에는 할 것도 없었다. 방학 때이므로 학교는 안 갔으나 전시(戰時) 중이므로 내 집 안방에다 불 때고, 밥 세끼 먹는 일이 여의치 않은 하루하루였다.

아군이나 유엔군이 하룻밤 새 모두 후퇴한 동네 앞 개울 다리 밑은 미처 옮기지 못한 미군용 천막과 포탄더미가 널브러진 채 흐트러져 있었다.

이틀이 지나 새벽잠을 설친 채 문밖에 나갔다. 전날 밤 북적거리는 동네 안팎 시끄러움으로 잠을 설쳤다. 언제나 불안정한 길거리에 군장병들을 이동시키는 트럭 소리며 군화발 소리로 날이 갈수록 더 무서웠다. 1951년 1월 6일쯤으로 짐작된다. 세찬 겨울바람이 부는 이른 아침 뒷산 전체가 밤사이 흰 군복의 중공군들이 벌떼 모이듯 대피호 진지를 다 만들어놓고 있지 않은가!

이 추운 겨울에 나는 무슨 일을 해야 하고, 우리 집은 또 어떻게 지켜야할 건지, 정말 가슴이 답답하게 조여들어 아무 일도 손에 잡히지 않았다. 말문이 막힌 어린 난 걷잡을 수 없이 심란한 가운데 영문도 모른 채 엄마만을 쫓아다녔다.

밤이 찾아왔다. 예고도 없이 북쪽 인민군 장교와 중국군 몇 명이 우리 집에 들이닥쳤다. "야, 너 몇 살이지? 집에 누가 있냐?"

그들은 다짜고짜 엄마 쪽으로 다가선 채 "여보시오. 이 집을 내 놓으시오. 잠잘 곳이 필요하니 이 집을 비우시오"라고 말했다. 가까스로 사정사정한 엄마는 긴 말싸움 끝에 '3일 후까지 비워주기'로 했다. 그 대신 '오늘 당장 바깥채 사랑방을 비우겠다'는 승낙을 마지못해 해주었다.

그 이후 날씨는 더 추워가는 데 먹고 잠 잘 어려움이 한두 가지가 아니었다. 밤이면 수백 명의 침략군들이 총 사격연습을 했고 이상하게도 꽹과리, 징, 피리를 불어대며 고요한 겨울밤 마을 전체를 뒤흔들어 섬뜩한 공포감이 몰려왔다. 낮엔 곳곳의 방공호에서 실탄폭약과 먹을거리, 땔나무를 끌어올리는 광경을 볼 수 있었다. 작업노무자들은 모두 어디선가 끌려온 우리나라 노인짐꾼들이었다. 온 산과 논밭이 짓뭉개어지면서 엉망이 됐다.

큰 도로 길가의 우리 집 사랑채에다 숙소를 정한 중공군 지휘자로 보이는 몇 사람은 시간을 다퉈가며 바쁘게 드나들었다. 연신 사람들이 바뀌고 하급병사들이 전화기와 야간용 촛불을 설치하느라 부산하게 드나들기 시작했다. 문득 한국말 통역장교 한 사람이 나를 보고는 손짓으로 불렀다. 중공군 지휘관이 뭐라고 중국말을 하면 통역장교가 나를 보며 "너 학교 다니느냐? 그리고 몇 살이냐?"고 물어왔다. 난 또렷하게 "10살이 됐고 얼마 후 4학년이 될 것"이라고 했다. 몇 가지 묻는 말을 모두 답하면서 "이 방은 북조선인민군들이 환자군인진료소로 지난해 '여름전쟁' 때 이용했던 집"이라는 설명도 덧붙여줬다. 그날 난 물건을 받았다. 베개보다 더 큰 덩어리의 누런색 귀리, 밀가루가 섞인 중공군용 식빵 한 줄과 마분지로 만든 공책 몇 권을 얻었다.

1951년 1·4후퇴란 미·소·중 큰 세 나라끼리 힘자랑을 하는 기막힌 전쟁이었다. 수 많은 젊은이들은 아까운 목숨도 잊은 채 전쟁판에 내몰려 팔 다리 부러지고 생목숨을 잃었다. 오늘일까, 내일일까! 진격하고 도망가며 운명을 총탄 앞에 내맡겼다. 적군이든 아군이든 어린 내 눈엔 불쌍한 싸움질로 보였다.

중공군으로부터 얻은 맛없는 군용식빵을 저녁으로 먹는데 밖에서 목소리가 들렸다. "아주머님, 저 왔어요. 아주 힘들게 왔어요. 여주 큰집 형이 태워주는 배를 타고 건너 중공군과 인민군들 주둔지 여주군 대신면에서 지평리로 오늘 하루 내내 걸어서 왔네요."

"아니, 이 북새통 같은 전쟁 통인데 어찌 집을 왔나요?"

한 쪽 다리가 불구로 결혼을 못한 넷째삼촌이 여주군 홍천면 큰집에 피신 가 있다가 돌아 온 것이다. 넷째삼촌은 집지키는 엄마와 나, 사촌누나 세 식구가 위험할 것 같아 빨리 집을 비우고 큰집에 모여 함께 피란을 가야한단다.

하룻밤을 지새운 다음 날 아침 몇 가지 옷 보따리 짐을 챙겨 든 채 종일 걷는 피란살이 모습으로 여주방향의 도로를 빠져나 갔다. 그날로 양평군 단월면 보롱리 273번지, 우리 집과는 마지막 작별이 됐다.

밤을 틈타 파죽지세(破竹之勢)로 밀려오던 중공군 무리에 맞서 쉴 새 없이 기관총과 수류탄으로 전투를 벌이거나 육박전을 치열하게 벌이던 '양평 지평리 전투'라든가 '용문사 전투', 서울 재탈환의 힘겨운 한강변 육박전 이야기들이 이젠 먼 전설 속의 영웅담이 됐다. 이 나라 젊은이들과 함께 유엔 연합군으로 참전한 수많은 이국(異國)병사의 피 흘림도 현대인의 기억 저편으로 사라져가고 있다. 나이 어렸던 소년시절, 1951년 열 살 때 '겨울피란살이' 고생은 평생 두고 지워지지 않을 부상병 흉터나 다름없다.

내 체험이 별 것 아닐지 몰라도 기가 막혔던 죽고 사는 일이란 게 참 대단하다는 사실을 기록해두고 싶어 아직도 내 심장의 피 는 그 어린 시절 피란기억의 떨림과 격분으로 눈물이 종종 맺혀 눈가를 적실 때가 있다.

나는 간혹 청주를 오갈 기회가 있을 때마다 내 어릴 적 고생했던 피란시절이 떠오른다. 입은 옷도 변변치 못했던 시골아이가 엄동설한 피란행렬에 끼어 빙판도로를 걸었던 1951년 1월 '겨울피란'의 도망자 남행길은 정말 잊을 수 없다.

방한용 고깔모자에 입은 옷이라곤 무명바지저고리와 고무신, 양말 아닌 버선을 신은 남루한 어린애 옷차림이었다. 정처 없이 걷다 잠시 쉴 동네를 찾지 못한 날엔 볏집 노적가리가 잠자리였다. 먹는 거라곤 미숫가루를 물에 타 마실 뿐이었다. 며칠을 가다 꽁보리 주먹밥 한 덩이를 흙바닥 추운 길거리에서 받아먹은 것에 흐뭇함을 느껴야했다. 걸어도 걸어도 포성과 비행기 날아가는 광경 외엔 온 천지가 눈으로 덮인 늦겨울 강추위를 버틴 채 남으로 남으로 빠져나갔다. 어떤 날은 남의 집 뒷간 허술한 담벼락에서 바깥 잠을 자기도 했다. 인산인해(人山人海) 피란민 틈에 끼어 목적지도 분명치 않게 걸으며 B29 폭격기 기총사격이 있을 땐 모든 인파들이 물도랑이나 나무 쪽에 엎드려 숨다가 한참 뒤 다시 빙판길을 뛰다시피 걷다가 길가에 쓰러져 못 일어난 병든 노인도 보았다.

　소년으로서 겪은 최악의 고통스러운 체험은 한두 개가 아니다. 우리 집 늙은 농우(農牛, 농사를 짓기 위해 쓰는 소)도 마차를 끌게 해 이불, 솥단지, 미숫가루 등을 싣고 여주 큰집을 떠나 1주일간 북적거리는 인파에 섞여 장호원, 음성을 거쳐 산속마을로 기억되는 충청북도 청원군 오창면에 닿기까지 굶주림과 혹한 속 피란으로 죽을 고비를 넘겼다.

　그 끔찍스러운 전쟁 속 겨울추위 피란길 행군 같은 절박한 순간순간의 무서움이야말로 목숨을 건 사투(死鬪) 현장이 아닐 수 없었다. 그 시절 힘겨운 체험담을 어찌 필설(筆舌)로 다 나타낼 수 있으랴!

　피란을 가서 전쟁의 폐허(廢墟) 속을 헤매야만 했던 우리 엄마는 훗날 많은 신세를 졌던 충청도사람의 후덕한 인심에 대해 종종 말씀하시며 감사함을 잊지 않으셨다. 일곱 식구들이 두 달 넘게 몸 따스하게 사랑채에 기거하는 동안 이틀 걸러서 식구들의 배고픔을 해결하기 위해 청주 '내수시장' 떡장수로 엄마와 삼촌은 호되게 객지고생을 했다.

그럴 때 난 형을 따라 지게를 지고 낯선 먼 산을 찾아다니면서 땔나무 두 짐씩을 해 날랐다. 그곳에서도 줄곧 피란민 짐꾼역할을 톡톡히 했던 난 우리 피란 짐 보따리를 등으로 옮겨주었던 우리 집 늙은 소가 결국 더 오래 버티지 못한 채 충청도 피란처 그곳에서 죽고 말아 오랫동안 가슴이 아팠다.

중공군 재침공의 땅 뺏기 전쟁 1년은 너무 긴시간이었다. 국토파괴와 양민처형의 상처만 남긴 안개 속 같은 전선의 고통스러운 삶은 그 누구도 어쩌지 못한 채 '불행했던 전쟁역사'로 남아 지금도 징·꽹과리로 짓밟혔던 산하가 생생할 뿐이다.

1951년 3월 18일 사실상 전쟁을 주도했던 미국중심의 연합군 힘에 의해 서울이 재탈환됐다. 그해 4월 38선 이남도 대부분 탈환됐다. 이후 미·소 강대국에 의해 종전(終戰) 아닌 '휴전협상'의 막후접촉이 펼쳐지고 있었음을 난 한참 뒤에야 알았다. 결국 국가는 그 국민들 수준에 따라 운명이 갈리게 된다는 사실도 알 수 있었다.

피란 가서 숨어살던 우리 식구는 밀고 당기는 교착상태의 전쟁소식을 관심 있게 들으며 하루라도 빨리 집에 가야할 생각을 밤낮 하고 살았다. 객지 고생을 털고 맘 편하게 살 수 있는 고향땅을 밟기 위해 삼촌이 고향집엘 먼저 다녀오기로 했다.

일주일 뒤 힘겹게 고향을 다녀온 삼촌은 맥이 탁 풀린 모습이었다. 삼촌은 "큰일 났다. 우리 동네 두 집만 빼고 모두 폭격을 맞아 불타 없어졌다. 집에 가면 농사일이 가까운데 살집도 세워야 돼.", "참, 옆집 원섭이 형은 전사(戰死)통지가 왔다더라. 그밖에 동네 빨갱이이던 방○현 면장 두 아들 모두가 붙잡혔다더라"는 놀라운 기별도 전해왔다.

전시(戰時) 학교 흙바닥에 짚방석 깔고 앉아 수업

어찌됐거나 난 기뻤다. 그래도 고향집에 다시 간다는 게 무척 좋았다. 한편 무서운 생각도 없지 않았지만 집 떠난 피란살이를 끝낸다는 게 후련했다. 그래서 집으로 가는 길은 걸음걸이가 빨라져서 4일 만에 고향땅을 밟았다. 우리 식구들은 샛길을 물어물어 집으로 갔다. 고향가는 길가에는 비행기 포격으로 불탄 창고와 무너진 민간가옥들이며 전쟁 끝나고 버려진 탄피(彈皮)더미 등이 나뒹굴고 총격으로 파괴된 군용트럭과 장갑차들도 이 골짜기 저 냇가에 지천으로 널려있었다. 겨울 산 나뭇가지도 대부분 불 타 꺾어진 채 지평리 격전의 뒷산 여기 저기서 적군들의 시체가 거적으로 덮여있었다.

고향땅에 닿았을 때 식구들은 놀랐다. "아! 이걸 어쩌랴!" 기막힌 광경이었다. "우린 어찌 살아야 하나?" 너무 파괴적이고, 너무 허망하게 불행만 안겨준 전투폭격 참상에 치를 떨며 "왜, 우리 마을은 비켜가지 못했나!", "도대체 왜 이 동네집들이 모두 날라간 거야?"

꽤 번듯했던 넓은 가옥 열 다섯 채가 온데 간데 없이 포격으로 없어졌다. 전쟁폐허로 바뀐 마을을 대충 둘러보니 불탄 잿더미만 수북한 채 썰렁해 너무 기막힌 상황이었다. 오랫동안 소리 내어 울어도 봤고, 우리 집 뒤 대추나무와 앞마당 밤나무조차 벌레 먹어 썩어가는 고목처럼 화약냄새로 새 잎조차 안 나오며 오가리 든 광경을 보는 그 순간 약소국의 힘 없는 국민신세가 억울했다.

생활필수품 구하기도 어렵고 하루하루 끼니를 이어갈 식량조차 구할 방법이 없으니 불탄 폐허 속에서 사람들 삶 자체가 난리

제2문턱

였다. 어떻게든 먹고 살 길을 찾는 한편 억척스러운 복구사업은 온 가족들 몫으로 고스란히 남았다. 그날 이후 포격으로 파괴된 민간인들의 온갖 '재건사업'이 동네에 엄청난 대역사(大役事)로 불행하게 안겨져 그 후 4~5년 이상 비참했다.

난 오랜만에 학교로 갔다. 이게 웬일인가. 우리 학교의 모든 건물도 온데 간데 없이 사라지고 없었다. 4학년 첫 등교하는 날 새 담임선생님과 운동장 나무 밑에 모여 앉아 고생스런 첫 수업을 참아내야 했다.

"교실이 없으니 당분간은 오전 10시에 등교해라. 운동장 야외 수업 할 짚방석깔개를 반드시 준비해 오거라. 매일 집에 일찍 갈 것이니까 점심밥은 준비하지 말거라."

전체 훈시를 듣고 집으로 오는 길에 도롱골 산 너머 살던 홍철이 친구의 누나가 '겨울피란' 때 콜레라전염병으로 죽었다는 놀라운 소식도 들었다. 학교를 가면 공부 여건은 말할 것도 없이 부족했지만 공부시간에 용기를 주는 선생님의 이야기로 재미있었다.

학교 운동장에서 큰 돌에 짚방석을 깔고 앉아 방울나무에 건 칠판 앞에서 공부한다는 게 불편하지만 친구들을 만나 함께 놀 수 있다는 게 즐거웠다. 더구나 동네 앞 미군 헬리콥터비행장의 조종사 미국장교 한 분도 너무 반갑게 또 만날 수 있었다. 그 만남 후엔 하루도 거르지 않고 그 장교와 만나 대화를 나누고 초콜릿도 얻어먹으며 나의 영어회화실력은 상당한 수준에 이르게 됐다.

비가 오나 바람이 부나 학교에 가면 어김없이 매일 1~2시간씩 흙벽돌을 나르면서 물 떠오는 일이 작업 의무였다. 4학년 시절의 전시(戰時)학교 흙바닥공부는 습관이 됐다. 참말 처참한 학

성
장

교모습이었다. 교실이 불타는 바람에 운동장 둘레에 학급별 지정구역에 모여앉아 기본적인 공부를 했다.

그땐 점심 먹는 친구가 별로 없었다. 선생님의 도시락조차 표주박 덥힌 꽁보리밥이었다. 틈만 나면 솔방울도 주워와야 했다. 미국서 보냈다는 우유가루도 매일 배급받았다. 이따금씩 살충제의 하나인 DDT가루를 온 몸에 뿌렸던 기억도 나고 국군아저씨들에게 위문편지도 자주 써 보냈다.

때론 꾀병으로 학교가기가 싫은 때도 있었다. 집을 짓는 데 잔심부름 하랴, 농사일 도우랴 몸이 편할 날이 없었다. 하지만 짜증 부릴 식구도 없었다. 학교에 가서 친구들과 흙벽돌을 만들고 고구마 캐기, 모심기봉사활동을 하고 온 날은 말하기조차 힘들 정도였다.

집도 통째로 불타 없어졌으니 임시거처로 장독대 옆에 땅굴을 파서 한 데 잠을 잤다. 그러면서 그해 늦가을 겨우 초가삼간 거처를 마련했다. 모든 생활필수품이 절대 부족했다. 전기시설조차 없이 전후복구사업에 매달린 시골사람들의 그때 고생이란 게 요즘 가난한 사람들의 밑바닥 노숙자 삶과 하나도 다를 게 없었다.

다만 어린 내겐 미군조종사 미스터 코론 대위를 만날 수 있다는 게 가장 기분 좋은 일이었다.

그 시절엔 종일 일만하고 살던 엄마와 삼촌 옷에서는 땀내가 코를 찔렀다. 만나는 이웃사람들 얼굴빛도 창백했다. 누구 할 것 없이 전쟁을 겪은 몰골에서는 걸인들 체취가 배어있었다. 동네의 내 또래 친구들도 못 먹고 헐벗긴 마찬가지였다. 누가 봐도 걸인들이었다. 어른 대부분의 작업복이 군복이었다. 집집마다 군 철모를 주워 세면용구로 요긴하게 쓰던 시절이었으니 그 무렵 미군들 눈에 비친 한국인들 모습은 '불쌍한 거지 떼'였을 게 뻔하다.

참말로 살아가기 힘겨운 시절이었다. 열여덟 살인 형도 영어 한 마디 못했지만 동네 들판에 주둔한 미군 헬리콥터비행장의 종업원, 일명 '하우스보이'로 아르바이트 취직을 했다. 청소하고 지게로 물을 떠 나르며 미군들 군복을 세탁하는 일을 했다. 형의 돈벌이취직은 내가 미군 장교에게 부탁해 이뤄진 것이다.

내가 다니던 학교 길과 아주 가까워 이따금씩 시레이션 (미군 전투식량) 찌꺼기를 얻어와 푸짐하게 배를 채운 적도 있었다. 누구한테 알파벳도 배운 적 없는 열 살이던 난 기초영어회화 에 관심을 가져 흑인·백인 외국병사 앞에서 서슴없이 영어로 말문을 열던 때였다. 그 후로 점점 영어로 말하는데에 흥미를 가졌다. 난 동네 차도(車道)에 세워둔 군용차 미군운전병들 앞 에서도 암기한 영어회화를 마구 지껄이며 잘난 척 뽐내던 소 년이었다.

한 해가 다 지나도록 학교교실을 짓지 못하다가 미국 UNKRA (국제연합한국재건단) 사업용 목재지원을 받아 6학년 때 가서야 완 공됐다. 교실 벽은 1년 가깝게 선생님과 학생들이 흙벽돌로 쌓 았다. 각 교실은 흙바닥인 채 학생용 책·걸상도 없어 가마니와 멍석을 깔고 앉은 채 수업을 했다. 1954년 3월, 6학년을 마치고 졸업을 했다. 그때도 흙바닥교실에서 바지저고리에 조끼 입은 한복차림으로 사진 한 장 찍으면서 국민학교 졸업식을 마쳤다.

전쟁은 깡패들의 '땅 뺏는 패싸움'이요, 사람목숨을 파괴시키 는 약탈자 모험의 살인극이다. 대한민국 역사에서 이런 전쟁 도 둑질이 한두 번은 아니지만 남침과 북진, 재침과 탈환의 엎치락 뒤치락했던 20세기 중반의 6·25전쟁은 터무니없는 야망꾼들의 도둑놈 파괴행위였다. 세상을 어지럽히는 마약중독자 같은 몇 사람들이 순간 착각으로 대다수 국민들에게 엄청난 재앙을 불러오게 한 미친 짓이었다.

두 번 다시 이 땅에선 동족상잔의 참담한 아픔이 없어야겠다. 이념대립의 '패싸움 판'은 이 나라에서 영원히 퇴출시켜야 한다. 정치지도자들이 큰 잘못을 반성하고 경계해야 한다.

6·25전쟁 정전(停戰) 제의는 소련 쪽 요구로 시작됐다. 회담이 진행되면서 다른 한편으론 38선 한계선 여러 곳에서 매일 전투가 치열하게 펼쳐졌다. 긴 교착상태로 남·북한전쟁은 비극적이었다. 미·중·북 3자 대표자 합의는 1953년 7월 27일 휴전협정으로 끝났다. 그때 우리나라 이승만 대통령의 휴전반대로 국민궐기대회가 지방마다 오랫동안 이어졌다. 우리 학교 운동장에서도 여러 번 열렸다. 그때마다 우리들은 과외시간을 통해 태극기를 그려야했다.

드디어 전쟁은 멈췄다. 다만 38선 대신 개성, 평강, 금성을 북에 두고 장단, 철원, 화천, 간성을 남으로 하는 너비 4km의 비무장지대가 설치돼 국토와 민족분단 아픔은 광복 70여 년인 오늘날까지도 변함없다. 3년 1개월의 전쟁 기간 동안 재산피해가 30억 달러 이상에 이르렀다. 일반주거가옥 60만 호 파괴, 전력시설 80% 이상 파손, 제조업과 농업부문 기타산업 피해도 매우 컸다. 더불어 240만 명이 넘는 인명손상, 1000만 명의 이산가족 발생으로 뿔뿔이 헤어진 남부여대(男負女戴) 피란생활 속에서 눈물을 흘리며 살아야했던 부랑인(浮浪人)들과 고아들의 비극은 한국현대사 발전을 가로막았다. 오랫동안 엄청난 예산을 쓰고도 아직껏 뼈아픈 분단의 아픔을 이어가는 '어리석은 백성'이란 오명을 벗기조차 어렵다.

1954년 3월 25일 단월국민학교 졸업 기념사진. 초가 임시건물 앞에서 단체로 찍은 이 한 장
이 추억으로 남아있다. 바지저고리 한복 차림으로 다니던 어려운 시절이었다. 사진 속 맨 뒷
줄 오른쪽 'me'란 화살표 표시가 되어있는 아이가 바로 어릴 적 필자다.

초가(草家) 등잔 불빛에서 책장 넘기던 소리

힘겨운 시간이든, 기쁨의 시간이든 누가 뭐래도 시간은 냇물처럼 멈추지 않은 채 흘러갔다. '전쟁의 굿판'을 벌인 대한민국. 세상은 뒤죽박죽돼 누구는 붙잡혀갔고, 또 누구는 죽어야했다. 예상치 못한 난리 속 도망자 피란길에서도 애석하게 불구자가 되던가 아니면 죽은 이들도 적잖았다. 어김없는 시간의 변화 속에서 동네사람들은 새 터를 일구며 사계절 나이테처럼 산 사람들은 또 살아가기위해 고향마을로 찾아들었다. 철들 무렵의 3년, 전쟁 틈에 낀 채 세상사 안 봐도 좋았을 온갖 끔찍한 사건의 현장체험을 하면서 어느 사이에 내 나이 열세 살이 됐다.

휴전 후 나라사정은 빈곤하기 이를 데 없었다. 전후복구가 서서히 진행되었고 미국에 의한 각종 원조로 명맥만 유지하던 국가운명이나 국민들의 운명엔 적잖은 고통으로 힘겨운 시절이었다. 농가 빚이 600억 환이라고 말하더니 2~3년도 못 가 1200억 환이라 발표하던 당시 엎친 데 덮친 격으로 전국 곳곳에 수재, 폭설, 태풍의 자연피해마저 해마다 되풀이됐다. 정치, 사회, 경제계의 혼란사태는 겨울 찬바람 못잖게 백성들을 헐벗음의 고통 속으로 몰아넣었다. 농촌경제는 이에 더해 최악의 상황으로 빠져들어갔다.

어느덧 나는 중학교 신입생 입학철을 맞았다. 새 교복을 입고 중학교에 들어가는게 꿈이었다. 하지만 내 의지와 상관없이 불안했던 세상 속에 집은 두말 할 나위 없이 곤궁할 대로 곤궁해져 주눅 든 시골아이에게 진학은 너무 힘겨운 일이었다. 그렇다고 중학교 입학을 포기할 순 없었다.

밤이 되면 등잔불 아래 엎드려 이 책 저 책을 넘기고 틈나는

1957년 3월 4일 청운중학교 제1회 졸업식. 초가지붕 가교사 건물을 배경삼아 기념사진을 남겼다. 맨 뒷줄 왼쪽 첫 번째 'me'란 표시가 되어있는 중학생이 필자다.

대로 공부하는 시간은 놓치지 않고 하루하루 진학의 꿈을 키워 갔다. 그 무렵 "엄마, 나 중학교 갈래요"라고 하자 엄마는 말이 떨어지기 무섭게 반대했다. "이 별난 놈아! 형도 중학교 못 갔어. 네가 어떻게 중학교를 가니?"

엄마는 펄쩍 놀라시며 중학교 진학을 말렸다. 그러나 난 막무가내로 떼를 썼다. 여러 날 궁리 끝에 혼자서 12km 먼 곳까지 걸어 가 지제중학교 입학원서를 구했다. 그리곤 식구들 몰래 원서접수 마감 날 뒷산 길로 달려가 겨우 접수했다. 담임선생님까지도 "네가 어찌 진학할 수 있겠느냐?"고 걱정하면서 마지못해 입학원서 결재를 받아내 주었다.

그 후로 줄곧 중·고등학교와 대학의 학창시절은 모두 엄마 앞에서 불효자식이 되고 말았다. 가당치도 않았던 곤궁한 살림 속에서 나의 공부욕심은 지나친 화근덩어리였으리라. 매 시간을 돌 모아 탑 쌓듯 했고, 흩어진 구슬을 모아 보배를 엮듯 고행의 순간들을 꾹 참으며 공부를 계속했다. 그러다 보니 형과 엄마에겐 불효를 하는 욕심쟁이 둘째아들이 됐다. 돈 없이 하는 독학(獨學)의 눈물과 고학(苦學)하는 '쓰라린 배움 길'은 그야말로 역경의 순간이었다.

올라가지 못할 나무 위의 '열매 따기'라고나 할까. 때론 힘겨운 문제가 생길 때 나 자신도 모르게 은근히 화를 내다가도 말없이 혼자 울기도 많이 했다.

난 평생 학창 시절 때 도시락 한번을 제대로 챙겨본 적 없고, 그 누구로부터 용돈조차 받아본 적 없었다. 중학교 왕복 60리 비포장 먼짓길을 걸어 다니며 비 오는 날에도 우산 없이 학교를 다녔다. 이른 새벽 아침밥조차 뜸이 들지 않아 설익은 보리밥으로 풀칠하듯 먹는 둥 마는 둥 등·하교 발걸음은 언제고 뛰다시

피 했다. 통학거리가 먼 탓에 입학시절 20여 명이었던 친구들이 1년도 못가 5명밖에 남지 않았다. 그때 난 너무 피곤해 잠자리 요위에 오줌을 싼 적도 있었고 고통스러운 '하루 걸이' 전염병을 자주 앓기도 했다.

그러나 무턱대고 '공부는 꼭 하고야 말리라'는 신념에 찬 아이 였다. 오죽하면 중학교 3년간 여름교복 살 돈이 없어 그냥 동복으로 한 해, 또 한 해를 보내면서 억지로라도 학업을 계속하려 했겠는가.

그 시절 중학교 3년을 지제중학교에서 마무리하지 못한 채 3학년에 오르자 가까운 5km 거리의 청운면 용두리에 생긴 공립 중학교로 옮겼다. 그래서 나는 청운중학교(교장 차기환) 제1회 졸업반 학년(1년간)을 겨우 마쳐 졸업장을 받을 수 있었다. 그때가 단기 4290년(서기 1957년) 3월 4일로 내 나이 만 열여섯 살이었다.

중학교 3년을 마친 뒤 고등학교 진학은 언감생심이었다. 진학은 말도 꺼내지 못한 채 좌절됐다. 형은 돈을 벌기위해 집을 떠났다. 홀어머니만 계시므로 난 열여섯 살부터 3년간 땔나무꾼 아이로 농사일꾼이 돼야 했다. 낮엔 지게를 지고 논일과 산속 땔나무를 해 날랐다. 저녁 잠자리는 피로가 밀려들어도 통신강의록을 통해 친구들 학업을 어깨 너머로 흉내 내면서 하루도 책을 멀리 한 적 없었다.

그때 농촌생활일꾼으로서 공부에 전심전력하다 아무 생각없이 밭으로 지고 가던 썩은 냄새 풍기는 두엄 짐을 다시 집으로 되가져온 적도 여러 번 있었다. 나는 초여름 모심기 노동을 하다가도 휴식시간 중에는 주머니 속 단어장을 꺼내 영어공부를 열심히 했던 가난한 농촌의 일꾼소년이었다.

별수 없이 사춘기시절을 땀범벅의 농사꾼으로 보내야했다. 봄

철은 오줌똥 섞인 퇴비를 지게소쿠리로 먼 논밭까지 등짐을 져 날라야 하고 여름철은 각종 밭곡식을 키우면서 매일 소꼴도 한 짐씩 베어왔다. 가을철은 벼 타작하면서 땔감도 **빼놓지** 않고 준비했다. 겨울철은 동네이웃들과 품앗이노동력을 맞교환하며 살았다. 농군들 휴식은 눈비 오는 날에야 할 수 있었다. 1년 내내 일거리는 가을낙엽처럼 널려있었다.

하지만 나의 향학열은 식을 줄 몰라 잠을 줄이고 친구들보다 늦어진 공부에 집중할 수밖에 없어 언제나 석유등잔불 아래 책장을 넘기며 밤을 지새웠다.

'더 늦기 전에 고등학생이 되리라'고 결심하고 끈질긴 엄마와의 언쟁 끝에 집안형편은 나 몰라라 하고 무작정 울며불며 고등학생이 되겠다고 도전장을 내밀었다. 그리고 그 길로 가출소년이 됐다. 그리해서 열아홉 살 되던 해 양평농고 2학년 편입절차를 밟아 꿈에도 그리던 고등학생이 됐다. '틈나는 대로 집안일손을 돕겠다'고 다짐했지만 뜻대로 안 된 채 내 생각은 오로지 '아는 게 힘, 배워야 산다!'는 생각 하나로 그리도 갈급증(渴急症) 나던 학업의 욕망을 채워나갔다.

부족한 용돈은 주말이나 방학 때 어김없이 집 건너 '단월버스정류소' 앞뜰에서 좌판을 벌여 참외, 살구, 복숭아 장사꾼으로 학습용돈을 마련했다. 때론 면사무소 비료창고 짐 내리기, 시골로 오는 서울사람들 등짐을 날라주는 일로 용돈을 수월찮게 벌었다. 이렇게 힘겹게 또 한 단계 올라 고등학교 졸업장을 받았다. 양평농고(교장 석성균)를 졸업한 때는 단기 4294년(서기 1961년) 3월 8일로 내 나이 만 스무 살이었다.

1960년 겨울방학부터 난 대학진학 기회를 다시 엿보기 시작했다. "나보다 성적이 뒤처지는 친구들이 모두 대학을 간다는

데, 왜 내가 진학을 못하겠는가?"라는 이유에서였다.

과욕인줄 알면서도 마음 속으로 꿈을 엮기 시작했다. 오랜 날 궁리 끝에 야간대학 진학을 위해 낮일 하는 일터를 알아보자고 마음먹었다. 그때 친근하게 상담해주셨던 국어과 최준기 은사님을 여러 번 댁으로 찾아뵙고 서울에 있는 야간대학에서 공부할 일자리를 간곡히 요청드렸다.

'기어코 대학생이 돼 군 입대를 할 것'이란 굳은 결심으로 대학 진학을 남몰래 챙겨나갔다. 그 무렵 우리 사회는 절대빈곤시대였다. 도시와 농촌의 빈부격차가 더욱 깊어졌다. 모든 국민들이 가난한 생활을 벗어나고자 자식들 교육과 취업에 허덕일 때였다. 나 같은 청년세대로서 주경야독의 일자리를 구하기란 무척 힘들었다. 그래도 칡넝쿨처럼 얽혀있는 어려움을 풀면서 내 부족함을 해결하기 위해선 급선무가 무엇일까? 이런 고민 끝에 대학입시문제 풀기와 암기를 반복하며 밤을 새웠다. 언제나 '난 앞으로 무엇을 하며 살아가야 하나?'라는 고민을 하며 등잔불 아래서 많은 독서를 했다.

고교 3학년이 되는 해 때마침 서울 경희대에서 '전국 고교생 실력경시대회' 발표가 있었다. 그때 국어과목 학교대표로 내가 추천됐다. 이 일은 나에게 대학입시에 대한 자신감을 불어주는 계기가 됐다. 어려서부터 남의 편지 써주기와 영어로 말하기, 성경 명문장 쓰기, 〈명심보감〉 숙독, 유명시인들 시작품 암기, 집안 족보쓰기와 조상 제사상 지방·축문 쓰기 등에 남달리 관심 많았고 학교문예반 활동에서도 글을 잘 쓴다는 소리를 많이 듣던 나는 대학에 입학해 국문학을 전공해야겠다는 꿈을 품게 됐다.

고단함을 제치고,
야간대학에 진학

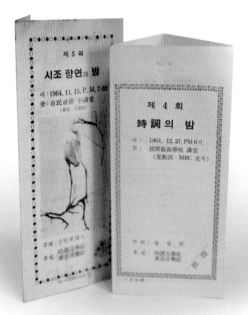

시조문학 동인 '울림회' 활동 시절 만들었던 프로그램 리플렛이다.
제4회 '時調의 밤' 행사 프로그램(1963년 12월 27일)
제5회 '시조 향연의 밤' 행사 프로그램(1964년 11월 15일)

1960

'기필코 대학공부는 끝내리라'

처음부터 편한 생활은 아예 단념했다. 최 선생님 안내로 서울 청량리역에 도착해 그날 곧바로 서대문구 한국연초제조창 건너 의주로에 있는 '신우기업(주)' 문을 두드렸다. 이곳은 선생님의 형님이 근무하던 회사였다. 그분은 최원기 씨로 신우기업 경리 과장으로 계셨다.

교복 입은 시골학생인 나는 그분의 주선으로 회사건물 1층에 있던 카센터에서 임시 일자리를 구했다. 그날부터 기름 묻은 작업복을 입고 근로현장 일꾼이 됐다.

어떤 어려움이 있어도 '기필코 대학공부는 끝내리라' 마음먹으니 청년기의 피곤함은 다 헤쳐갈 수 있었다. 다만 그 일터에선 밤에 공부를 하고 싶어도 차를 수리하는 다른 직공들과 한 방에서 지내야해서 도저히 책을 펼칠만한 곳이 못 됐다.

며칠 후 최원기 경리과장께서 "한 군, 힘들지만 기다려. 자네

1964년 10월 6일 국제대학 문학의 밤 행사장 무대 앞에서 국문과 동기들과 기념촬영. 필자와 동기들은 시인 양명문 교수님(앞 줄 왼쪽에서 두 번째)으로부터 시 창작실기를 배웠다.

1963년 6월 10일 시인 양명문 교수님과 문학합평회를 열었다. 앞줄 왼쪽부터 두 번째가 필자.

1963년 12월 1일 시인 양명문, 소설가 안수길 교수님을 모시고 문학합평회를 열면서 선배님들의 환영을 받았다. 두 번째 줄 'me' 표시된 이가 필자.

가 영어를 잘하니 공부할 직장을 추천해줄 것이야. 자네, 공부하려면 우리 회사 숙직원으로 사무실 지키며 영문타이핑 연습도 많이 해둬"라고 말했다. 그날부터 힘든 건 아랑곳하지 않고 2층 사무실에서 입시준비에 집중했다. '남들처럼 편하게 살지 못할 운명이라도 난 절대로 좌절하지 않으리라'고 다짐했다.

정말 감동스럽게도 내 운명이 조금씩 열리기 시작했다. '지성이면 감천'이란 말 그대로 1961년 3월 야간대학 국문학과 합격증을 손에 쥘 수 있었다. 미리 상경해 5개월분 월급을 모아 놓았기에 입학금도 낼 수 있었고, 대학도 직장에서 가까워서 입학시험과 면접일체를 한결 편하게 끝낼 수 있었다.

특히 그해 4월 최 과장님이 주한미국대사관의 총무과 사무보조원으로 추천해줬다. 덕분에 낮엔 서울시 종로구 안국동에 있는 주한미국대사관저 총무과에서 일하면서 밤엔 서울 서대문구 충정로에 있는 국제대학 강의를 들을 수 있는 큰 혜택을 누리게 됐다. 그야말로 고학생으로서는 최고로 좋은 일터였다.

대학 4년간 고향집 도움은 전혀 받을 수 없었다. 의식주를 혼

1963년 10월 24일
국제대학 재학시절 학생부장으로 제1회 전국남녀
고등학생 웅변대회 준비를 도맡았다. 맨 뒷줄 'me'
표시가 필자.

1963년 초여름 어느 일요일. 대학 3학년
시절의 모습이다. 대학생들도 교복을 입던
시절이었다.

자 해결하면서 '5·16군사쿠데타'(1961년) 총성도 서울생활에서 들었다. 제5대 박정희 대통령 취임식(1963년) 라디오뉴스도 고학시절 직장에서 들으며 세상의 모든 일을 외면한 채 오로지 학업에만 몰두했다. 밤에는 신우기업 회사 숙직원으로 일하면서 잠자리를 해결했고, 낮엔 안국동 주한미국대사관 관저에서 사무실 직원으로 일할 수 있었다. 용공(容共)분자 2000명과 깡패 4200명 소탕작전, 대일 외교 반대데모, 전국비상계엄령 선포 등으로 나의 청년시절 야간대학 고학생활은 늘 불안했으나 묵묵히 직장일과 대학수업에 전념했다.

나의 출·퇴근코스는 서울 서대문~광화문~안국동으로 광화문대로를 낀 뒷골목이어서 늘 연좌데모대가 모이던 곳이었다. 세종로 복판의 함성과 깃발, 현수막, 해산의 체류가스를 마시며 걸어 다니긴 정말 힘들었다. 검정색으로 물들인 초라했던 군복차림의 고학생처지로는 적잖은 불편이 있었다.

삼엄했던 군경들의 계엄령선포와 위수령발동으로 주간 직장업무에도 힘든 적이 많았다. 특히 서울역 주변에 '꿀꿀이 죽'이라고 하는 걸인들이 사 먹는 밥집을 드나들었는데 출·퇴근시간에 골목길 통행이 막혀 끼니를 거르기 일쑤였다. 대학수업에 결강한 적도 한두 번이 아니었지만 청년시절의 허기쯤이야 너끈히 견뎌내며 살았다. 낯선 서울 도시 복판에서 일하고 공부하며 잠을 자는 일체의 내 생활은 떠돌이 신세와 다름없었다. 의식주 모두를 내 스스로 해결해야 했기 때문에 숙소는 허름한 신우기업 건설회사 설계사무실 숙직원으로 책상 위에서 잠을 잤다.

이어 주한미국대사관 안국동의 외교관 관사아파트로 2시간 빨리 출근해 아침식사를 만들어 아침과 점심 두 끼니의 먹을거리를 해결했다. 종일 근무를 마치면 빠른 걸음으로 서대문 네거리의 국제대 야간대학으로 갔다. 그곳의 강의 첫 시간은 대략 오후 5시 반이며 전체 강의 끝 시간은 밤 9시 반으로 저녁밥을 먹을 수 있는 시간은 늘 늦었다. 식당 문이 닫히기 직전인 밤 10시 막바지 시간에 제일 값싼 음식을 사 먹으며 하루의 일과도 되새겨가면서 다시 숙소사무실로 들어갔다.

잠자는 사무실에서 숙직시간에도 수업준비를 하거나 시 창작 독서를 하고 과제물 준비, 사무실 뒷정리를 끝내면 어느샌가 자정이 지나기 일쑤였다. 그러므로 주말 휴식 날 이외엔 나의 밤과 낮 시간은 편하게 쉴 곳도 없고, 맘 놓고 쉴 수도 없는 이중삼중의 고된 삶이었다.

그렇지만 누구에게도 내 고충을 말할 수 없었다. 건강한 20대 청년으로서의 학구열에 들떠있던 욕망을 채우기위한 모든 형편을 오로지 감사하는 맘으로 살아야했고 주변인들에게 성실함만을 보여줘야 했다.

그런 힘든 생활이 이어진 나에게도 이성이 나에게 관심 주는 일이 있었다. 대학 2학년 때 신우건설에서였다. 숙식을 하며 낮엔 직장일, 밤엔 대학공부를 했을 때다.

대학 야간강의를 다 들은 뒤 회사로 돌아와선 사무실에서 책상 2개를 붙여 침대삼아 그 위에서 잠을 잤다. 그러던 중 겨울 어느 날 밤 이불이 난방용 난로에 불타는 일이 벌어졌다. 너무 피곤했던 탓에 잠자리 중에 이불이 불타는 줄도 모르고 곤히 잠자던 나는 매캐한 냄새에 눈이 번쩍 뜨여 일어나보니 이불이 불타있었다. 나는 회사사람들이 이 사실을 알까봐 말도 못하고 전전긍긍했다.

난감한 표정을 짓고 해결방법을 찾고 있던 차에 수호천사가 나타났다. 사무실에서 급사로 일했던 여자사환이었다. 10대인 그녀는 나와 같은 처지의 고학생이었다. 나처럼 낮엔 회사에서 일하고 밤엔 서울 숭의여고 야간반에 다녔다. 그녀는 이불이 불탄 것을 알고 가까이 있는 남대문시장에서 천을 사와 감쪽같이 수선해 주었다. 이렇게해서 나는 위기를 모면할 수 있었다. 은근히 나를 좋아했던 그녀의 배려는 또 있었다. 어느 여름날 내가 음식을 잘못 먹어 배탈이 나 사흘간 회사 일을 못하고 드러눕자 죽을 쑤어온 적도 있었다.

내가 너무 가난한 고학생이었기에 일요일 쉬는 날에도 미국대사관 관저의 넓은 아파트정원 잔디 풀 깎기, 외교관승용차 세차하기, 아파트 2~3층 창문 닦는 일을 아저씨 몇 사람과 함께 해용돈을 버는 아르바이트도 수시로 했다. 모자라는 생활잡비를 해결하던 4년간의 고학생시절이 지금 와서 생각해봐도 오래전 일 같지 않다.

지금도 이따금씩 서울 광화문광장이나 경복궁거리와 안국동, 인사동 사거리 일대를 지나갈 때마다 1960년대 4년간의 고학시절이 어제요 오늘 일로 착각되며 내 지난 청년기의 수고했던 육신을 새삼 매만져보게 된다.

그러한 이중고의 바쁨이 있었지만 미국대사관의 근무조건이 천만다행 토요일과 일요일 이틀 휴무이었다. 또 한국 국경일, 기념일과 미국의 각종 기념일에도 휴무여서 여가휴식일은 적잖았다. 그러므로 난 이태극 교수님의 시조 전문 계간지 〈시조문학〉 편집과 교정, 발행 잡일을 도울 시간이 생겼다. 그 일을 돕기 시작하면서 출판사 출입과 시조작가 만나기, 광고업체 방문의 공적 사무까지 담당해야 했다. 이것은 국문학과 대학생인 나에게 있어서는 현장체험과 다름없었다. 이같은 경험 때문에 훗날 교직사회에서도 다른 교사들보다 경륜을 인정받는 요인이 되지 않았나 생각이 든다.

제 3 문턱

이처럼 나의 서울에서의 힘겨웠던 고학은 미래를 준비하는 과정으로서 유익한 시절이 된 셈이었다. 더구나 대학교 3학년 때 학생회 학예부장에 임명돼 가끔 발행되는 '국제대학신문'과 학생회 '논문집'도 도맡아 편집·기획하고 원고를 모아 신문과 책을 발행하는 전담자로서 어려움 모르고 까다로운 출판물들을 졸업 직전까지 만들어냈다.

이로써 나의 시조시단 문인의 출발과 교사생활 중에도 남들이 해내기 힘들다는 문과전공자의 특수업무까지 다 해냈다. 나의 청년기 주·야간이 빈틈없이 바쁘기만 했기에 그 틈새 시간도 아껴 쓰는 가운데 내 청춘기는 건강한 사나이면서도 일벌레처럼 알뜰히 내 생애를 준비하지 않았나 생각한다.

그 시절엔 한·미 관계개선에 따른 국제정세 변화로 한국정부는 1964년 10월 31일 베트남공화국과 협정이 맺어져 야당불참 속에 전투병력 파견이 국회동의로 결정됐다. 이듬해 9월 재야세력 반대에도 맹호부대 1진이 월남을 향해 부산항을 떠났다. 이때 젊은 학생들은 술렁거렸고, 야당정치세력의 데모피켓엔 "군사정권 물러가라!"고 쓰여있었다. 서울 곳곳에서 일어난 시위 군중들 속에는 나도 있었다. 나는 학생회 임원으로서 광화문 대학생 저녁데모에 두 번 가담했다.

고학으로 시작한 4년간의 대학생활이 드디어 마무리됐다. 휴학 한 번 없이 문학사(文學士) 학위취득의 형설지공(螢雪之功)이야말로 나를 키워준 어머니와

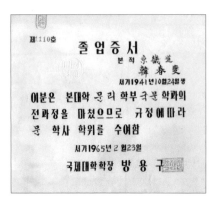

1965년 2월 23일 국제대학 졸업장

1964년 11월 15일
'울림회' 제5회 시조 향연의 밤 낭송회 때 인사말을 하고 있는 필자(시민회관 소강당). 대학교 4학년 재학 시절이었다.

1963년 12월 27일
'울림회' 제4회 '時調의 밤' 시조 낭송회를 서울 시민회관 소강당에서 열었다.

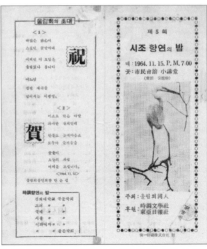

1964년 11월 15일 대학생 시조문학 동인단체 '울림회'의 제5회 '시조 향연의 밤' 행사 초대장

형, 최 과장님 은덕이었다. 울며불며 떼를 써 매달린 나무꾼소년의 향학열은 멋진 불꽃이 됐다.

내 일생에서 대학생활은 알찬 시간이었다. 수많은 '인연'으로 내 전공에서 시문학(詩文學) 창작의 길이 열렸고, 이태극 교수와의 만남으로 '울림회' 대학생 시조시 동인활동(1963년)도 할 수 있었기 때문이다. 그 후 〈시조문학〉을 통해 문단추천 기회(1964년)도 주어졌다. 특히 국제대학 학예부장 학생활동으로 대학신문, 대학생 논문집, 〈시조문학〉 편집·교정의 출판경험도 얻게 돼 훗날 문학인으로서 탄탄한 길을 걷는 '소중한 학생시절 체험'이 될 수 있었다.

꿀꿀이 죽을 먹어야 했던 가난한 대학생 직장인

열정과 에너지를 가슴에 담은 25살 청년이 됐으나 너무 부족한 게 많았고, 언제나 배움의 길에서 갈증도 많이 느꼈다. 가난해 힘겨움도 마다 않고 숨 가쁘게 대학을 졸업했다.

4년간의 대학과정 중 학자금 부족으로 발을 동동 구르면서도 휴학은 생각지 않았다. 결국 부모 도움없이 대학을 졸업했다. 설렘의 도시, 꿈의 도시 서울 고학생활에서 생활비를 아끼며 살았지만 연 2회 비싼 등록금 납부일이 다가올 땐 늘 긴장으로 힘겹게 버텨냈다.

주한미국대사관은 월급을 매달 두 차례로 나눠 받는 직장이었다. 매일 세 끼 값싼 식사비를 빼고 모아도 등록금을 낼 때마다 늘 부족했다. 궁리 끝에 평소 사무실에서 전기난로에 밥을 해먹으며 하루 두 끼만 사 먹기도 했다. 하지만 직장사무실에서 동료직원들 모르게 식사를 해먹는 게 곤란할 때도 자주 있었다. 할 수 없이 뒷골목 걸인이나 지게꾼들 단골음식인 '꿀꿀이 죽'집도 여러 번 드나들었다.

그러니깐 외모는 번듯한 젊은 대학생이며 직장인이었지만 먹는 일과 잠자는 수준은 바닥으로 꿀꿀이 죽을 먹고 살아야 버틸 수 있는 젊은 시절이었다. 휴일이 와도 친구들과 영화구경을 하지 못했다. 이성친구와의 교제는 꿈처럼 멀게 느껴졌다. 오로지 대학은 마쳐야 한다는 생각으로 전공분야 공부 때 창작독서에 몰입했다.

지금의 기억으로도 서울에서의 고학생활 4년간 어머니가 계신 양평 집은 겨우 다섯 차례 다녀왔던 것 같다. 잠깐 짬을 내 하룻밤에 어머니를 뵙고 다음 날 첫 버스로 되돌아오는 외출 같은 집 방문이었다. 일 년 중 낮 직장근무와 저녁의 대학공부시간 이외 주말조차 부족한 생활비를 벌려면 시간상의 여유는 없었다.

주한미국대사관 직원관사(館舍) 사택의 유리창 닦는 일, 정원 잔디 풀 깎는 일로 나에게 휴일은 또 다른 아르바이트 돈벌이 시간이었다. 명절연휴 때도 넓은 사무실의 대형 연탄난로 불을 꺼뜨리지 말아야하는 숙직원 책임도 맡아 나로선 명절도 일종의 사치와도 같았을 뿐 고향방문은 엄두도 낼 수 없었다.

대학을 마치고 나니 병역의무란 큰 바위덩어리가 또 나를 기다렸다. 재학 중 연거푸 입영연기원서를 병무청에 내어 입대는 최대로 늦춰졌다. 그 바쁜 시절이던 1964년 〈시조문학〉으로 1-2-3회 추천을 마치고(1966년) 그해 한국문인협회 정회원으로 이름이 문단에 올랐다.

경기도 광주군 중부면(현 성남시) '모란중학원(현 풍생중)' 임시직 교원을 1년 하다가 가평군 '조종국민학교' 공립교원자격증도 얻어 발령대기 중 쓴 습작시와 소논문 '여류시조고'도 〈시조문학〉에 실렸다. 군 입대일을 기다리던 초겨울 입영통지서가 집에 속

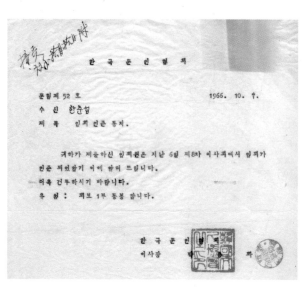

1966년 10월 7일 한국문인협회 시분과 회원 입회인준 통지문. 당시 한국문인협회 이사장은 월탄 박종화 선생이었다.

달로 배달됐다. 나는 1966년 11월 12일 머리를 깎고 그 길로 호남선 야간열차를 타고 논산까지 가서 단독입영했다. 쌀쌀했던 겨울날 황산벌의 신병훈련소쯤이야 소년시절 농사짓던 일꾼생활보다, 고학생 때보다 덜 힘든 훈련이었다. 군 시절 습작품들은 주로 〈전우신문〉이나 〈시조문학〉에 실었다. 습작 수준의 시조 '가리라'가 〈(67년 발간) 한국시조선집〉에, '밤을 가며'가 〈신문학 60년 대표작 전집.6〉에 실렸다.

남들이 기피하는 베트남 파병 세 번 자원

군 훈련동안 진짜 곤욕스러운 훈련은 입대 그 다음 해 베트남 파병을 위한 강원도 화천군 오음리의 맹훈련 때였다. 전반기 신병훈련을 마치고 논산군 연무읍 제116육군병원 의무보급과에 배속된 뒤 이등병시절부터 예하 병원별로 약품을 나눠주는 영문 타이핑(주특기 703, 영문타자병) 행정병이었다. 내무반의 불침번 대신 입원 부상병이나 사망군인들 시신 옆을 지키는 머리 쭈뼛해지던 밤 보초도 자주 서야했다.

일등병으로 반년쯤 지나자 남들은 기피하는 해외파병을 세 차례 자원, 세 번 만에 전속명령이 떨어졌다. 뒤늦은 군 생활 중 색다른 전쟁터 경험도 해보고 싶었다. 두툼한 전투수당도 받고 싶은 욕심으로 "전투병이나 보병도 상관없다"며 행정병으로서 '한번 부딪혀보자'고 맘먹었다.

그러나 막상 전속명령서를 받는 순간 정신이 아찔하며 가슴도 철렁 내려앉았다. 그날 밤 상급병사들 송별파티로 만취해 연무읍내 중학교 야학제자들 작별인사도 못 받고, 다음날 이른 아침 제116육군병원을 혼자 떠나야했다.

1967년 6월 1일 논산군 연무읍 제116육군병원이 운영하던 계명학원 야간부 국어과 교사로 군 생활 중 봉사에 나섰다.

나는 논산에서 춘천까지 버스와 기차를 바꿔 타면서 뜨거운 여름날 집결지로 갔다. 춘천역까지 요금 한 푼 내지 않고 무료승차 만취군인이 된 채로 불법위반자의 탈선행동을 서슴없이 하면서 수백 명 낯선 장병들 틈에 합세됐다. 우리는 곧바로 군용차편으로 단체이동했다. 오음리 7km 못미처 고갯길 앞에 이르자 "모두 하차! 여기부터 훈련장까지 속보행군이다!"는 고함소리가 들렸다.

무거운 더플백을 멘 우리는 행군대열로 입소했다. 그 후 1967년 7~8월

77

제3문턱

1967년 9월 20일 주월한국군 제1군수지원단 인사행정과에서 복무했다. 월남 파병 시절 나는 43도 이상의 폭염을 이겨내야 했다.

1967년 8월 10일 월남 파병 환송식 부산 3부둣가에 수　1967년 8월 30일 퀴논1군수지원단 인사행정과
많은 사람이 몰렸다.　　　　　　　　　　　　　　내무반 입구

은 비지땀 흘리는 찜통더위 속의 맹훈련이었다. 화천군 '오음리
훈련소'에 배속된 첫날부터 극한상황이 계속됐고 군대 집단의 일
원으로 죽을 것만 같은 매순간을 견뎌내야했다. 너무 견디기 힘
든 복더위 속의 여름교육이 남자들의 인내를 시험해보는 듯했다.
무지막지한 실제 전투 같은 훈련이었다. 끝까지 훈련적응을 통과
하지 못해 원대복귀한 군인 수가 15%쯤 됐다.

　나는 유격, 산악 구보훈련, 심야사격, 자갈길 새벽 달리기 등
의 모든 코스를 마치고 나니 몸무게가 10kg 이상 빠졌다. 지옥
속 어둠의 불길을 걷는 불쾌한 기분이 들고 마치 형무소 죄인의
고문이 아닌가 싶을 정도였다. 잠도 제대로 재우지 않아 짜증 섞
인 불만의 고통을 모두 참아내야 했다. 25살 그때의 체험들이
지금껏 생생하게 기억된다.

　한 달 만에 수염도 깎고 이발도 마치고 계곡물 야외목욕까지 끝
내자 일체의 의류품들이 새 것으로 지급됐다. 곧바로 부산항 제3
부두에 정박된 미군함정에 오르기 위해 춘천역에 대기된 직행 초
특급행 군용열차편으로 밤새도록 이튿날 새벽까지 달려갔다.

　부산에 도착한 일행들은 승선을 마치자 외부와 통제된 상태에

서 배 꼭대기로 모였다. 배 아래에선 태극기물결에 맞춰 군가를 함께 부르는 '부산 각계 시민대표 환송식' 군중들이 보였다. 너나 할 것 없이 눈물을 닦으며 목소리 높인 환호와 감격스런 만세를 외치던 순간 배는 천천히 움직여 나갔다.

베트남참전의 역사일기는 대의명분이 분명했다. 1964년 7월 19일부터 1973년 3월 23일까지 8년 8개월에 걸쳐 연인원 32만 명이 베트남에 파병됐다. 맹호부대, 청룡부대, 비둘기부대, 백마전투부대와 비전투군수단 십자성부대와 의료지원단들로 구성된 병력은 베트남의 평화유지, 의료지원과 학교 및 주택건설과 식량공급 등을 담당하며 귀중한 우리나라의 전투경험을 축척하는 기회를 가질 수 있었다.

이로 인해 경제개발 밑거름이 됐고, 선진국 수준의 최신 장비 운용 등의 당면과제도 해결할 수 있었다. 그때 국가안보상 위기를 슬기롭게 헤쳐가면서 벌어온 50억 달러의 외화는 경부고속도로 건설의 버팀목이 됐다. 기업들의 외국진출 계기를 마련했던 큰 성과를 거둔 근대화 역사의 진면목을 기록해 놓은 것이다.

일주일간 밤낮 쉬지 않고 움직이는 선실에서 바라다보는 망망대해는 경이로웠고 그 풍경은 구경거리가 되고도 남았다. 뿐만 아니라 선실 메뉴라든가 다양한 휴게시설을 보고 놀라지 않을 수 없었다. 식사는 한국군대의 음식과 미국군대의 음식을 고르게 섞은 1주일간의 메뉴들이 만족스러웠다. 다만 모든 병사들의 배 멀미가 대단했다. '난 어느 부대로 배치될 건가?'라는 생각 때문에 마음은 긴장상태였다.

사흘 째 되는 날 1시간이 넘도록 선실방송을 통해 부대배속명령을 전달했다. 총 450명 중 나는 맨 끝 시간에 이르러서야 호명됐다. "일병 병과–703, 군번 11676768, 한춘섭–십자성"이라

1967년 11월 5일 십자성부대 1군수단 인사행정과 원호
담당 행정사무실 근무 모습

1968년 3월 15일 군수품 원호담당을 위해 군용
기 편으로 출장을 떠나기 전 나의 모습

는 소리가 똑똑히 귀에 박혔다.

베트남의 나트랑항구에 내리는 순간 온몸이 땀으로 범벅이었
다. 속옷을 쥐어짜면 물이 나올 만큼 찜통더위가 우리를 엄습했
다. 호흡조차 곤혹스러웠다. 우리나라 여름철 삼복 더위보다 더
강렬했다. 동남아의 40도 넘는 열기가 우리 일행을 몹시 당황시
켰다. 부대별 배출소대 텐트가 준비돼있는 대기소로 차량이동을
하면서 스치듯 거리 해안가의 야자수도 처음 보았다. 거리 인파
들 속에서 풍겨오는 베트남 특유의 풍토냄새가 뒤범벅이 돼 신
기했다.

군인 전용텐트에서의 대기소대 첫날은 미국군인들 휴대품 대
용식사로 끼니를 때웠다. 종이상자에서 꺼낸 개인별 야전용 시
레이션(C-Ration, 전투식량)이 나눠져 캔(Can) 뚜껑을 열거나 봉지를
뜯어 각자 알아서 골라먹는 완전 이방인의 전투식량 식사가 베
트남 도착 첫 시작이었다.

모두 타국에 와 서먹한 분위기이면서 앞으로 배속된 부대별로

흩어지게 되면 함께 지옥훈련을 받았던 지난 한 달간의 실전훈련전우들은 각자의 뇌리에서 군대생활 추억으로 영원히 남게 될 일들이 겹쳐 밤잠이 제대로 오질 않았다. 곧 전우들과의 헤어짐의 시간이 다가오고 있었다.

해질녘이 다 돼서야 누군가 내 이름을 불렀다. "한춘섭 일병, 이리 와!", "넌 이곳에서 며칠간 기다려. 퀴논 제1군수지원단 인사참모본부로 갈 것인데 거기서 널 데리러 올 것이다. 약 5일 이상 여기 있어야 돼. 그러니 저켠 병원일을 도와야 돼."

병원건물이라야 사방이 트인 채 임시조립식 건물이면서 비좁은 병실마다 의료용 침대만 빼곡했다. 그곳 병원의 귀퉁이 책상에서 나는 약품 청구서신청을 영문타자기로 작성하는 내 병과에 맞는 일과였다.

넓은 산자락 밑에 있는 육군병원 병실마다 한국군 부상병들이 누워있었고 부상당한 채 생포된 적군 베트콩들이 진료소에 있었다. 이곳에서는 간호장교들이 바쁘게 움직이고 있었고 수많은 부상자들이 고통스러운 신음소리를 내고 있었다. 이들의 신음소리가 가슴을 저리게했다. "아이고 나 죽어, 나 죽겠다!", "제, 두 다리 좀 제발 찾아내줘요!" 등의 소리가 들렸다.

하반신 전체가 붕대로 감겨진 채 여기저기서 위급한 중환자병사들의 신음과 절규는 애처로웠다. 알코올 솜으로 피를 닦아가며 연신 주사기 뽑기에 바쁜 육군간호장교들은 팔·다리가 잘려나간 수십 명의 환자들 치료로 손놀림이 바빴다. 며칠 간의 병원일과 중에 앰뷸런스로 드나들던 환자수송 광경이라든가 끝내 사망한 병사들을 실은 운구차량이 드나드는 모습을 볼 수 있었다. 그곳 야전병원에서 밤낮으로 고통을 호소하는 환자의 울부짖음과 알코올 약품냄새로 섬뜩했던 고통들이 지금도 기억에 남는다.

군용비품 지급·배정 업무 맡아

며칠 뒤 나의 선임자와 책임장교인 황상흠 대위가 날 데리러 대기소대로 왔다. 육로가 없으므로 비행기로 가야한다며 셋은 나트랑 군용비행장을 거쳐 퀴논에 도착했다. 모두가 생소한 환경으로 인사행정참모본부 사무실 막사로 나를 안내했다. 부대 표시로 야자수가 그려져있는 정문입구가 내 견장과 일치됨으로써 내가 있을 소속부대임을 직감했다. 인사참모본부엔 책임장교 3명 아래 하사관 2명, 사병 8명 등 13명이 한 사무실에 있었다.

비행장이나 주변 어디에서도 열대지방 선인장 풀무더기가 많았다. 사무실 주변에도 유별한 관상수들은 전혀 없이 야자수나 파인애플만 지천으로 문득 '이곳이 진짜 내 나라는 아니구나'라고 생각됐다.

내 개인기록을 중대본부로 제출하고 내무반 자리배정도 받았다. 그 즉시 선임병사로부터 나의 담당사무를 넘겨받고 보니 업무가 한가롭지 않음을 알았다. 주월한국군 장교와 사병들에게 1매씩 주어지는 영문타이핑의 레이션카드(Raction-Card) 발급, 단위부대별 PX휴게소의 군용비품 지급·배정과 맹호부대 전사병사들의 전과(戰果) 공적조사서를 타이핑하는 일이었다. 물론 전쟁터 군인으로서 정글터널에서 야간 조별 매복(埋伏)을 2주마다 불침번 서야 된다는 지시도 선임중사로부터 들었다. 그 후로 며칠 사이 출장을 다닐 대단위부대들과 상시 연락할 곳도 익혔다. 여러 일상들 중 챙겨야할 협조기관 병사들과도 얼굴과 목소리를 익혀야했다.

부대에 배치된 한 달 새 힘에 벅찬 야간매복도 경험했다. 협조처 사령부 출장도 다녀왔다. 매복은 5명 1개조로 편성됐다. 일과를 마치자마자 중대본부 탄약고에서 실탄 외 개인용 완전 전투군

장비를 인계받아 부대경계를 위한 뒷산의 정글 정상을 30분 이상 헤치고 걸어야했다. 빽빽하게 헝클어져 뻗친 줄기나무 정글 속의 산길을 따라 매복지점까지 가는 동안도 긴장됐다. 그 후 분대장 지휘통솔로 하룻밤을 산에서 꼬박 지새워야 했다. 우리 본부중대를 에워싸고 있는 높고 낮은 사방전체를 살피며, 깊어진 한밤중의 경계보초는 고역스런 임무였다. 우리의 땀 냄새를 맡고 엄습해오는 모기들의 괴롭힘은 상상을 뛰어넘을 지경이었다.

밤하늘의 별들은 총총했다. 멀고 가까운 민가불빛보다 별들의 반짝임이 훨씬 더 아름다웠다. 밤 내내 한국군 주둔막사의 불빛도 휘황찬란했다. 비가 내릴 때 입는 우의조차 왕모기 떼에겐 견뎌내지 못했다.

그렇게 뜬눈으로 지새우는 매복이야말로 '내가 정말 파월병사'라는 사실을 실감하는 순간이었다. 다음날 오전까지는 피로감에 지쳐 고향가족들 얼굴과 옛일들을 회상한다는 게 몽롱해질 뿐으로 편지할 짬도 없이 바빴다.

황 대위를 쫓아 비가 오는데도 백마사단 닌호아와 청룡부대주둔지 추라이로 출장을 갔다. 나는 귀가 멍멍해지는 헬리콥터에 몸을 실었다. 휴대용타자기도 들고 다니며 장비품목과 TV 등 물품점검도 현지에서 꼼꼼하게 하며 부족한 장비신청서와 사유서를 덧붙여 타이핑 문서를 꾸몄다. 헬리콥터를 타기 위해 비행장 안내데스크로 가 출장증명서 확인점검하는 데에 약 1시간 넘게 기다려야 했다. 모두 낯설고 처음 겪는 군대의 일상업무를 설명 들으며, 대학시절 주한미국대사관 사무수준에 못 미친다고 생각했다.

"한 일병, 너 상병진급이 다음 달에 되더라", "넌, 대학을 졸업했는데 왜 장교입대를 안 했냐?"라며 상급장교와 많은 이야기를 나누며 출장 중에 더 가까워졌다. 그는 "이번 출장은 인수인계로 내가 동행했지만 앞으로는 너 혼자 출장을 다니는 거다"고 말했다.

황 대위 나이는 나보다 두 살 위였고, 고향은 경기도 의정부였다. 어딜 가더라도 먹고 마시는 일은 몽땅 미군 주둔지의 서양식뿐이었다. 비행장 대합실조차 베트남 참전 외국군인들 왕래가 잦았고 전입돼 오는 단체 외국병사들 얼굴이 훈련으로 그을러 있으면서 두려운 눈빛이 역력했다. 내 모습도 어색한 외국군인으로 그들 눈에 비쳤을 것이다.

처음 겪는 생소한 업무는 일정치 않았다. 맹호부대의 멈추지 않는 게릴라전투가 이어지는 기간에 전사자들 공적조사와 시신 수습의 화장장 일과지원을 가야했다. 중대본부 신철민 상사와 더불어 사병 4명은 병참중대로 출장을 갔다. 사흘간 전몰장병들에 대한 인적사항과 해당 소대 인사계의 전화연락으로 주어진 임무는 전투 공적조사서 문서 타이핑이었다.

내 일이 끝나자 선임 상사는 시신화장과 수습도 도우라고 했다. 난 어쩔 수 없이 고국으로 갈 유해(遺骸)박스 속에 태워지고 빻아진 시신가루를 긁어 담는 작업도 도왔다. 화장 잿봉지 앞에서 사람의 목숨도 허망할 뿐 총포탄 앞엔 별 수 없는 한낱 잿가루가 됨을 순간순간 실감했다.

몇 달 뒤 어느 토요일 본부 무기창고를 대대적으로 정리하는 날이었다. 내무반별로 5명씩 차출된 병사 20명과 창고 정돈작업을 했다. 나도 그 일원이 돼 종일 부서진 물건과 쓰지 못할 화약뭉치, 흩어져있는 탄피를 반납용 나무상자에 수량을 파악하고 정리하고 있었다.

식당에 가서 점심을 먹은 후 오후 내내 창고 속의 병기를 정돈시키며 바깥 그늘 밑에서 중간휴식을 하는 시간이었다. 그 순간 "땅, 땅-땅!" 난데없이 창고 안쪽에서 두세 발의 총성이 들렸다.

제3문턱

몇 사람은 그것조차 몰랐고, 두세 명이 급하게 창고로 뛰어가더니 뒤이어 3내무 반장의 외침이 있었다. "오발사고다! 이거 큰일 났다. 김병수 상병의 오발사고야!"

너무 겁에 질려 모두가 당황스러워했고 나도 놀랐다. 가슴 뛰는 충격의 찰나에 현장은 술렁거린 채 모두가 어쩔 줄 몰라 했다. 그날 옆 전우가 조심하면서 오발사고를 예방하자고 했는데 김 상병은 끝내 생명을 잃었다. 그는 본부의 장비계에서 복무하다 귀국 3개월을 앞두고 객사(客死)한 혼귀(魂鬼)가 되고 말았다.

고열과 오한 속에서 눈에 띈 위문편지

퀴논지역 1군수지원단 십자성부대 요원으로 근무한 지 4개월 되던 때 나에게도 불행은 닥쳐왔다. 전날 밤 비를 맞으며 하룻밤 매복을 마치고 오전 휴식을 하는 순간 전신에 감기 열이 났다. 열흘간 그칠 줄 모르고 퍼붓던 장맛비는 계속됐다. 그날따라 빗줄기는 더 세차게 내렸을 것이지만 난 의식조차 못하고 맹호부대 야전병원으로 실려 갔다. 정신을 차렸을 땐 2주일이 더 지나 겨우 정신이 돌아왔음을 알 수 있었다.

그곳의 열대지방 '말라리아전염병'이야말로 생명도 앗아갈 수 있었다. 2~3시간 간격으로 온몸에 고열이 나서 얼음찜질을 하다가도 얼마 지나면 다시 더 큰 오한이 몰려왔다. 그 순간부터 재차 삼겹 담요를 덮고 누워 주사바늘이 몸에서 떠나질 않았다. 혼절된 상태의 환자 곁엔 계속 간병하는 회복중인 환자병사가 붙어있어야 했다.

퇴원 후 1주일간 나는 혼자서 화장실이나 식당조차 걸어 다니지를 못했다. 피골상접(皮骨相接)한 몰골로 죽음의 길을 헤매던 나에게 온 연말 성탄카드 등 여러 통의 우편물들이 내 머리맡에 쌓여 있었다.

고통의 신음과 헛소리로 병실 잠자리는 매일 밤 불안했다. 하지만 그때 나를 위로해준 것은 모국에서 온 위문편지들이었다. 그 가운데 유독 흰 봉투가 눈에 띄었다. 나중에 내 짝이 될 지금의 아내가 정성스럽게 써내려간 깔끔한 글씨의 위문편지 한 통이었다. 그때 여중학교에서 보낸 위문품 뭉치에서 발견한 그 한 통의 편지에는 '신정길'이라는 이름이 씌어져 있었다.

덜 익은 야자열매로 허기 달래

일 년의 절반은 폭염건기로 40도 오르내리는 더위는 참기 어렵고, 절반은 우기 때의 장대비로 1개월 줄곧 이어지는 장마습기 때문에 살기 어려운 기후조건이었다. 낯선 땅 베트남의 병영생활에서 야근을 밥 먹듯 하며 건기 중엔 팬티차림인데도 온몸은 땀띠가 돋았다. 우기의 잦은 출장 때 부대 밖 도로 들판이 강여울로 변해 배를 타고 드나들면서 힘겨운 임무수행을 했다. 그 결과 나도 전공(戰功)표창장을 받았다. 어느덧 3년의 군인생활 절반에 이르자 계급장도 병장으로 바꿔달았다.

1968년도 신정(新正) 직전 투이호아-붕타우를 거쳐 사이공(현재 호찌민) 주월사령부로 출장을 갔다. 늘 개인소총을 휴대하고 2명의 보조병사도 데리고 수송용헬기도 4대 준비시켜 고국으로부터의 설 위문품과 각종 물품을 받아올 목적이었다.

부대 밖에서 점심을 먹기 위해 모처럼 사이공 군용비행장 부근의 한국식당을 찾았다. 냉면을 비롯해 땅콩안주를 시켜 동행 전우들에게 위로접대를 해주려고 맥주도 주문했다. 그들은 부대 밖 외출이 처음이라며 음식점의 흰 아오자이 옷차림 접대여성에게 접근해 몇 마디 말을 나누더니 대낮 카바레 안에서 사소한 술값시비 끝에 폭행사고를 저질렀다.

그 두 사람은 감정억제를 못하고 군인신분도 잊었다. 술에 만취된 두 한국병사는 여자들에게 상처까지 입혔다. 이 때문에 사령부 관할 헌병대가 들이닥쳤다. 순간 사건수습을 위해 나는 친분이 있던 사령부 본부중대 특무상사와 급히 연락, 검문헌병들에게 선물 몇 가지를 전하며 사죄했다. 구류처분만은 겨우 면죄받았고 그날의 여종업원 치료비도 두둑하게 주었지만 종군병사로서 낯 뜨겁고 창피스런 일이었다.

나 또한 남자였기에 '아차'하는 순간에는 아오자이 치맛자락의 여인 허벅지살을 만져보거나 껴안아보고 싶은 충동감에 빠질 수 있었던 것이다. 그래도 난 잘 참아 봉변만은 면했다.

또 한 달이 지나 청룡부대 주둔지 호이안에서 추라이로 이틀간 혼자 출장을 떠났다. 언제나 긴장하며 살아가는 생활이지만 거듭되는 스케줄대로 비행장에 나가 수속을 마치고 군용기 탑승의 첫날은 잘 지냈다. 바로 그날이 음력 섣달 그믐날이었다.

해병작전본부의 송기만 병장과

1967년 5월 1일 월남 제1군수지원단 파병 시절

시원한 저녁 맥주를 마신 뒤 그의 내무반에서 잠을 잤다. 한데 이게 웬일인가? 한밤중이 되자 "기상! 긴급기상!─출동대기! 전원 비상!"이라는 소리가 들렸다. 야간 불침번 하사관의 숨 가쁜 명령이 내무반을 긴장시켰다. 나는 어리둥절했다. 취기로 잠에 빠졌던터라 머리도 띵했었는데 다른 부대에서 출장 온 내가 한밤중에 긴급출동명령을 듣게 된 것이다. 5분도 안 돼 전투해병들의 이동차량 몇 대가 왔다. 전원이 긴급출동했다. 그땐 새벽 3시 반께로 삼엄했던 밤 분위기에서 나는 그 부대를 재빨리 빠져나와 미군헬기장으로 갔다.

그 시간부터 부자연스러운 통제가 시작됐다. 아침이 지나 점심 때가 지났건만 비상령은 풀릴 기미를 보이지 않았다. 미군 비행장 초소의 안내병사 옆에 서 있는데 초조함으로 시간은 한없이 길게만 느껴졌다. 긴장감으로 얼굴은 창백해지고 입안의 침도 말라 입술이 바짝 타들어갔다. 연거푸 묻고 또 물어봐도 주월사령부 비상본부 해답은 깜깜 무소식일 뿐이다.

그날 밤 이따금씩 총성이 들렸고 조명탄 몇 발이 어둠을 대낮처럼 밝히면서 외곽시설의 불빛만 긴장감을 더했다. 하룻밤이 지나도록 헬기장 대기실에서 70~80명의 이국(異國) 병사들과 뜬눈으로 밤을 보냈다. 대용식(代用食) 깡통 시레이션(전투식량)을 아침에 재빨리 몇 개 얻어 연명했다. 다음날 정오쯤 안내헌병이 와 "장병 여러분! 갑호비상 발령입니다. 이후 움직일 수 없습니다. 저쪽 창고 막사에서 별도지시가 있을 때까지 은폐(隱閉) 대기해 주기 바랍니다"라고 했다.

그 순간 내 머리는 망치에 얻어맞은 것처럼 띵했다. 가까스로 내 소속부대에 통화를 하니 그곳의 모든 부대도 비상대기 중이라며 이번 베트콩들의 '구정(舊正)공세'로 주월미군 주둔지와 한국군부대가 몽땅 포위당해 갑호비상령이란다. 오도 가도 못한 채 세 끼니의 식사도 못하고 새우잠으로 4박 5일간 공항창고에 갇혀 거지꼴 미아신세가 됐다. 3일째가 되니 휴지통까지 뒤지던 흑인병사들 틈에서 나 또한 옴짝달싹 못하고 굶어가면서 포위망에 갇혔다. 창고막사 밖의 덜 익은 야자열매 몇 개를 밤중에 몰래 따 내려와 그 미끈한 물로 허기를 채웠다.

1년은 긴듯하지만 짧은 시간이었다. 전쟁지역 군수지원 비전투 행정병으로 복무하며 시간이 갈수록 요령도 생겼다. 이따금 주말엔 나트랑 한국군휴게소나 캄란베이 미군해변휴게소를 찾아가 내 스스로가 군인신분을 잊은 채 날씨 좋고 경치가 빼어난 휴양소 비치파라솔 아래 보트놀이도 즐겼다.

한편 월남 전통시장 술집도 7~8명 1개조 군장차림으로 찾아다니며 때론 전우들 안전을 위해 밖에서 사방의 경계망도 살핀 적이 있다.

그렇게 하는 동안 귀국일이 보름 앞으로 다가왔다. 그때 월남서 알게 된 황하수 소령, 조병기 대위에게도 귀국인사를 마치면서 분쟁지역 월남을 떠나 귀국했다. 몇 곳 컨테이너박스 안에 준비해둔 귀국선물도 챙겨 타자기, 선풍기, 과자류, 의복류, 카메라, 라디오 등 꽤 많은 휴대품들을 사방 1.5m 나무상자 안에 넣어 돌아왔다.

부산으로 귀국 후 초고속택시 대절해 고향 양평으로

나의 군 생활은 대체로 안정된 소속에 배치된 셈이었다. 나이 25살 때 뒤늦은 육군입대로 동생뻘 되는 선임병사들 밑에서 사무실과 내무반생활을 했지만 4년제 대학을 졸업한 영문타자병이자 영어통역사병이라는 특수분야 병사란 레벨때문에 보직업무까지도 부대전체에서 누가 뭐라고 시비를 걸지 않았다. 군대는 계급이라 한다지만 장교, 사병 중 내 자존심을 상하게 하는 일들을 거의 만들지 않고 업무처리에도 능숙한 실력을 인정받아 사회직장인 못잖게 대우받았던 군생활이었다. 한국에서의 육군병원이나 월남에서의 인사행정과 귀국 후의 병참참모본부 근무 등 3년의 군 시절이 무난했다.

드디어 내 나라 모국으로 가는 귀국선을 타는 날이 다가왔다. 매일 밤마다 육회안주로 캔맥주를 마시며 군인생활을 즐기던 파월병사 말년도 끝났다. 짧은 1년간 유별난 체험도 많았다. 귀국선으로 부산에 가까워지자 비릿한 바람과 갯벌 흙냄새가 마치 된장찌개나 김치 맛 같이 콧속을 자극했다.

선물이 담긴 나무상자는 열차편에 맡기고 나는 소지품만 갖고 천리 먼 거리의 경기도 양평군 단월면 내 집까지 가기 위해 초고속택시를 대절했다. 드디어 그리웠던 가족들 품에 안겼다. 반갑게 맞아주는 어머니와 형님부부, 삼촌댁 식구들의 환대를 받았다. 색다른 베트남 군대생활 경험담을 며칠간 들려주었다. 휴가 막바지엔 아직도 제대일이 남아 다시 새 부대의 전속명령을 기다려야했다. 고통 없는 월남종군은 아니었으나 나의 청년시절 소중한 체험이었다.

춘천 103보충대에서 홍천에 주둔한 육군 제11사단 병참참모본부 배속명령을 받았다. 나의 군 생활 36개월은 3곳에서 마친 셈이다. 제116육군병원 의무보급과에서 일병으로, 월남 십자성부대 제1군수지원단 인사과에서 상병과 병장으로, 귀국 후 육군 제11사단 병참본부에서 만년병장으로 내무반장도 거쳤다. 특히 1968

년 11월의 '울진·삼척지구 무장공비 침투사건'으로 20명 넘게 아
군 전투사망자들이 생겨 유해(遺骸) 임시봉안소에 파견돼 유가족
들 접대의전(儀典) 책임자 일을 하며 군복무 말년을 보냈다.

　애지중지하던 자식과 형제들이 북괴침투간첩들 총탄에 쓰러
졌다는 급보(急報)로 현장에 달려온 유가족들 안내를 함부로 할
수 없는 일이었다. 나의 군 생활 말년은 '전쟁 중의 베트남'에서

월남 파병 시절, 〈전우신문〉에 발표한 나의 습작 시들

겪은 생생한 체험을 바탕에 깔아 두려움은 없었다. 더구나 전쟁 터에서 종횡무진 다녔으면서도 '내 나라 1950년 6·25전쟁' 처참 했던 학살현장보다 더 끔찍할 순 없었다.

드디어 얼룩무늬 제대복을 입는 군복무가 28살 돼서야 끝났 다. 1969년 10월 20일, 그날은 너무 통쾌해 소리도 질러봤다. "야호, 드디어 제대다.", "야, 신난다!"

날아 갈 것 같은 기분이었다. 그날의 흥분은 내 생애 최고 순간 으로 탄성이 절로 나왔다. 이젠 점호시간도, 관등성명의 군대신고 식도 필요 없다. 내가 가고 싶은 길을 맘대로 가며 전공을 찾아 교 원 임용시험을 준비할 수 있게 된 홀가분한 세상이 온 것이다.

1966년 3차례 추천 통과해 시조시인으로 등재

나의 문필 습작 활동은 대학시절로 거슬러 올라가지만 전문지 를 통해 정식 관문을 통과한 것은 1964년 7월 20일 발행된 〈시 조문학〉 9호의 '심증(心證)' 시조작품이다. 그 후 10호에서 '꽃소 식'(1964년 11월 15일)이 2회 추천(推薦) 됐다. 추천완료된 작품은 '아 침 강안(江岸)'이었다. 〈시조문학〉 13호(1966년 4월 10일)로 3차례 추 천되자마자 한국시조작가협회(현재 한국시조시인협회) 회원에 입회 절차를 마치고 한국문인협회 시조분과 회원이 됨으로써 명실상 부하게 청년문인으로서 등재(登載)를 마쳤다.

그 뒤 〈시조문학〉, 〈국제대학보〉, 〈전우신문〉 등에 '시제가 없는 날에', '가을볕에서', '낙수장 제1절', '젊음과 잃어버린 날', '비에트남 작품7', '나팔이 우는 날', '밤나무들이여', '북강변', '봄 이라 그 사연을', '내 여인에게', '봄소식', '베트남 병사되어', '포

1969년 7월 13일 육군 만기 전역을 앞둔 초여름, 강원도 홍천군 제11사단 병참참모본부의 전우들이 이별의 아쉬움을 달래며 포즈를 취했다. 앞줄 왼쪽에서 두 번째가 필자다.

성이여, 이제 그만', '귀국'을 비롯 초기 시조시 작품을 발표했다. 한편 〈67년간 한국시조시선〉(1968년 1월 20일)에 '가리라', 〈신문학 60년 대표작 전집〉(1968년 12월)에 '밤을 가며'가 실렸다.

군복무를 마친 나는 잠시 고향의 단설 사립학교인 단월중학교에서 임시직 교원으로 있으면서 경기도 공립 중등교사임용시험에 원서를 냈다. 1차 필기시험, 2차 면접을 거쳐 한 달 뒤 합격통지서를 받았다. 군에서 제대하고 4개월 취업대기 중 합격된 것이다.

1970년 3월 1일자 여주중학교 발령이 났다. 〈한국일보〉(2월 25일) '경기도 교육인사'란에 내 이름도 올랐다. 이어 신체검사, 병적증명서, 신원보증서 등 임용서류도 준비해 내가 꿈꿔왔던 교직의 첫 문을 열면서 정식교사의 생업을 얻었다.

남들은 중등학교 교사직업이 특별하다고 생각하지 않을지 몰라도 1960~70년대의 공립학교로 발령은 나에게 있어 고생 끝에 얻은 아주 소중하고도 값진 결과였다. 나의 교원 발령은 곧, 집안의 자랑스러운 이야기가 아닐 수 없다.

나의 유·소년기와 청년시절은 너무 불운했으니 철이 든 뒤 나는 늘 "어떻게 살아가야 하나?" 고민이 많았다. 제대하자마자 곧바로 경기도 공립 중등학교 교원에 임용된 일은 내 일생 중 기억에 남는 일이자 기쁨이었다. 여유로움도 없이 늘 절망 가득한 채 29살 나이가 돼서야 어엿한 사회초년생이 된 셈이다. 그러므로 전공을 찾아 중·고 국어교사로 배정된 뒤 문인 이전에 어엿한 직장인으로 낯선 여주읍 여인숙에 임시거처도 마련하고, 발령된 학교에 나가 착임신고까지 마쳤다.

신학년도 업무담당은 교무부 일지작성이었고, 담임은 중학교 1-7반, 수업은 1학년 국어 외 병설 여주농업고등학교 인문계 3학년 진학반의 국어와 한문 두 과목이 내 지도교과였다. 이틀 뒤엔 개학식을 겸한 운동장 전체조회 중 신임교사 발표와 첫 부임교사 인사도 했다. 그때부터 떳떳한 사회인으로 신분이 보장된 교육공무원이 된 것이다.

그런데 돌이켜보면 나의 중학교 시절과 고등학교 시절 역시 국민학교 때와 별반 다르지 않는 '엉터리 학생'이었다. 내용과 과정, 정도의 차이만 났을 뿐 국민학생 때나 크게 다르지 않았다. 왕복 60리(24㎞) 비포장도로를 걸어서 통학했고, 하루 절반의 시간은 6·25전쟁으로 사라진 학교를 새로 짓는데 쓰이는 흙벽돌 만들기 근로노동에 나서던 시절이었다. 점심도시락도 챙겨갈 수 없을 만큼 먹는 것도 형편없었던 시절이었다.

그러나 향학열기만은 뜨거웠다. 학교수업을 제대로 받지 못하면서도 공부만은 꼭 해야겠다는 우직한 고집으로 고등학교 졸업장을 손에 쥘 수 있었다.

이런 생활의 흐름은 대학시절 때도 마찬가지였다. 사는 지역이 서울이고 생활거처가 도회지일 뿐이었다. 주경야독(晝耕夜讀)을 해야 하는 등 치열한 삶 속에서 독기를 품고 공부했다. 낮엔 직장에 다니면서 돈을 벌고, 밤엔 야간대학에서 강의를 듣는 고학생(苦學生) 처지였다.

그런 가운데 우연히 운명 같은 '인연'이 있었다. 시조시를 알게 해준 문인교수들과의 만남이 그것이다. 시조시에 푹 빠진 채 〈시조문학〉 발행작업을 도우며 자연스럽게 문인습작기를 거칠 수 있었다. 대학졸업에 이어 육군 입대와 월남전 종군(베트남 복무), 3년 만기전역을 무사히 한 뒤 교직사회에 무사히 발을 디딜 수 있었다. 나의 청소년기와 청년기를 돌이켜보면, '고생 끝에 낙이 온다'는 희망을 바라보며 힘겨운 시절을 맞은 것이라 여겨진다.

문학에 대한 열정
꽃 피운 사랑

1975년 2월 27일 단국대학원 학위수여식이 끝난 뒤 결혼식을 치렀다. 우리의 결혼을 축하해주기 위해 찾아온 시인 김호길, 이근배, 이영도, 유제하, 진복희 등 지인·하객들과 기념사진을 찍었다.

1970

청주 한씨(淸州 韓氏) 문정공파 내력

나는 청주 한씨(淸州 韓氏, 일명 상당 한씨) 큰 나뭇가지 뿌리에서 커 나온 실뿌리 줄기인 셈이다. 우리나라 성씨 중 가장 오래된 한씨는 그 세보(世譜)를 기원전 1115년으로 삼는다. 즉, 은나라 때 '기자조선(箕子朝鮮)'을 출발점으로 한다.

조선 평양에 들어와 고조선(일명 기자조선)을 세웠으나 그후 기자조선은 애왕(哀王)에 이르러 위만조선에게 나라를 빼앗겨 현재 전북 익산(일명 금마군)으로 옮겨 마한을 세웠다. 하지만 기원전 17년 백제 온조왕에게 나라를 잃었다.

이때 8대째 원왕의 세 아들 중 우양(友諒, 신라代 사도)이 지금의 청주시(당시엔 上黨)에 터를 정하면서 그 후 1000여 년에 걸쳐 청주 한씨가 뿌리내려 숲을 이루어왔다는 문중의 내력을 살펴볼 수 있다.

그 뒤 오늘의 청주 한씨는 우양으로부터 31세손 지원(智原, 증

시중시위 태위공)의 셋째 아들 난(蘭. 고려代 태위)을 첫 할아버지로 한다. 충북 청원군 남일면 방정리를 시조(始祖) 세거지로 삼아 관리해오고 있다.

문헌에 나타나는 후손들 본관이 청주 외 곡산, 평산, 한양, 양주, 단주, 홍산, 안변, 가주, 면천 등 10여 갈래였으나 오늘날 곡산 이외 대부분이 청주로 환적(還籍) 됐다고 전해져온다.

그러므로 1세(世) 난(蘭. 890~950년) 할아버지는 우리 한씨의 큰 뿌리 원류(原流)다. 고려 태조가 후백제 견훤을 정벌할 때 이 할아버지가 함께 출정, 공을 세워 개국벽상공신에서 삼중대광 태위 벼슬에 올랐다고 전해진다.

후손인 2세(世) 영(潁. 교위공) 이후 상휴(동정공)-혁(직장공)-희유(검교공)-광윤(예빈경공)-강(문혜공)-사기(제학공)-악(사숙공) 등 9세(世)를 거쳐 10세(世) 할아버지 공의(평간공)로 대가 이어진 수(문경공), 상경(문간공), 혜(청산공), 계희(문정공)와 15세 사개(영흥공) 선조 등으로 울창한 문중은 세계(世系)가 내려갈수록 한씨 가문의 나무 숲이 번창되며 내려왔다.

언론에 실린 성씨 특집기사에서도 "청주 한씨는 기자조선에 뿌리를 둔 최고의 성씨로 조선 때는 명문거족으로 이름을 떨쳐 왕비만 6명, 정승 13명, 부마 4명을 배출한 성씨"라고 돼있다.(《중앙일보》 1982년 6월 12일자 9면 기사)

나는 지금까지 경기도 남양주군 진접면 금곡리에 묘소를 둔 12세 상경(문간공 1360~1423년) 할아버지와 13세 혜(청산공 1403~1431년) 선대를 멀지않게 기억하는 핏줄이다.

내게 좀 더 가까운 직계조(直系祖)는 조선초 문신으로 자(子)는 순(順), 시호는 문청(文靖), 18세에 진사 합격, 24세 때 문과 합격으로 집현전 직제학-우승지-좌승지-공조참판-이조판서-의정부 우찬성-좌찬성(종1품)으로 덕종임금의 스승이었다. 세종·세조시대 신임을 얻어 최항 등과 〈경국대전〉 편찬(1469년)에 참여했다. 〈의방유취〉 간행(1445년)에 동참했던 14세 계(繼)자 희(禧)자(문정공 1423~1482년) 할아버지와 15세 사개 할아버지가 직계선조다. 부자 혈연의 두 할아버지 묘역이 성남시 분당구 율동자연공원 산자락에 있다.

나는 그 할아버지의 추앙사업을 위해 '성남학'을 반평생 주창하며 현장을 다녔다. 또한 향토사학자로서 성남문화연구소장 재임 시절 '향토인물 학술회의'를 주관했고 묘역관리정화사업 및 사당건립에 협조하며 살아왔다. 묘하(墓下)의 후손 중 한 사람으로 예를 다하기 위해서였다.

15세 사(士)자 개(介)자(영흥공 1453~1521년) 할아버지와 예조참판과 감사를 지낸 16세 윤(胤)자 창(昌)자(참판공 1480~1561년) 할아버지와 사포서 별제를 지낸 17세 극공(克恭, 별제공 ?~1546년) 할아버지들도 성남시 개발 이전 경기도 광주(廣州)군 중부면이나 돌마면 일대에 묘소가 있었으나 신도시 개발로 참판공과 별제공 두 할아버지 묘는 당시 여주군 흥천면 계신리로 옮겨 모셨다.

뒤따른 18세 천뢰(天賚, 생원공 1535~1568년) 할아버지와 가선대부로서 동지중추부사를 지낸 19세 효중(孝仲, 석탄공 1559~1628년) 내 직계 선대 할아버지도 문과에 급제해 벼슬에 올랐다.

하지만 정쟁파당(政爭派黨)에 맞서지 않은 채 강직한 그의 성품과 지조를 지켜 향촌에서 은거했던 선비로서 문간공 이후 한씨 문중족보를 처음 저술·편찬했던 '선비 중의 선비' 인품을 지닌 할아버지다.

사실 나의 직계 조상님들 연보를 개략적으로 살펴보면 후손들에게 사상적으로 흠모될 어른은 몇 분에 그친다. 그 흠모하기에

1982년 6월 12일 중앙일보의 '성씨의 고향'란에 소개된 청주 한씨

더 없이 훌륭하셨던 할아버지 중 한 분이 14세 문정공이요, 19세 석탄공 할아버지다.

내가 피 한 방울로 유전자를 이어받은 수천만 명의 후손뿌리 중 문정공과 석탄공처럼 나의 인문학적 연구소양과 편찬저술 결과물이 두 할아버지 발자취에 비견해볼 수 있기 때문이다.

두 할아버지께서 편찬한 의학과 농학사전이라든가 청주 한씨 문중 족보 발간사업에 느낌과 암시의 계시로 이 한 몸도 경기인으로 성남시, 여주시 두 곳을 인연 맺어 일생 교육자 삶을 성남과 여주 선영 묘택 앞에서 머리 조아리는 후손이 됐을 법 하니까 말이다.

뒤이은 사헌부 장헌과 지평벼슬을 거친 20세 필명(必明, 지평공 1657~1704년) 직조(直祖) 이후 350여 년이 넘도록 21세 여천, 22세 태기, 23세 처조, 24세 명우, 25세 천유, 26세 최신, 27세 응화, 28세 영회, 29세 백승, 30세 우택 할아버지 등 모든 어른들이 빈농촌락에서 그 무엇 하나 제대로 가진 것 없던 필부필부(匹夫匹婦)였다. 강과 냇가로 골짜기 산속마을만을 골라 식솔(食率)들에게 가난만을 유산으로 남겨준 조상일 뿐이었다.

1993년 판 〈청주 한씨 대동보〉에서 나의 선조 세거지를 정리하자면 고려 말 삼남지방에서 한강 주변지역인 인천, 광주, 양주, 여주, 양평, 가평으로 유택(幽宅)들이 옮겨진 선대들은 12세 '문간공'부터였다. 즉 14~18세기 400여 년 동안의 혈족들 이후 22세 태기(1713년~?) 선대에서 모두 종적(蹤 迹)들이 불확실하다.

그 할아버지가 음사불취(蔭仕不就)란 고집스런 성격에서일지는 몰라도 생활근거는 주로 수도권의 산촌일대에서 흙냄새에 이골이 난 농민들로 가족역사가 부실하기 그지없다.

그러므로 내 오랜 세월의 선대들 내력 중 1세 난 중시조 이후 12세 문간공, 14세 문정공, 15세 영흥공, 16세 참판공, 19세 석탄공, 20세 지평공을 짚어가는 문중계보의 내력엔 지금까지 400여 년간 빈촌의 백성으로 삶들이 비참했다.

특히 증조와 조부, 내 아버지(31세, 동운 東雲) 밑에서 목숨 줄을 버티고 나온 나의 형 우섭(佑燮, 1934~1972년) 등 사방을 둘러봐도 다른 사람 앞에서 내세울 집안이야기가 별로 없다. 증조부가 20세에 요절하셨고 할아버지도 29살, 내 아버지마저 33살에 세상을 떠났기 때문이다.

더구나 4형제 중 맏이였던 나의 아버지(한동운, 1912년 11월 14일 ~1944년 2월 21일)는 가통(家統)조차 아내에게 맡긴 채 '불행한 망국

최근에도 월간신문으로 발행되는 청주한씨보(중앙종친회 발행)

민의 사나이'로 세상을 떠났다. 이에 따라 아내였던 해평 윤씨
덕원(德元) 따님 윤준성(1915년 9월 14일~1987년 7월 9일) 어머니에게
남편 사랑은커녕 일평생 엄청난 삶의 고통만을 남겨주고 세상과
결별한 가장이었다.

　말로 다하지 못할 한숨 속에서 피눈물만 쏟아내던 내 어머니
의 청상(靑孀) 여인일생은 생각할수록 가슴이 저며 오는 아픔뿐
이다. 온 집안의 무거운 걱정만 남겨놓고 사라진 아버지도 서럽

다하겠지만 홀어머니의 치마폭엔 늘 흙 묻은 호미, 낫, 손 쟁기
가 떠나지 않았고 나의 가족사(家族史) 3대 모두가 비통함의 연속
이었다.

짓밟혀진 민초(民草) 덤불 속에서 가까스로 씨앗뿌리가 흙에 묻
혀 싹 틔우고 실뿌리가 자라 겨우 세상 사람으로 태어난 나는 문
정공 18세손이다. 영흥공의 17세손이며 잇따라 참판공 16세손,
석탄공 13세손이자 지평공 12세손으로 한씨의 세손(世孫) 계열에
핏방울 한 점이 묻어난 사람에 머문다.

따라서 이 작지만 엄연한 사실을 뒤늦게야 스스로 터득하고
정리한 보학(譜學)을 토대로 회고록에 남겨둔다. 아울러 선조의
시제(時祭)와 기제일을 밝히자면 1세 중시조 '난' 할아버지의 시제
일은 음력 10월 1일 청주에서 시작된다. 12세 '문간공'은 남양주
에서 10월 3일, 14세 '문정공'은 성남에서 10월 5일, 19세 '석탄
공'은 여주에서 10월 6일 후손들이 모여 합동묘제(墓祭)로 치른
다. 나와 직접 관련되는 5세대 사이의 가족내력은 다음과 같다.

❋ **29세 백승(1868~1887년)** : 두 아들 중 차남으로 아내는 연일
   정씨와 광산 김씨(묘소 : 양평군 용문면 덕촌리 퇴촌 학어곡), 기제
   일 12월 8일, 연일 정씨 할머니는 12월 17일, 광산 김씨 할
   머니는 9월 3일.

❋ **30세 우택(1890~1940년)** : 두 아들 중 장남으로 아내는 거
   창 신씨(묘소 : 용문면 덕촌리 퇴촌 다락곡), 기제일 8월 2일, 거창
   신씨 할머니는 4월 27일.

❋ **31세 동운(1912~1944년)** : 네 아들 중 장남으로 아내는 해평
   윤씨(묘소 : 양평군 단월면 보룡리 지사곡. 못절 골짜기에 합장), 기제일
   2월 21일, 어머니(해평 윤씨)는 7월 9일.

한춘섭 가계도

1世	2世	3世	4世
한란	영	상휴	혁
韓蘭	穎	尙休	奕
벽산공신	용호군	별장동정	상의직장

5世	6世	7世	8世	9世
희유	광윤	강	사기	악
希愈	光胤	康	謝寄	渥
상장군	좌복시	중찬	간의대부	중찬

106

교단

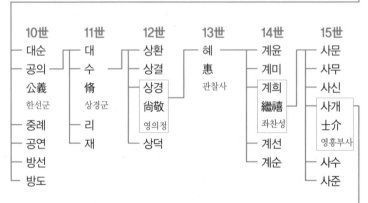

10世	11世	12世	13世	14世	15世
대순	대	상환	혜	계윤	사문
공의	수	상결	惠	계미	사무
公義	脩	상경	관찰사	계희	사신
한선군	상경군	尙敬		繼禧	사개
중례	리	영의정		좌찬성	士介
공연	재	상덕		계선	영흥부사
방선				계순	사수
방도					사준

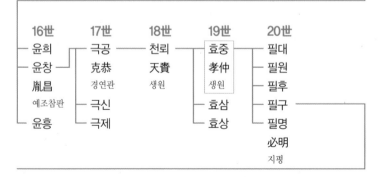

16世	17世	18世	19世	20世
윤희	극공	천뢰	효중	필대
윤창	克恭	天賚	孝仲	필원
胤昌	경연관	생원	생원	필후
예조참판	극신		효삼	필구
윤흥	극제		효상	필명
				必明
				지평

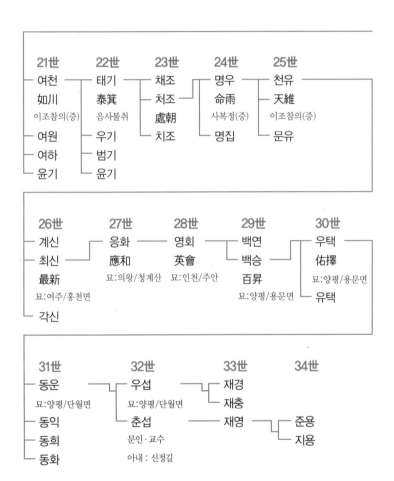

出典 : 1993년 12월 발행된 6교 정묘(丁卯)판 〈청주 한씨 대동족보〉 총 26권 중
문정공파 편중(篇中) 3,266∼3,267쪽과 편하(篇下) 5,012∼5,013쪽

1975년 9월 14일(음) 어머니 회갑잔치 기념사진

　나의 아버지인 31세 동운(東雲, 1912~1944년)과 아우 되는 동익-동
희-동화 네 삼촌들과 32세의 내 형 우섭(佑燮, 1934~1972년), 조카 재
경(1957년~), 재충(1961년~) 이름만이라도 기록해둔다.

　청주 한씨 '문정공파' 갈래의 32세손인 나는 1941년(음력 8월 24
일) 경기도 양평군 단월면 보룡리 재인동 273번지에서 아버지 한
동운과 어머니 윤준성 사이에서 둘째아들로 태어났다.
　나를 낳고 내 나이 세 살 되던 해 급작스럽게 별세한 아버지는
일본침략의 혹독했던 식민지시절 징용에 목숨줄이 잡혀 그 후유
증으로 요절할 수밖에 없었다.

내가 태어났을 무렵은 제2차세계대전 중이었다. 그땐 조선인 호적조사에 따른 여자정신대 강제 동원과 함께 청·장년들은 물론 나이 어린 학생들에게도 학생총력대가 조직됐다.

급기야는 일제가 근로보국대라는 이름으로 한민족을 강제 동원했던 일제의 전쟁 막바지 암흑시대였다. 더구나 나는 촌락에서 가난한 대가족 집안의 둘째로 태어나 애초부터 출생은 불행함을 예고하며 고생할 운명이었다.

생활필수품이 바닥났던 일제강점기 말기 시골 농민아이에게 의식주 문제는 사치에 가까워 하루 두 끼니조차 챙기기 어려웠다. 쌀미음(米飮) 대신 들기름 짠 찌꺼기 깻묵가루나 콩, 보릿가루를 얻어먹으며 목숨을 이어갔을 정도였다. 대부분 옥수수, 감자, 무, 배추, 호박잎이 뒤범벅된 '풀떼기 죽' 같은 초근목피(草根木皮)의 궁핍함을 면할 수 없던 시절이었다.

밤에도 들기름 담긴 사기그릇의 심지불로 방안의 등잔을 대신했다. 침침한 들창문 달린 토담집의 마루와 부엌이나 드나들었을 식민지 백성의 유년시절 생활모습은 어림짐작으로 들개와도 흡사해 짐승수준을 벗어나기 어려웠다.

내 할머니나 어머니는 종일 소작농민의 땀내 나던 농사일 속에서 봄 보릿고개를 넘기며 여름 논밭흙일에 지쳐 가을타작이 될 때쯤엔 힘겨운 인생살이 고통을 온몸으로 견뎌내야 했던 여인들이었다.

나의 어린 시절은 옷 한 벌 없이 지내다 이윽고 옹알이로 말문이 트였고 철들 무렵엔 하루 대부분의 시간을 어머니와 형을 쫓아 골짜기 밭이나 들판 논둑에서 땅강아지처럼 기어 다니며 컸다. 그때 "우린 언제 빚 다 갚고 잘 살아볼 날이 있겠나?" 하시던 어머니의 탄식소리가 지금도 내 귓가로 들리는 듯싶다.

그 시절만 생각하면 어찌 그런 세상이 있었을까 싶다. 죽 한 사발로도 배를 채울 수 없었을 만큼 궁핍했던 어린 시절, 하루 세 끼니를 이어간다는 게 오죽했을까 싶다. 짐승보다 나을 게 없던 유년기의 혹독했던 쓴맛을 겪으며 장티푸스전염병과 감기, 열병도 자주 앓았다. 이질, 설사병 등으로 목숨줄이 끊어지려 하던 때도 여러 번 있었다.

공부하기 힘든 청년기부터 시 짓기 시작

나는 어린 시절부터 남들처럼 편하게 책을 읽을 수 없었다. 대학을 다닐 때도 낮에 일하는 야간대학생으로 전공에 몰두한다는 게 쉬운 일이 아니었다. 더구나 대학 2학년 청년시절부터 시조시 문학습작을 한다는 것 역시 내 처지로서는 어울리지않는 일이었다.

그러나 힘겨웠던 고학생활 중에도 서울시내 5개 대학교 국문학과 전공 대학생들과의 시조문학 동인단체 '울림회' 모임을 주도했다. 하지만 힘에 벅찬 일이 아닐수 없었다.

그래도 나는 그 모임의 회장으로서 책임을 맡고 열성을 다해 월하 이태극 교수 지도 아래 전국 최초로 시조시인 30여 명의 선배문인들과 낭송회를 두 차례 주관했다. 가끔 선배문인들 10여 명과도 친하게 만나 시 창작공부를 틈틈이 하면서 전문가들 분위기에 빠져들 수 있었다.

나는 그때 국내에서 유일했던 시조전문 계간지 〈시조문학〉 발간에도 2년 넘게 관여하고 시조시 문학습작모임에도 열심히 참여하며 이태극 스승님을 쫓아다녔다. 그로 인해 이태극, 조종현, 하한주, 김오남, 오신혜, 박재삼, 이우종, 류성규, 류태환, 전규태, 김 준, 이상범 시조시인들도 몇 차례 만날 수 있었다.

1963년과 1964년도 기성 시조작가를 모시고 서울시 관훈동에 있는 국악예술학교 강당, 서울시민회관 소강당에서 '시조의 밤'을 두 번 이끌었다. 추운 겨울 날씨의 세모(歲暮)에 초대장을 보내고 필경(筆耕) 작품집도 만들면서 문인 습작의 첫길에 열정을 불살랐다. 40여 명의 참석자들 중 회원만 9명으로 나는 '시월의 종언'과 '어느 갈밭에서' 초기 습작시로 기성 선배문인들과의 시낭송도 시도해봤다.

나는 고학으로 야간대학 국문학과를 거치는 동안 〈시조문학〉 3회 추천(1966년 4월)을 받아 문학단체인 한국시조시인협회와 한국문인협회 회원이 됐다. 이어 육군에 입대(1966년)했다. 만 25세 나이로 뒤늦게 입대한 병영생활도 어색했지만 문인초년기의 시조문학전문가란 삶을 어찌 준비해야할지 몰라 초조했다.

이처럼 마음이 불안한 속에서 닥치는대로 이 책 저 책을 읽으며 우리나라 시조시단에서 쓸모 많은 삶이 될 수 있도록 나름대로의 준비가 필요하다고 생각했다.

내 삶은 대체적으로 한 가지에만 국한돼 공부하거나 일하지 않고 늘 2~3가지 이상의 일을 동시에 해내면서 청년기를 맞은 셈이다. 그 바쁜 고학생활 중에도 시조시 문단을 기웃거리며 특이했던 서울시내 남녀대학생 중심의 '울림회'란 동인 모임에서 중심축으로 활동했다.

때로는 가난하면서도 꿈을 잃지 않고 미래를 향한 인문학도의 창작연구모임에도 참여해 객지생활의 어려움을 독서와 글짓기, 문학행사 참여로 만족을 느끼며 힘든 시절을 잘 견뎌냈다.

나는 대학 재학 중 연거푸 입대 연기원 서류를 병무청에 냈었다. 그런데 어느 날 퇴근하고 집에 돌아와보니 입대통지서가 와 있었다. 그 길로 논산훈련소까지 단독 입영했다. 1966년 11월 충남 논산군 연무읍 일대의 황산벌 신병훈련소에서 겪은 고통은 농사일하던 소년시절의 농촌일꾼보다 덜 힘들었고 고학생 때보다도 덜 힘든 기초훈련이었다.

4주간 훈련을 마치고 연무읍에 있는 제116육군병원 의무보급과에 배속됐다. 이등병으로서 예하 작은 병원에 모든 약품과 치료소모품들을 분배시키는 영문타자병 임무였다. 내무반의 야간 불침번 대신 이따금 입원치료부상병이나 사망군인의 시신 옆을 지켜주는 초년병으로 밤 보초를 서야했다.

대부분의 저녁시간은 병원이 운영했던 불우청소년들 대상의 '명우학사' 중등과정 야간학교에 나가 국어담당 선생노릇을 하며 군인으로서 봉사활동도 반년쯤 했다.

나는 일등병시절 남들은 모두 꺼렸던 '해외파병'을 몇 차례 자원한 끝에 세 번 만에 명령서를 받았다. 이왕 늦어진 군 생활에서 남다른 전쟁터경험을 하면서 두둑한 전투수당도 받는 게 훨씬 나에겐 좋다고 생각했기 때문이다.

이때도 강원도 화천군 오음리 훈련소 집결지를 혼자 찾아갔다. 뜨거운 여름날 논산에서 춘천까지 버스와 기차를 번갈아 바꿔 타며 낯선 장병들 틈에 합류했다. 군용트럭으로 단체이동하고 오음리 7km 못미처 고갯길 아래 훈련장까지는 속보행군을 했다.

논산 신병훈련소 시절과 오음리 월남파병훈련소에서의 기간을 제외한 군 생활동안에는 〈전우신문〉(현재 국방일보)에 '봄 손님', '난, 네게', '베트남 병사되어', '포성이여, 이제 그만', '귀국' 등의 습작시절 작품들을 발표했다.

습작에 가까운 글들을 이곳저곳 보내던 그때 이미 문단주소록에 내 이름이 올랐지만 어디까지나 초년생에 머물 뿐이었다. 겨우 시문학이 무엇인지 어렴풋이 이해할 즈음 야간대학 4년 과정이 끝나기 무섭게 국방의무 3년 밧줄에 발목이 잡혔다.

따라서 작품을 꾸준히 쓴다고 해도 시 창작은 미숙한 수준이었다. 아직은 시 주제와 제목을 선정하는 초기부터 시의 언어선택과 수사기법의 오묘한 경지를 몸소 체득해 나가지 못한 생경한 남의 작품들을 모방하며 시조창작을 배우던 시절이었다. 좋은 작품구상의 환경조건이 주어지지 못한 나의 문명(文名)은 몇몇 사람들에게나 소문이 날 정도로 미미했던 때였다.

중등교원으로 임용·발령

스물아홉 살이 되던 해 인문학도로 첫발을 내디뎠다. 1970년 2월 25일자 〈한국일보〉 4면 '경기도 교육인사' 기사를 통해 여주중학교 발령사실을 알았다. 군복을 벗은 지 몇 달밖에 안 됐고 문단사정도 제대로 알지 못함으로 간간이 시조시단 선배와 동료들을 만나거나 편지, 전화가 오고가던 시절이다.

그 무렵 우리 사회는 정착된 게 별로 없는 혼란의 시기였다. 청년시절 꿈이던 시골의 중·고등학교 국어교사가 됐다. 문단초년생의 시조시(時調詩) 창작을 멈추지 않은 채 더 높은 곳으로 가려는 생각을 굳히기 시작했다.

세상은 많이 바뀌었다. 군 입대 전에 중등학교 교사가 된다는 일은 하늘에서 별 따기만큼이나 어려웠다.

그런데 3년 군복무를 마치고 제대하던 1969년 말의 사정은 많

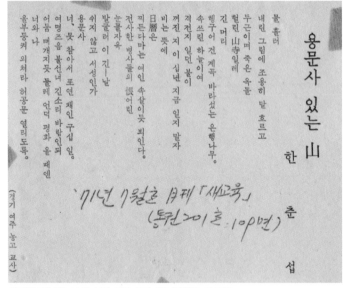

1971년 7월 1일 나의 습작 시절 신문·잡지에 발표된 글들

이 달라져 있었다. 나의 꿈은 맞아떨어져 4대 1 경쟁률의 경기 도공립중등학교 교원임용시험에 응시, 1970년 3월 1일자로 발령 받는 좋은 시절을 맞게 됐다.

교단을 지키는 중등학교의 햇병아리 국어교사 첫 월급이 24호봉으로 2만 540원이었다. 월남에서의 군대생활 전투수당에도 못 미치는 박봉이었다.

전문지 〈시조문학〉을 통해 등단한 나의 시들은 줄곧 〈시조문학〉에 실렸다. '걷던 길', '강가에서 먼 날을', '팔당호 비(碑)된가', '꿈속 고운 이야기들' 등이 대표적이다.

그 후의 시 '북강변', '나는 가리라', 〈70년간 시조선집〉에 '용문사 있는 산' 외 〈한국시조선집〉에 '천지여 겨레여'(외), 〈72연간 시조집〉에 '한번 쓰여질 마음' 같은 시를 발표하면서 교사로서의 2년차 겨울방학이 되고 나는 습관대로 책을 읽고 글 쓰는 문인교사로 바쁜 나날을 보냈다.

방학 중 흩어져있던 책과 서류, 원고뭉치를 정리하다 월남 군생활시절 받은 중학교 단체 위문편지의 펜팔뭉치를 발견했다. 그 가운데 버리지 않고 간직하고 있던 신정길 여학생 편지봉투에 시선이 멈추었다. 그 다음날 한 페이지 분량의 편지를 써서 출근시간 때 우편으로 보냈다.

한 달 뒤 10줄 미만으로 짧은 편지 글이 왔다. 서울시 종로구로 이사해 부모님과 함께 살면서 그림공부를 하고 있다는 사연일 뿐 자신에 관한 자세한 말은 없었다.

곧바로 반갑다는 인사와 함께 '만날 볼 수 있겠느냐?'는 내용으로 재차 편지를 보냈다. 그해 봄 4월 15일 서울 종로 YMCA 2층 다방에서 첫 얼굴을 감동적으로 보게 됐다.

그 후 매달 약속으로 고궁도 돌면서 식사를 한 우리의 교제시간은 매우 단조로우면서, 나와 나이 차이가 많이 나고 환경조건도 너무 달라 내 맘속의 갈등은 미묘했다.

몇 번의 만남을 가진 나는 행복의 기쁨을 안겨주는 연애와 결

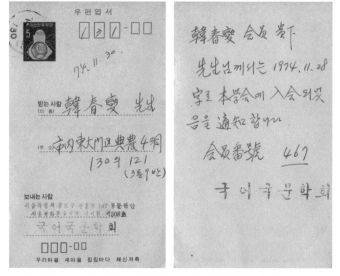

1973년 9월 20일 단국대학교 신문에 발표된 '연가'

1974년 11월 28일 국어국문학회 입회 통지 우편엽서(회원번호 : 467번)

혼도 가능할 것이라 생각되어 마음 깊은 곳에서 욕심이 생겼다.
20살 청순한 소녀와의 연애감정은 일방적 욕심으로 빠져들기
시작했다.

그렇지만 그녀와의 만남을 멈출 수 없어 연거푸 교제 요청을

했다. 끝내 부모님에게도 인사드리고, 내 장래계획을 말씀드렸다. 그러면서 장거리전화와 편지, 만남으로 신정길과의 교제는 이어져 분수에 넘칠 만큼 행복한 시간 속에서 간절한 그리움에 빠져들었다.

1970년대에는 창작생활과 시조문학 관련자료 모으기에 본격 달려들기 시작했다. 〈75연간 시조집〉에 '고향 4계사', 〈76연간 시조집〉에 '등촉 켜는 청산 앞에', 〈77-78연간 시조선집〉에 '생활사 2', 〈월간문학〉에 '꿈, 그 다음에', '3장 자모운시', 그리고 교원으로서 발표가 쉬웠던 〈새 교육신문〉, 〈교단〉, 〈새한신문〉에 나의 작품이 실렸다. 또 〈경기신문〉, 〈경기일보〉에도 '그리움', '갔지만', '설악산 울산바위' 등의 시를 발표했다.

한편 젊은 층의 시인들이 미처 손대지 못하던 근·현대 시조문단의 최초에 가까운 자료와 연구논문 발표에 내 딴에는 힘껏 노력했다. 그렇게 해서 '시조의 구상어 일고찰', '시조시와 3장시의 두 명칭', '이호우론', '운 조주현 시인론', '시조시의 현대성', '장시조시의 의식구조', '소정 정 훈의 시조시론', '만해 한용운의 문학' 등 근·현대 시인연구에 나서 여러 편의 논문들을 〈시조문학〉에 실을 수 있었다. 그밖에 〈시문학〉, 〈국제대학보〉, 〈단대신문〉, 〈소년한국일보〉 등에도 시조시 작품들을 휴일이나 방학기간을 틈타 집필해 발표했다.

나는 이런 창작활동을 계속하던 농촌학교 국어교사생활에 더 이상 만족할 수 없어 더 높은 곳의 배움을 향한 대학원 진학을 꿈꾸기 시작했다. 서울에 사는 신정길을 만나 내 장래 학문연구와 진학준비를 말한 적도 있었다.

그 뒤 생활비 이외 금전부족은 말 못한 채 반드시 해결해야 할 문제 하나가 고민거리로 등장했다. 그것은 현직교사가 대학원

117

제4문턱

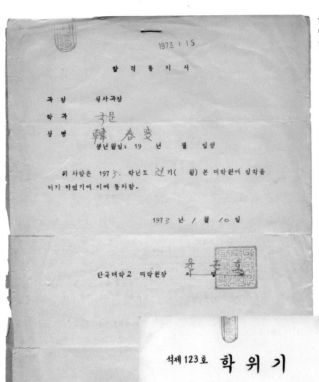

1973년 1월 10일
단국대학교 대학원
합격통지서

1973. 1. 15

합격통지서

과정   석사과정
학과   국문
성명   韓春燮
생년월일: 19 년   월   일생

위 사람은 197 3 학년도 전기(월) 본 대학원에 입학을
허가 하였기에 이에 통지함.

1973 년 1 월 10 일

단국대학교 대학원장   윤 군 호

석제 123호 학위기

본적 경기도

韓春燮
1941년 10월 24일생

이 이는 본교 대학원 석사과정을 이수하고
아래의 논문을 제출하여 대학원의 심사에 통과
하고 소정의 시험에 합격하여 문학석사의
자격을 갖추었으므로 이를 인정함
논문: 現代時調詩 研究

1975년 2월 27일
단국대학교 대학원장 문학박사 김성근

위의 인정에 의하여 문학석사의 학위를 수여함
1975년 2월 27일
단국대학교 총장 문학박사 장충식
철학박사

1975년 2월 27일 단국대학교 대학원 문학석사 학위기

등·하교시간을 학교당국과 학교장으로부터 어떻게 허락을 받아 내느냐 하는 것이었다.

준교사자격증(국어과목)을 가졌던 나는 2급 중등학교 교사자격 연수에도 기회를 놓치지 않고 참가했다. 각 대학교 교사연수회 참여라든가 여주문화원 개원을 기념하는 시화전에 내 작품들도 전시했다. 전문지 이외 〈거북선〉, 〈신한국문학전집〉(전체 50권 중 39권 째), 〈광복 30년 문학전집〉(전체 20권 중 6권 째 : 한국문인협회 편 저, 정음사 출간) 시 선집에도 내 작품들이 실렸다.

결국 대학원 진학문제 해결을 위해 근무하던 학교를 옮기고 다시 공립학교에서 사립학교로 옮기면서 나의 오랜 고민을 풀어 갔다.

대학원 입학원서 구입에서부터 학위졸업논문 심사의 모든 절 차를 교제 중인 신정길의 도움을 받아 원만히 밟아갈 수 있었 다. 마침내 1975년 2월 27일 단국대학원에서 '〈현대 시조시 연 구〉-전통시조의 현대시학적 고찰-'이란 논제로 석사 학위 논문 심사를 통과했다. 그 당시, 경기도 여주에 거주하던 관계로 연 애 교제로 만나는 서울에 살고 있던 신정길에게 꽤 많은 일을 부 탁할 수밖에 없었다. 그녀는 나의 부탁을 거절하지 않고 도서 구 입에서부터 심부름까지 세심하고 정성스럽게 처리해주었다. 이 런 과정 속에서 사랑은 차츰차츰 싹이 자라났다.

이처럼 1970년대는 시문학 특히, 나의 주전공 분야인 시조문 학의 이론을 습득하고 자료수집을 왕성히 하는 학자의 첫길이 시작됐다. 그 시절 내 삶은 나 한 사람만의 삶이 아니었다. 나에 게는 장래를 굳게 약속한 그녀가 있었다. 그러는 동안 그녀와의 사랑은 깊어졌다.

1974년 문학석사로서 국어국문학회와 국제펜클럽 한국본부에

1974년 5월 5일 청춘의 꿈이 담긴 약혼사진

교
단

회원가입도 마칠 수 있었다. 〈세계문예대사전〉(1975년 성문각 편),
〈한국시조문학전사〉(1978년. 박을수 편)에 인물소개도 됐다.

　이후 교직생활 하나에 만족하지 않은 채 학력이든 경력이든
내 개인적인 발전기회가 주어지면 남들에 앞서 발벗고 나서는
적극성을 보였다. 1970년대 중반에 이르면서 시단의 초년생이
던 당시 '팔당호 비 된가'를 비롯해 〈한국시조시인협회 연간집〉
에 발표했던 몇 편의 시들이 "진일보되고 있다"는 문단시평(詩評)
을 듣기도 했다.

　나는 교단경륜에 연연하지 않고 대학원 연구생활의 박사과정
에 진학하겠다는 집념도 갖게 됐다. 아직은 내세울 만한 게 별로
없는 부족한 신인 시조시인으로서 더 힘겨운 연구학자의 길을
걸어보겠다는 욕심도 가져보며 좋은 기회가 오길 기다렸다. 아

내가 될 신정길에게 고민 없이 내 포부를 말해 버렸다.

　그때 우리 사회는 각 분야가 제대로 자리 잡지 못한 가운데 전반적으로 새 시대를 열어야했던 무렵이었다. '판문점 도끼만행사건'으로 분단국가의 혼란이 이어지면서 박정희 군사정부의 유신헌법 공표로 노동자 계층의 농성이 잦은 가운데 서울지하철 1호선 개통, 서울 여의도 국회의사당 준공, 고리원자력 1호기 점화, 버스토큰제 실시, 서울잠실체육관 준공 등 시대를 발전시켜 준 역사적 업적도 적잖았다.

　사법부 파동, 김대중 피납사건 등에 겹쳐 민주화를 외치는 언론인과 대학교수, 야당인사와 대학생들 시위가 밤낮 주요 도시 주택가 뒷골목과 거리광장에서 벌어지고 있는 불안한 시국이었다.

　이런 사회변혁 속에 살아가는 교직자로서도 농촌 새마을운동의 할당제지도자가 되어 해당 마을을 내 고향집 찾아가듯 돌아다니며 마을 꽃길을 만들어 가꾸는 일을 비롯해 매주 일요일 동네 안길 대청소에 동원되는 때였다.

　1978년 12월의 정국은 악화일로를 거듭해 '부마(釜馬)사태'가 일어났다. 교내 학생들의 교련시간 지도는 물론 농촌일손돕기, 매일 점심시간 팬 학생 혼식도시락 점검 등 짜증나는 잡무에 시달리기도 했다. 안정된 분위기에서 학생지도에 힘쓰지 못하는 교사들의 불평도 들을 수 있던 그때 교감과 교장들의 학교운영이 엉망이었던 사례들이 없지 않았다.

　그런 와중에도 나는 연구하는 학자, 문단발전에 앞서갈 시인이 되길 꿈꿨다. 국내 유일의 시조전문지 〈시조문학〉 매호마다 내 연구발표 글이 연재물로 실렸고, 동료문인들이 하지 않는 문학활동에 겁 없이 뛰어들었다. 직장을 옮기는 일이 생기고 가정일과 내 신변에 어려움이 있더라도 물불을 안 가렸다.

제4문턱

1975년 2월 27일 선배·동료 문인, 친지들이 우리의 결혼을 축하해 주었다.

1975년 2월 27일 대학원 졸업식장에서 결혼식을 올렸다.
주례는 단국대학원 김성근 대학원장이 섰다.

당시 우리의 결혼식은 이색적이어서
언론의 주목을 끌기도 했다. 사진은 중
앙일보에 실린 우리의 결혼식 기사

1975년 2월 27일 지도교수님을 모시고 이태극·김석하·정한모 박사님 등 교수·은사·동문들과 결혼식 기념 촬영을 했다.

새 의지로 폭 넓은 세상 공부 시작

29살에 경기도 공립학교 교사로 임용된 뒤 30살 초년시절은 벅찬 꿈에 부풀어있었다. 시도 잘 짓는 문인이 되고 싶었다. 교육자로서도 모범적 연구를 해 기필코 대학원 진학을 새 목표로 삼아 하루일과에서 촌음을 아끼면서 살았다. 폭넓은 국어국문학과 전공분야 독서를 밤잠 설치며 전념하며 시간을 아끼게 됐다. 이 세상에 동반자가 된 나만을 위한 내 아내 신정길이 있기 때문이었다.

대학원 졸업식장에서 결혼식을 올린 나는 고전문학과 현대문학의 전공분야 서적 구입과 시 창작, 연구에 매진했다. 옆에서 나를 정성으로 감싸주는 아내와 미래를 설계하고 늘 어머니 맘처럼 채워주는 행복 속에서 하루하루가 부족한 게 많았던 나는 언제나 독서를 게을리하지 않으며, 인문학의 외로운 영역 기초를 다질 생각에 빠져들었다.

석사 학위를 받은 나는 문단에 이름이 알려져 국내 처음 나온 〈세계문예대사전(下)〉(1975년 성문각 판) '인물소개'란에 나의 얘기가 실리기도 했다. 대사전에 실린 인물소개 내용과 1975년 2월 27일 대학원 졸업 때 문교부장관으로부터 받은 석사학위 등록증 내용은 다음과 같다.

〈세계문예대사전(下)〉(1975년 성문각 판)에 실린 '인물소개' 내용

1964년도 〈시조문학〉에 '심증-꽃소식-아침강안'으로 3회 추천된 이후(1966년) 주로 애정이 깃든 향토색의 서정을 바탕으로 한 작품을 써 오면서 군생활 중에 파월종군으로 시야를 넓힌 다음부터 이론에도 심혈을 기울이면서 대학원에서 '현대 시조시' 전반에 걸친 석사 학위 논문을 발표하고부터 이론 및 시 창작을 병행하여 오고 있다.(후략)

대학원 졸업 때 문교부장관으로부터 받은 석사 학위 등록증 내용

학위등록증

(학위명 문학석사, 등록번호 74-석-910, 본적 경기도,

성명 韓春燮, 1941년 10월 24일생)

위 사람은 단국대학교에서 문학석사의 학위를 받고 교육법 시행령 제125조의 규정에 의하여 등록하였음을 증명함.

1975년 2월 27일, 문교부장관

불철주야 학문연마와 시조시 연구, 창작생활에 몰두함으로써 나의 30세 청년시절은 20세 과거 생활을 뛰어넘은 셈이다. 힘겨웠지만 대학원을 졸업했고, 내 생애를 정성스레 보살피는 아내와의 결혼식도 학위수여식장에서 남다르게 치렀다.

나의 20~30대는 성공을 위해 집념에 불탄 시기로 요약된다. 더욱이 남들이 하지 않고, 가지 않는 길을 찾아내 흔들림 없이 곧장 걸어나갔다.

대학전공과 학창생활에서도 알 수 있다. 국문학과 전공자로서 한국 현대시조시 창작과 연구분야를 제1전공으로 잡아 파고들었다. 30대 청년기라 소신을 갖고 흔들림 없이 초지일관 밀어붙였다. 남들이 모두 외면하는 험한 산골짜기 빙벽 길을 오르는 외로움 속의 집념에 가득 찬 사나이였다. 그 시절 '시조시 창작과 연구작업'은 황무지나 다름없었다. 그래도 나는 그 길을 기꺼이 택해 쉼 없이 나아갔다. 주말, 공휴일, 방학 땐 자료수집과 연구로 전국을 바쁘게 누비고 관계자들을 찾아다녔다.

시조문학 문단역사에 오르내리는 육당 최남선, 가람 이병기, 노산 이은상 선생을 공부하다 이들보다 작품성과가 더 뛰어난 월북작가 조 운 시인의 행적을 우연히 눈치채게 됐다. 학문자료, 연구의욕에 불탄 나는 조 시인을 본격 연구하기로 마음먹고 〈조 운 시조집〉을 손으로 쓴 필사본부터 만들었다.

그 과정에 이야깃거리도 적잖다. 그때만 해도 군사정권의 반공이념이 강해 월북작가 이름만 들먹여도 사상적 의심을 받았던 시기로 국립중앙도서관 담당자에게 은밀히 부탁, 조 시인의 작품집을 손에 쥘 수 있었다.

그러나 문제가 생겼다. 국내 한 시조시인이 내가 조 운 시인 연구에 열심인 것을 알고 시기질투심이 생겨 당국에 투서를 한

1975년 2월 27일 단국대학원 졸업식장에서 석사모를 쓰고 찍은 독사진

것이다. 경찰은 나에게 "잘못되면 중앙정보부(현재 국가정보원)로 넘어간다"며 조 시인의 연구동기와 과정 등을 묻고 증빙자료도 요구했다. 경찰조사를 받은 나는 어느 정도 해명이 되자 풀려났다. 훗날 들은 얘기지만 그 사실을 나의 스승인 이태극 박사가 알고 해명을 잘 해줘 위기를 넘길 수 있었다. 이 박사는 "나에 대해 꼬치꼬치 캐묻는 경찰에게 전화로 자신과 사제지간이라는 사실과 함께 관련논문, 자료 등 증빙이 될만한 것들을 자세히 말해줬다"고 말씀하셨다.

나는 그때부터 모두들 꺼려했던 조 시인 연구에 탄력을 붙였다. 1977년 조 시인 연구논문 '운(雲) 조주현 시인론'을 〈시조문학〉지에 처음 발표할 수 있었다. 이어 1989년 〈시조생활〉과 1990년, 1991년 분단역사의 희생물이 된 조 시인의 행적자료를 모두 찾아내 2000년 그의 출생지(전남 영광)에서 '조 운 시인 탄생 100주년 기념사업회 세미나'도 열었다.

현대시조문학을 공부해 본 사람이라면 다 알겠지만 조 시인만큼 시조작품을 생기 넘치게 창작하고 옛스러움을 벗어난 이는 없다 할 것이다. 즉, 시 언어 연금술에 관한한 이는 그가 제1인자라 할 수 있다.

이처럼 시조시 분야의 외길을 걸어온 나에게도 유혹이 하나 있었다. 어느 날

1975년 2월 27일 문학석사 학위등록증

대학교수가 될 수 있는 기회가 내게 찾아온 것이다. 1980년대 중반 대학원 박사과정 1년을 마치고 2년째로 접어들던 때였다. 지도교수가 나를 불렀다. 그는 나에게 "3000만 원을 학교재단에 기부하면 지방캠퍼스 교수가 될 수 있는 길이 있다"고 귀띔했다. 돈만 내면 사실상 대학교수가 되는 길이었다. 나는 그 소리를 듣고 한동안 갈등을 겪었다. 고등학교 국어선생을 포기하고 교수의 길을 걸을 것이냐, 아니면 교수제안을 포기할 것이냐 하는 선택의 기로에 섰다.

결국 나는 교수제의를 받아들이지 않았다. 며칠을 고민하다 아내에게 얘기했는데 아내가 반대했기 때문이다.

아내는 "그렇게 돈을 주고 교수가 되면 매관매직하는 꼴"이라며 "순수하게 고교교사로, 시조시인으로 깨끗한 삶을 사는 게 더 의미 있지 않느냐"고 말해 끝내 '없던 일'이 됐다.

그 시절 3000만 원은 아주 큰 돈으로 집 한 채 값이었다.

그 후에 내게 있었던 교수제의 사실을 아는 일부 지인들은 "그 좋은 기회를 놓쳐 아쉽지 않느냐", "너무 고지식하다"는 등의 말을 했지만 나는 그때 일에 대해 이제까지 결코 후회해본 적이 없다.

문단활동에 앞장선
시조시인 외길

1985년 3월 23일에 발간한 〈한국시조큰사전〉.
2000쪽이 넘는 방대한 역저라 할 수 있는 이 두꺼운 책은
8년간에 걸친 끈기와 집념의 결실로 나의 삶에서 보람된
일들 중의 하나다.

1980

8년 걸려 〈한국시조큰사전〉 기획·발간

내 나이 40살이 되자 뜻한 대로 운명의 길은 열리기 시작했다. 이에 따라 나 자신의 활동 폭은 무한대였다. 늘 부평초 같았던 고민스러운 마음을 청산한 채 안정된 가정이 꾸며져 모든 일들이 만사형통이었다. 행복한 중년기를 맞은 셈이다.

직장도 도시권 성남시에 있는 사립학교 풍생고등학교로 옮길 수 있었다. 이로써 나의 생활은 물론, 문단활동 폭도 넓어져 한국시조시인협회 총무이사로 전국 문학단체에 중추멤버로 변화 있는 협회운영에 앞장섰다. 매년 서울 신문로의 한글회관에서 개최됐던 협회 총회라든가 세미나 모임을 부산·광주·대전·제주시 등 지역순회행사로 바꿨다. 이처럼 행사 모두를 협회 총무를 맡은 뒤 10년 넘게 전국 각지로 옮겨가며 했다.

경기도 여주시에서 세종대왕숭모제전 전국 시조시 한글백일장도 처음 만들어 운영과 심사위원으로 일했다. 이 행사의 제1

1985년 11월 1일 제1회 육당 시조시 문학상 수상식(서울 프레스센터 19층, 기자회견장)
참석 하객(김동길 · 최한웅 · 김동리 · 정진숙 제씨들)

1985년 11월 1일 육당 시조시 문학상 수상식의 주최측 인사들
(신정길 · 한춘섭 · 최한웅 · 최성연 · 최국주 부부 제씨)

회 당선자가 바로 정수자 시인이다. 이태극 스승의 〈월하 고희 기념문집〉 간행 봉정식도 나와 아내가 전담했다. 한국시조학회 창립 총무이사, 육당 최남선문학상 제정·운영과 탄신 100주년 기념사업회도 내 의향대로 주관해 15년간 잘 운영했다.

특히 86 아시안게임, 88 서울올림픽 때의 아시안작가대회와 세계펜대회를 우리나라에서 열며 〈한국 번역 시조시〉(A Sijo selection-Traditional Korea short poem)(350쪽/1986년)선집을 발간해 참석한 세계작가들에게 나눠줬던 사업이 모두 나의 열정에서 비롯됐다.

더욱이 나의 끈기와 집념으로 만들어진 '2000쪽이 넘는 방대한 역저(力著)'로 평가받은 〈한국시조큰사전〉(2016쪽/1984년, 을지출판공사) 편찬도 빼놓을 수 없다. 이 책은 1984년 전국 주요 일간신문 문화면에 '국문학사의 영원한 기념비적 저서 출간!' 등의 제목으로 소개됐다.

1985년 3월 23일 〈한국시조큰사전〉 출판 기념식 행사 리플릿(인쇄물)

천만다행으로 내가 원해서 추진했던 사업들이 모두 잘 완성됐
다. 누구나 일생동안 슬픔이 있으면 기쁨도 있듯이 내게 있어서
도 '인생의 전성기'는 성남시로 새 직장을 옮기고, 주거지를 서
울시 송파구 잠실동으로 이사하면서 찾아왔다. 수도권, 서울에
서의 문단활동 참가도 직접 할 수 있으며, 도시에서의 교육자 활
동무대가 내 맘껏 마련된 것이다. 이후 낮엔 고교교사지만 밤엔
대학출강도 할 수 있었다. 풍생고 교사로 있을 때 동서울대(전 대
유공전대) 강단에 설 수 있었던 것이다.

문단활동에서도 협회 총무이사 이외 한국청소년연맹 시조추
진위원, 육당 시조시 문학상 창립운영자로서 〈시조생활〉전문지
창간을 주도한 편집장 일도 전담했다.

성남문화원의 초청연사와 심사위원에 위촉되는 계기로 〈성남
문화원보〉를 내 손으로 편집, 창간했다. 직장으로 근무했던 풍

1985년 3월 23일 〈한국시조큰사전〉 출판기념행사 때 일석 이희승, 소설가 김동리 두
분께 격려 말씀을 들었다.(맨 왼쪽은 아내 신정길, 맨 오른쪽은 저자 한춘섭)〈세종문화
회관 세종홀〉

생고의 〈풍생 20년사〉 편찬 일도 도맡아서 발행했고, 고향마을의 〈양평군지〉 지명에 관한 집필과 학교재단 사업체 사보인 〈고려인삼제품〉까지 기획·발행하였다.

특히 높게 평가되는 나의 저서 〈고시조 해설〉(홍신문화사, 410쪽/1982년)과 내 평생의 대표저서로 꼽히는 〈한국시조큰사전〉도 이 시절 모두 함께 상재했다. 이 사전은 애초 시조시인협회사업으로 추진하려 했으나 예산과 업무추진 실무자가 나 이외는 없어 어쩔 수 없이 당시 협회장인 이태극 교수, 부회장 박병순 시인 등 두 어른의 협찬을 받아 어렵게 만든 큰 사업이었다. 감개무량한 일들이 많았다.

고등학교 교사신분으로 벅찬 자료수집에 시간과 예산, 추진력 때문에 접어야할 한계를 느낀적도 있지만 끝까지 마무리할 수 있었던 것은 절대적으로 아내의 격려와 재정적 협조, 실무자 역할을 도맡아줘 가능했다.

이 사전의 발행일인 1985년 3월 23일 오후 5시, 서울 세종문화회관 세종홀 뷔페식당에서 화려한 출판기념식도 가졌다. 문단원로 이희승, 김동리, 전숙희 외 여러 시조시인들이 모였고 "국내 최대 시조사전이 나왔다"고 하는 내용의 보도기사가 주요 일간신문과 잡지 등 언론에 실렸다.

이 사전은 같은 해 제18회 문공부 추천도서로 선정됐다. 광주시와 양평군 등 지방에서 특색있는 도서발간을 환영해 주었고 KBS 제1라디오 '10시에 만납시다' 방송프로그램에도 출연, 45분간 발간경위 등을 대담함으로써 국내·외에 발간 소식이 많이 알려졌다.

이제와서 '시조시인 한춘섭' 하면 누구랄 것 없이 〈한국시조큰사전〉을 꼽는다. 자화자찬이 될지는 몰라도 자타가 인정하는

업적임엔 틀림없다. '국문학사의 영원한 기념비'로 찬사를 받은
〈한국시조큰사전〉은 고시조 3660수, 현대시조시 1만 8331수,
희귀 영인본 19권, 시조인 총람과 시조 시사 연대표 등이 실린
우리나라 시조문학의 대백과사전이다. 2016쪽에 담긴 현대 시
조시인 381명의 대표작과 인물소개, 필적, 스냅사진까지 실린
일종의 '우리나라 시조의 족보 겸 총람'이라고도 볼 수 있다.

나는 이 사전을 만들기까지 혼신의 힘을 쏟았다. 시조시인으
로서 내 일생을 펼쳐놓고 볼 때 가장 전심전력을 한 시기이기도
하다. 자료수집 3년, 정리 1년, 편찬교정 3년의 긴 여정을 걸었
다. 제작기간 8년 동안 하루도 멈춘 적 없다. 시조시 창작 외에
도 연구, 발간에 나서 성공적으로 펴냈다. 내용과 분량이 워낙

〈한국시조큰사전〉 출판 내용이 실린 동아일보 기사

방대해 역저를 만들기까지 7명이 참여했고 인쇄소 작업기간만
도 꼬박 3년이 걸렸다.

〈한국시조큰사전〉엔 우리나라 초대 대통령인 이승만 박사 이
외에도 신현확(전 국무총리), 서항석, 최현배, 피천득, 이가원, 정
경태 씨 등 쟁쟁한 분들의 작품도 실렸다.

사전을 만드는 과정에 얽힌 에피소드도 많다. 이승만 대통령
작품을 찾아내기 위해 이 대통령이 머문 이화장을 5번이나 드나
들었다. 게다가 세상을 떠난 시조시인들 자료를 모으기 위해 전
국을 돌아다녔다. 한번은 작고시인 유가족의 시골집을 물어물어
찾아가면서 간첩으로 몰린 적도 있었다. 유가족 집에 선물로 담
배를 사가려고 가게에서 "가장 비싼 담배 한 보루 주세요"라고
말한 게 화근이 된 것이다. 나를 담배 값도 모르는 간첩으로 알
고 신고하는 바람에 경찰조사를 받고 풀려나기도 했다.

아파트 팔아 〈한국시조큰사전〉 출판 제작비 충당

사전편찬작업엔 아내도 동참해 온갖 고생을 했다. 밤낮 나를
도우며 뛰어다녔던 집 사람이 사전 출간 몇 달을 앞둔 이른 봄날
서울 명보극장 뒤 인쇄소 앞 골목에서 쓰러지기도 했다. 일이 너
무 많아 과로로 졸도한 집 사람은 가까운 병원에 실려가 치료를
받았다. 그때 어이없는 일이 벌어졌다. 우리 부부가 병실에서
어느 정도 정신을 차리고 집 사람 핸드백을 찾아보니 그 안에 넣
어둔 현금과 수표가 몽땅 없어져 허탈했던 기억이 난다.

특히 사전 만들 돈이 없어 우리가 살고 있는 집을 팔기도 했
다. 의욕이 너무 앞선 나머지 맨 주먹으로 시작한 일이라 어쩔

〈한국시조큰사전〉 출판식 초대장
중앙일보 기사

제18회 문공부 추천도서 통지문 및 추천
도서 선정증을 교부받았다.

도리가 없었다. 우리 부부는 서울시 송파구 잠실 주공 4단지 아
파트를 팔아 제작비를 충당했다. 그 돈으로 출판사인 을지출판
공사 견적금액(약 3000만 원, 권당 7만 원)을 맞출 수 있었다. 그때가
1983년 말께로 힘들게 편찬 일을 하는 나를 가까이서 지켜본 아
내가 "집이라도 팔아 사전을 끝까지 잘 만들어야 한다"고 승낙
해준 덕분이었다. 우리 가족은 사전 제작비를 대고 남은 500만
원으로 부근의 서울 송파구 잠실 주공 5단지 40평대 아파트 2년
계약의 전세살이를 했다.

'지성이면 감천'이라고 했던가. 그런 가운데서도 우리에게 행운이 찾아왔다. 집을 팔아 만든 〈한국시조큰사전〉이 그해 말 정부로부터 우수도서로 선정된 것이다. 그 덕분에 사전 1000부를 더 찍어 문화관광부에 납본, 제작비 일부를 보전 받았다. 우리 가족들도 1985년 가을, 다시 집을 사서 입주할 수 있었다.

그렇게 일이 잘 풀려서 다행이었지, 사실 나는 집을 팔아야했을 땐 네 식구의 가장으로서 무척 조마조마했다. 그렇다고 어디에 말을 할 수도, 손을 벌릴 수도 없는 형편이었다. 아파트를 처분해 제작비로 댈 수 있게 해준 아내의 배려가 없었더라면 사전 편찬 작업은 불가능했을 일이다.

1980년대엔 시조시 작품 70여 편이 발표됐다. 이때부터 대하성(大河性) 장시 '6월, 그날의 비조(悲調)' 실험작을 8회 연재(1980∼88년) 함으로써 시단에서 큰 주목을 받았다. 발표된 주요 시는 '달맞이 꽃', '양평강 고운 줄기', '시조시 앞에' 등이다.

1970년부터 시작한 근·현대 시인연구도 꾸준히 해 조종현, 장응두, 김기호, 정소파, 조남령 등의 자료분석 관련내용들이 집중 발표됐다. 특히 중국 조선족 문인들과의 교유(交遊)가 이뤄져 〈연변시조시사〉 창립의 후원사업은 한국문단의 쾌거로 기억될 성과다.

그밖에 문학강연 20회, 연구활동도 활발해 '조종현의 시조시 상고', '한국 근대의 시조시 개관'(연재), '시조시의 계승, 그 현장'(연재), '김무원의 시조시 평설', '하보 장응두론', '소파 정현민의 시조시 일고', '육당 최남선론' 등도 발표되어 세간의 눈길을 끌었다.

〈광장〉(1982년, 111호)에서 '시조(時調)는 시조시(時調詩)로 바꿔야한다'는 시조문단의 쟁점을 주저하지 않고 발표했다. 〈한국학연구인명록〉(1983년)에까지 실리는 등 다방면에서 인문학도 길을 힘차게 걸어나갔다.

나의 일생에서 1980년대 이후 30여 년간은 왕성한 문인활동 속에 시조시 창작발표와 시조자료 연구발표, 저서편술, 격동기 산업사회로 들어선 신문명시대의 전통 시조문학 부흥·발전에 한껏 땀 흘린 시절이었다.

특히 '6월, 그날의 비조'란 40수(首)의 서사시를 8년간 〈시조문학〉에 실어 한국전쟁 역사스토리를 대하성(大河性) 장시(長詩)로 발표하게 된 것이다. 고시조작품의 자료정리를 집약시킨 〈고시조해설〉 단행본 발행, 한국청소년연맹 시조추진위원 실무주관에 참여자로서 전국순회 청소년 대상의 시조창작 실기강연을 20여차례 했다. 주로 '우리 가락, 시조'(서울 면목국민학교 외), '시조동인지의 맥락'(강릉 외), '민족문학과 청소년 자세'(풍생고 외)를 실었다.

그밖에 중국 조선족 문인들 중 리상각 시인, 김재국 소설가와의 형제결연을 바탕으로 '연변시조시사' 결성을 중국 조선족 문

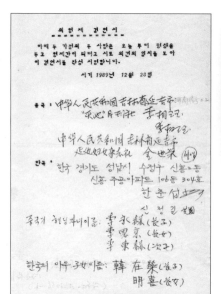

1989년 12월 28일
중국 〈천지〉 리상각 시인과 의형제 결연을 맺었다.

단에 처음 발의, 후원하기 시작한 시조문학 저변확대의 착안이야말로 현대시조시 역사의 큰 발자취라 하겠다.

　나는 끈기와 집념, 많은 분들 도움으로 태어난 〈한국시조큰사전〉 편찬실무 총책임자로서 사전 앞머리에 제작 배경, 의의, 작업과정, 편찬에 얽힌 뒷이야기, 도움을 준 사람들에 대한 감사인사와 소회를 썼다. 서울시 송파구 석촌호수 잠실아파트에 살 때로 1985년 봄이다.

　현대시조시인 381명의 대표작 1만 8331수와 고시조 3360수가 실린 국내 최대 한국시조 관련사전으로 편찬 일을 하면서 힘들었던 지난 날들이 주마등처럼 떠올랐다. 8년여간의 힘든 노력 끝에 펴낸 이 사전엔 최남선의 '백팔번뇌', 주요한의 '봉선화' 등 희귀시조집 19권과 명사들 시조작품도 실려 화제가 됐다. '꾸미고 나서'란 제목으로 사전에 실은 글 내용 중 주요부분을 간추리면 다음과 같다.

〈한국시조큰사전〉을 꾸미고 나서

　시조 연구영역에서 자료가 미비한 현실을 타개하기 위하여, 그리고 후진에게 편의를 주기 위한 나의 오랜 고심을 주위사람들은 물론이요, 한국시조시인협회 이사회 때와 한국문화예술진흥원 진흥금지원서 제출 시에 모두가 이상(理想)이라는 구실로 거절을 당하였었다.

　어쩔 수 없이 모여진 자료 짐 더미를 놓고 사방으로 헤매던 끝에 을지문화사의 윤해규 사장과 본인과의 합의에 의하여 뜻을 굳히고 구체적 기획에 착수할 무렵 구름재 박병순 사백께서 쾌히 동조할 것을 수락하였으며 뒤이어 이태극 박사의 가세로 이 일은 본격적인 사업 착수가 시작된 것이다.

　진실로 힘에 겨운 사업이었다.

애초에 짐작이 안 간 것은 아니었으나 단독으로 해내고야 말겠다는 한 가지 집념이 3인의 합심으로 완성을 하기까지에는 남 앞에 알리기 어려운 문제로 고심이 컸다. 그러기에 어쩔 수 없이 한 해를 또 넘기고 말았다.(중략)

가는 자료를 파놓고 그 안에서 얻어진 시집과 시인, 작품을 돌 고르듯 정리하기 시작하면서 청년기의 종교 앞에 마음이 흔들리기도 여러 차례였었다.

여기에 다시 용기와 채찍질을 더해 주신 나의 스승 월하(月河)님과 더불어 항상 인자하신 조언으로 어깨를 잡아주신 구름재님의 협력에 이 대전(大典)은 마무리 짓기에 이른 것이다. 아울러 오래오래 기억할 점은 을지출판사의 尹사장 동지가 헌신적으로 가세되어 훌륭한 일이 이루어졌고, 전국에서 하나 둘 세심한 마음으로 귀중한 자료를 도와주신 전체 시조시인의 정성 또한 이 일의 밑받침인 것이다.

생존하고 있는 시조시인들의 친필과 사진, 약력, 작품 등의 자료가 한층 치밀해야 하므로 1983년 2월 10일자로 전국의 시조시인 앞으로 발간 협조 의뢰 공한(公翰)을 최초로 발송하였다. 그 중에는 무려 5차례 걸친 독촉을 보낸 결과 주소불명, 기타 사정으로 자료의 도움을 받지 못하여 50여 명의 원로 중진 및 원거리 거주의 시인을 일일이 방문하면서 매주말 또는 방학 중의 시간을 최대한 이용하여 결국은 40여 명을 제외한 대다수의 시인을 대거 수록케 된 것이다.(중략)

아무쪼록 이 한 권의 총서(叢書)가 우리의 전통을 기리고 고유한 문화창달에 금자탑이 될 것을 바라면서 선편(先鞭)을 잡아 놓은 〈청구영언〉, 〈해동가요〉, 〈가곡원류〉의 편저자였던 南波, 老歌齋, 雲崖, 周翁의 영령 앞에 삼가 고마운 뜻을 알려 길게는 300여 년이요, 짧게는 100여 년의 공백을 이 저서로 연결 지어 놓으려 하는 것이다. 이 시전(詩傳)이 발간되기 위하여 절대적인 도움과 영향을 입은 이들의 저서를 여기에 밝혀 둔다.

김천택의 〈청구영언〉 / 김수장의 〈해동가요〉 / 박효관·안민영의 〈가곡원류〉 / 심재완의 〈역대 시조전서〉 / 임선묵의 〈근대 시조대전〉 / 문덕수의 〈세계문예대사전〉 / 이병기·이태극의 〈현대시조선총〉 / 어문각판의 〈시조선집〉과 〈신한국문학전집〉

서기 1985년 이른 봄날에,
서울 석촌호수 잠실 아파트에서 암천(岩泉) 삼가 씀.

나의 엄청난 사업으로 여겼던 〈한국시조큰사전〉 출간으로 평생 처음 문단과 언론계 사람들로부터 이목이 쏠린 칭찬을 연거푸 받았다. 내 삶은 8년 가깝게 눈코 뜰 새 없을 만큼 바쁘고 밤낮이 구별되지 않아 고생은 적지 않았다. 하지만 드디어 〈한국시조큰사전〉을 황무지와도 같은 세상에 내놓으면서 한국문학사에 금자탑을 세우고 봉우리도 꽃피웠다고 해도 지나친 말이 아니었다.

이처럼 방대한 문화편찬사업을 성공시키면서도 남들이 어깨겨누기 힘겨운 강연회와 '한국 근대의 시조시 개관', '시조시의 계승, 그 현장' 등 무게 있는 현대문학 속 최초의 근·현대 시조시 연구논문도 줄기차게 연재형식으로 발표했다.

한국시조학회 창립 주 멤버로 학문연구에 매진

단국대학교 대학원에서 〈현대 시조시 연구〉 제목의 문학석사 논문집이 만들어져 나는 현대 시조시 문단에서 글 짓는 시인의 길 이외에도 현대 시조시 연구에 몰두하는 학자 길을 걷게 됐다.

이로부터 문단에서는 파묻힌 자료들을 찾아 모으고 묻혀진 선

1985년 6월 22일 제1회 한국 시조학 연구 발표회를 마치고 학회창립의 중심멤버 교수들과 기념 사진을 찍었다. 맨 오른쪽이 필자

강
단

배시인들 활동 중 문단에 남을 업적을 평가하는 손길로 바쁜 시간을 쪼개 쉴 없는 연구에 몰두했다.

특히 시조시학 연구단체가 없음을 알고, 당시 시조문학자료 수집에 힘을 쏟고 사는 황순구 교수를 1984년 가을부터 서울시내 커피숍에서 몇 번 만나 학회결성을 깊이 있게 논의했다.

그 후 젊은 대학교수 김동준(동국대), 황순구(동국대), 박을수(순천향대), 진동혁(단국대), 원용문(교원대) 여러 문인교수들과도 연락해 내가 한국시조학회 창립산파역을 맡아 준비하기로 했다.

곧바로 서울 광화문 조선일보사 2층 코리아나호텔 커피숍에 모여 발기인 주비과정을 마치느라 학회창립 첫 총무이사로서 없던 길을 내는 어려움이 적지 않았다. 그중에서도 접대와 계획서 준비일체를 책임지면서 연구모임의 세부사항까지도 전담해야만 했다. 하지만 아내의 적극성 있는 협조와 열정으로 어려움을 극복할 수 있었다. 이듬해(1985년 4월 6일) 동국대학교 김동준 교수가 회장직에 선임되고 연구단체 업무를 보며 그해 12월 〈시조학 논총〉 창간호를 냈다.

그 후 첫 학술발표와 〈시조학 논총〉 발행의 단체연구자 모임에 실무를 책임진 선두주자가 됨으로써 회장 김동준, 부회장 진동혁, 총무 한춘섭 3인의 움직임은 다른 문단과 학자들로부터 부러움을 샀다.

나는 한국시조학회 위상에 문제가 생기지 않도록 하려고 나름대로 신경을 많이 썼다. 학회출범 산파역을 도맡았던 입장이면서도 연구자로 고등학교 교사신분이어서 모든 학회업무를 전담하면서도 내 이름은 발기대회 초대장에서 빼고, 행사 때도 궂은 일까지 다 하면서 홍보인쇄물에 내 이름은 제외시켜 학회의 대의명분을 높이기에 힘썼다.

한국시조시인협회 총무이사이면서 연구자모임에서도 총무이사로 위촉돼 처음부터 없던 단체결성을 제안했다. 전담자의 책임 업무는 4년간 빈틈없이 여러 교수들과 잘 해냈다. 한국시조학회는 해마다 2회의 학술연구 발표회를 열고, 한 권씩의 〈시조학 논총〉 발간과 더불어 야유회, 이사 모임, 애경사 방문 등 친목도모에도 소홀하지 않았다.

그런 가운데 학회창립을 기념해 펴낸 〈시조학 논총〉은 해를 거듭하며 발행 호수가 늘어날 수 있었다. 고시조 연구위주의 분위기에서 근·현대 이후 작품집이나 시인, 학자 연구 쪽에도 관심을 갖도록 모임분위기를 만들어 현대문학으로서의 시조학 연구회원들이 늘게 만들고 업무를 다음 사람들에게 넘겨줬다. 결국 한국시조학회 출발도 나의 최초발의와 사심없는 노력으로 이뤄졌다고 하겠다.

1985년 4월 한국시조학회 현판식(왼쪽부터 김상선·김동준·진동혁·한춘섭)

강단

1985년 6월 22일 제1회 한국시조학회 발표장(동국대 강의실)에서 모든 발표가 끝난 후 기념촬영을 하며 자축하는 마음을 가져보았다.

뒤이어 문단에 촉망받는 연구자요, 시인으로 주목받는 가운데 류성규 시인과의 교유가 자주 이뤄지면서 시조문학 전문지 창간에 뜻을 같이 했다. 몇 년간 협의가 잘 됨으로써 〈시조생활〉 발행 신청서를 만들고 사업계획서를 덧붙여 문공부 등록서류를 내가 직접 갖다내어 별 어려움 없이 발행등록 허가를 받아냈다. 〈시조문학〉, 〈현대시조〉 전문지가 발행·배포될 때 또 한 종류의 시조전문지를 탄생시킨 주역이 된 셈이다.

〈한국 번역 시조시〉선집 국내 첫 발행

이처럼 문학전문지 출범에 따른 시조번역사업도 협의하면서 협찬자 이기진 수필가 동의로 영어권의 〈한국 번역 시조시〉선집 간행사업조차 내 사업계획대로 하게 돼 특이한 대표 고시조와 대표 근·현대 시조시 작품을 엄선해 성공적으로 한 권의 작품번역집이 시조시단에서 처음 발행될 수 있었다. 이 시선집은 발행 즉시 '86 아시아 문학인회의, 88 서울올림픽과 함께 세계작가회의 참석문인들에게 고루 배포될 수 있었다.

〈한국 번역 시조시〉선집(A SIJO SELECTION—Korea's Traditional Short Poems—1986년 8월, 한국신문예협회)은 번역서답게 책을 펼치면 한쪽은 한글 시조시, 바로 옆 다른 한쪽은 번역된 영어 시조시가 실려 한눈에 보기 좋도록 편집했다. 여기에 실린 시조시들은 객관성을 꾀하기 위해 나를 중심으로 한 작품선정위원회 회의와 엄격한 선정절차를 거쳐 뽑은 것이었다.

선집이 나오자 여기저기서 찬사가 쏟아졌다. 그중에서도 외국인들 반응이 아주 뜨거웠다. 캐빈 오록(Kevin O'Rourke) 경희대학교 영문학 교환교수는 나의 저서 〈고시조 해설〉과 함께 〈한국 번역 시조시〉선집에 극찬을 아끼지 않았다.

나는 이 선집 앞머리에 편자로서 '번역〈시조시선〉을 출간하며' 란 글을 썼다.

'번역 〈시조시선〉을 출간하며'

고시조로부터 현대시조시에 이르기까지 가장 객관적 기준에 따른 기초자료를 여러 차례 협의하여 추진위원과 선별위원이 고시조 50편, 현대시조시 120편을 선정하였다.

현대시조시의 경우, 시작(詩作)경력 15년이 된 시인 즉, 1972년 이전의 문단데뷔를 기준하였고, 사계의 권위 있는 번역진에게 번역을 위촉하였다.

이 번역 〈시조시선〉을 출간하기까지 한국신문예협회 이기진 회장의 정성이 밑받침되었음을 밝혀둔다. 이로써 한국 고유의 민족시가 국내외에 선양 보급케 됨은 물론 국제문화 교류에 크게 이바지될 것

1986년 7월 10일 〈한국 번역 시조시〉선집 편찬을 하던 시절, 케빈 오록 교수와의 만남

으로 믿는다.

　오늘까지 산발적이고 객관성이 결여된 몇 종류의 시조시 번역류들의 문제점을 해결·보완한 민족시의 정수(精髓)만을 모았다고 자부한다.

　이 일은 여기서 멈추지 않고 계속 증보(增補)할 것이며, 이 한 권의 선집으로 하여 시조시의 진가를 세계 시문학사에 보태게 되었음을 기뻐하는 바이다.

1986년 8월 30일 편자 한춘섭

학생들에게 '시조놀이 암송카드' 무료 배포

　1980년대 우리 현대사에도 영욕이 엇갈린 채 분단한국의 눈앞엔 늘 민주화대행진의 외침이 끊일 날 없었다. 군부독재 정권과 이를 비판하는 정치권의 충돌이 이어졌고 '광주사태'가 국민들을 놀라게 했다. 전국비상계엄령 선포가 계속되는 중 사회악

1984년 5월 27일 강릉대학에서 시조강연

1988년 국제펜작가대회장에서 원로 시인 조종현님을 뵙게 되었다.

사범 3만 명 순화교육, 버마 아웅산 묘소 폭발, KAL기 소련영공 추격사건, 문익환·임수경 북한 비밀잠입 등의 충돌과 혼란 앞에서도 좋은 일들도 적잖았다. 86 아시안게임, 88 서울올림픽, KBS이산가족 찾기 방송, 독립기념관 개관, 반도체 64KD램 개발 등으로 한국현대사의 축제분위기를 맞기도 했다.

그때야말로 대한민국의 창창한 미래를 예언해주는 시대였다. 겨울 빙판길 옆의 민들레 싹이 돋아나기라도 하는 것처럼 분단시대에 해빙의 무드가 움트는가 싶었다. 때 이른 청소년들의 중·고생 복장·두발 자유화, 월북인사 해금조치 과제들이 하나 둘 씩 조임새가 풀리던 때였다. 이런 분위기가 언제쯤 또다시 찾아올까 하는 염려반 기대반 속에 나는 문학이라는 외길인생을 잘 꾸미면서 살아왔다.

시조시 문단에서 처음 있는 일을 하고, 논문발표와 한국청소년연맹 시조추진위원으로서, 청소년 대상 전국의 순회강연 연사로서 쉴 틈 없이 내 삶은 바빴다. 그때의 지도 교본은 〈우리 가락, 시조〉, 〈우리 가락의 멋, 시조〉, 〈시조의 이론과 실제〉 등 3종류가 준비돼 있었다. 나는 이태극, 정완영, 박경용, 서 벌, 이상범 등과 함께 어려운 일들을 도맡았던 '시조시단의 일꾼'인 셈이었다. 그때 특이한 작업은 고시조와 현대시조에서 80편 대표시를 골라 '시조놀이 암송카드'(일명, 옛 화투놀이)를 현대적으로 많이 만들어 전국 각급 학교 청소년단원 학생들에게 무료로 나누어 줬다.

나는 교직에서도 모범을 보이는 교사였고 학교 밖 연구학회 활동과 시문학 창작단체의 시조시 문학발전에 앞장선 실무자로서 저서간행, 연구학자의 단체결성을 이끈 최초라 할 수 있는 업적들을 여러 곳에서 남김으로써 현대 시조시 계승을 돕는 황금기의 삶을 살았다고 하겠다.

대학에 출강하며
'성남학(城南學)' 창시

1990년 4월 3일 육당선생 탄신 100주년 기념 강연회가 열렸다. 이 자리에서 제6회 육당상을 받고 여러 스승님들과 기념사진을 찍었다. 사진 속 인물은 왼쪽부터 류성규·이태극·신정길·한춘섭·심재완·정한모

1990

1990년 2월 28일 〈한국 시조시 논총〉 발행
　　　　4월 3일 육당문학상 수상
1992년 2월 10일 〈한국시조 가사문학론〉 발행(공저)
　　　12월 19일 교육부 장관상 수상
1993년 6월 10일 중국작가협회 연변시조시사 조인
1994년 6월 15일 〈민들레 홀씨 둘이서〉 의형제 시집 발행
1996년 10월 12일 성남시문화상(학술부문) 수상
　　　11월 19일 〈풍생 30년사〉 집필 편찬 전담
1998년 3월 13일 성남문화원 부설 향토문화연구소 소장 취임
1999년 3월 1일 성남 3·1운동기념식 첫 거행 및 창립회장 취임
　　　　8월 6일 성남기능대학(현 폴리텍대학) 출강 17년간 교수 활동
　　　8월 10일 지역신문 〈리빙타임즈〉 논설주간 및 회장 취임

지역문화 체계화에 팔 걷어붙여

 1990년대는 지난 10여 년간 시조문학 발전을 위한 발걸음을 멈추지 않은 가운데 안정된 가정생활 분위기에서 활동력을 더욱 발휘해 자신의 전공분야에 집중했다. 한국시조시인협회와 월하 시조백일장 등 전국권 행사의 심사위원을 하면서 '전국 시조교실' 순회강사로 활동했고 중국 연길시와 문화교류의 물꼬를 트기 시작했다.

 아울러 본적지를 경기도 성남시로 옮겨 내 고장의 전통문화 연구에 박차를 가하면서 현장답사, 문헌조사에도 남다른 문화계 활동에 몰입하기 시작했다.

 서울시와 성남시 경계지역 복정동에 있는 대유공업전문대학(현 동서울대학교) 교양과목 '대학국어' 외래교수로도 틈틈이 경력을 쌓아갔다. 자료정리와 집필로 서재에 파묻힌 채 하루하루가 몹시 바쁜 나날이었다.

1992년 6월 29일 시조빌딩 앞에서 시조학회 임원진과 함께 기념 촬영을 했다.

전
문

1994년 8월 11~14일 아내와 첫 중국 여행. 연길(도문) 국경을 찾았던 관광길이었다.

이와 더불어 지역에 하나뿐인 성남문화원의 청소년 강의, 지역사 연구논문 쓰기, 백일장 심사위원 등 여러 모임과 회의에 자주 참석했다. 자연히 나의 연구방향이 시조시 창작과 연구에서 더 넓혀 지역사 조사·연구를 편술할 수 있게 됐다. 그 결과 〈성남시 20년사〉(1993년) 집필·교정에도 실무자 못잖게 바쁜 시간을 보냈다.

하루하루의 직장생활도 바빴지만 노년건강을 위해 고등학교 교무과장에서 퇴직시기를 앞당길 계획도 하며 풍생학원 설립자 〈오천 홍사풍〉 전기단행본을 단독 집필·간행했다(1995년 9월 3일).

지역문학인들의 동인단체인 성남펜클럽 창립회장에 나섰으며 성남상공회의소 신년시무식 때 '자작시 낭송'을 처음 시작해 (1996~2014년), 18년간 한복차림 시낭송자로 주요 기관장들 앞에서 낭송했다. 성남시민헌장 제정 기초위원을 비롯 성남문화상·둔촌청소년문학상·강정일당상·성남사랑 백일장 등의 심사위원

1995년 4월 1일 풍생학원 설립자 고 홍사풍 이사장을 기리는 '오천기념사업회' 1차 준비모임 이후 〈오천 홍사풍〉 전기 발행 업무를 전담했다. 뒷줄 왼쪽 첫 번째가 필자

도 연이어 맡았다.

1999년 풍생고를 명예퇴직하자마자 성남기능대학(현 한국폴리텍대학 성남캠퍼스)에 '대학국어' 담당교수를 하며(1999년~2015년) 대학발전위원도 겸직했고 마지막 해엔 도서관장직에도 관여했다.

경기도교육청 중등교사 강습지도 강사, 지역신문 〈리빙타임즈〉 논설위원 및 회장으로도 3년간 활동하면서 성남문화원 부설 향토문화연구소(현재 성남학연구소) 설치를 성남시청에 처음 제안했으며(1993년), 연구위원-부소장-소장 재임시절 향토연구논문집 〈성남문화연구〉 창간호를 편집·발행했다. 또 내 개인저서 〈성남 문화 유산〉(1999년) 단행본도 사비를 털어 제작·배포했으며 그 당시 문화원 이사(1999년)로도 천거돼 활약했다.

둔촌 이 집 선생 연구 등 문화사업 펼쳐

나의 지역사 연구는 전문가로서의 위치를 굳히며 빈약한 지역문화행사를 모두 창의성 있게 개발했다. 이때부터 추진한 일들 중 가장 성공한 것은 지역 인물인 고려 말 은둔학자 둔촌 이 집 선생의 연구를 비롯한 여러 문화사업들로 오늘에 이르러 지역문화의 든든한 토대가 되고 있다.

〈내 고향 성남〉, 〈우리 사는 성남〉, 〈큰어른 발자취〉, 〈한국여인의 표상〉 등 홍보

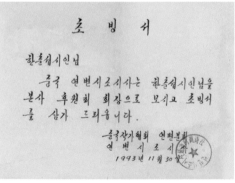

1993년 11월 30일 연변시조시사에서 초빙서를 보내왔다.

책자들을 1997년 문화원 편으로 만들었으며, 성남도로명과 지명위원 활동도 중심적 위치에서 이끌었다. 그 덕분에 1996년 경기도문학상, 문교부장관상에 이어 성남시문화상(학술부문)도 받았다.

지금도 중국 조선족 문인·학자들과의 교유가 이어질 수 있는 주춧돌을 놓고 만남과 대화를 꾸준히 이어오고 있다. '연변시조시사' 창립(1993년)의 직접 후원을 전담한 활동력 등이 밑바탕이 됐다. 중국 문인들과의 상호교류 물꼬를 튼 뒤 〈하얀 마음 그 안부를 묻습니다〉(1990년), 리상각 의형제 시조시집 〈민들레 홀씨 둘이서〉(1994년) 같은 한국 현대시조시사에 기록될 의미 깊은 조선족 문인들의 시조시선집을 처음 편술해 배포시켰다.

나의 1990년대는 잊혀져가고 있는 시조시단의 월북작가 조

1991년 1월 25일 광주일보에 실린 월북시인 조 운 기사

1998년 5월 14일 조선일보에 실린 인터뷰 기사. 이 기사에서 나는 '지역 연구가'로 소개됐다.

운 시인 관련자료도 발굴했다(1990년). '성남펜클럽'이란 문인단
체를 만들어 회장을 맡아 앞장서 〈한국 시조시 논총〉(1990년) 을
발간하고 대학교재 〈한국시조가사 문학론〉(1992년. 공저), 〈한국
근대 시조시인 연구〉(1993년. 공저) 대표 편저자로 집필도 맡아
내용을 완성시켰다. 〈시조문학〉 편집장(1998년) 책임도 잠시 맡
았고, 이에 앞서 한국시조시인협회 연혁을 〈한국시조〉 창간호
에 정리해 실기도 했다(1991년). '녹슨 철마, 그 언저리'란 서사성
창작시 40수 역작도 창작지원금으로 발표(1990년)함으로써 내 생
애 최고의 문인학자란 찬사를 여러 언론으로부터 들었다. 대표
사례로 〈풍생 13호〉 탐방기를 비롯해 문무학, 원용문 두 교수
의 서평(1990년)과 〈성남펜 3호〉의 인물소개(1994년), 〈중앙일보〉
인물소개(1995년 12월 20일), 〈양평신문〉 7회 연재(1996년)등이 있
다. 이외에도 〈조선일보〉의 '교수도 인정하는 성남지역 연구
가'(1998년 5월 14일), 〈분당신문〉 '향토사학자 한춘섭'(1997년 7월 7
일), 〈신구학보〉 '행동하는 지식인이 문화를 만든다'(1998년 9월
22일), 〈성남케이블〉(현재 ABN) '만나고 싶었습니다' 6회 연재 등
을 꼽을 수 있다.

  발표한 연구논문도 적잖다. 대표적으로 '조 운 시인론', '하한
주 신부의 시 세계', '연변 시조시의 현주소', '문장지에 나타난
시조시 편모' 외에 향토사의 대표 개인저서 〈성남 문화 유산〉,
'성남지역 의병사 연구', '성남 한시 동인 〈시집〉 자료 고찰', '문
학작품에서의 남한산성 위상', '3학사와 시문학 고찰' 등이 있다.
시조시 발표작으로는 〈시조문학〉 중심의 신작특집(100호·114
호·133호) 발표작품 외 '님의 뜻' (〈한글 새 소식〉 300호), '모닥불 혼이
었네', '큰 기침소리', '당신의 송죽의기', '새 천년', '봄비', '적(跡)'
등이 있다.

중국 조선족 문인들과의 시조시 교류

그 당시 발행된 〈한국 시조시 논총〉(을지출판공사, 1990년, 530쪽)
은 연구논문을 발췌한 단행본이다. 〈한국시조가사문학론〉(복조리,
1991년, 336쪽), 〈한국근대 시조시인 연구〉(광운대 출판부, 1993년, 288
쪽) 교재는 대학 전공학생 교재였고, 〈여류문사 강정일당〉(성남문
화원, 1992년, 100쪽), 〈성남문화연구〉(성남문화원, 1994년, 305쪽), 〈내
고장 성남〉(성남시, 1994년, 239쪽), 〈성남 문화 유산〉(동명사, 1999년,
440쪽)은 지역사 향토문화연구의 독보적 업적물로 남는다.

잇따른 지명위원 활동과 중국 조선족 문인들 시조 사화집 〈하
얀 마음, 그 안부를 묻습니다〉(을지출판공사, 1990년, 147쪽)와 리상

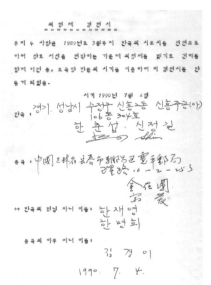

1990년 7월 4일 중국 장춘시의 소설가 김재국과 의
형제를 맺었다.

1990년 6월 20일 중국 김재국 소설가를 개인 초청
해 서울시 동숭동 거리를 안내했다.

각-한춘섭 의형제 시조선집 〈민들레 홀씨 둘이서〉(새 동아출판사, 1994년, 86쪽)는 한국문단 역사의 한 페이지를 장식할만한 특이한 시집이다.

　1990년대는 시조시 100여 편을 발표하면서 그 가운데 '녹 쓴 철마-' 장시 창작발표는 한국문화예술진흥원 100만 원 지원금으로 〈시조생활〉에 발표했다. 〈시조문학〉, 〈연변일보〉, 〈펜과 문학〉, 〈한글 새 소식〉, 〈98성남문학인 작품선집〉 등에 여러 편의 시조시도 발표됐다.

　특히 우리나라와 중국이 협정을 맺기 3년 전부터 서신왕래로 소설가 김재국 개인초청에 따른 문학교류사업의 싹을 튼실하게 키운 가운데 한국시조시 보급과 더불어 해외교류의 첫 물꼬를 텄다.

　그 무렵 순회강연도 84차례 했다. 중국 장춘시에 사는 김재국 소설가, 연길시 리상각 시인까지 개인초청으로 만나 한국시조시

〈한국 시조시 논총(韓國 時調詩 論叢)〉 저자로 제6회 육당 시조시 문학상 수상자라는 영예를 안게 됐다.(1990년 3월 29일) 사진은 심사 장면(심사위원 : 장덕순, 이태극, 정한모, 심재완)

'제6회 육당 시조시 문학상 학술부문' 상을 받은 〈한국 시조시 논총〉 표지

보급과 부흥의 최초 선구자로도 두각을 나타낸 셈이다.

나는 이런 실적으로 육당문학상도 받았다. 논문 '시조에 관하여' 〈도라지〉(1990년), '문사 양상은의 시조시 소개' 〈시조생활〉(1991년), '문사 조의현의 시조시 소개' 〈현대시조〉(1991년), '문장지에 나타난 시조시 편모' 〈김동준 박사 회갑논문집〉(1992년), '장시조시의 논의' 〈시조학 논총8〉(1992년), '왕산 하한주 신부의 시세계' 〈천주교문학〉(1993년), '연변시조시의 현주소' 〈천지〉(1994년)

▶중국 조선족 시조시집 〈하얀 마음, 그 안부를 묻습니다〉(1990년 7월 3일)

▶▶리상각·한춘섭 의형제 시집 (詩集) 〈민들레 홀씨 둘이서〉(1994년 6월 15일, 새동아출판사, 86쪽). 이 시집엔 '1994년 봄기운 도는 산속 아파트에서 연길 땅 형님을 그리며'라는 한춘섭의 글과 '뜨겁되 은근한 순탄조(順坦調)'란 박재삼의 시평도 실렸다.

1991년 1월 23일 전남 영광에서 열린 〈조 운 시조집〉 출판 기념 강연회

외 성남지역사 연구논문 '성남 한시동인 〈시집〉 자료 고찰'〈성
남문화연구1〉(1994년), '모란지역의 향토사 정리'〈성남문화연구
2〉(1994년), '성남지역 의병사 연구'〈성남문화연구3〉(1995년), '남
한산성 가톨릭 순교사 고찰'〈성남문화연구4〉(1997년), '남한산성
과 3학사'〈국제학술회의 발표집〉(1997년), '성남시의 역사 이야
기'〈시정소식〉(특집, 1999년 6월 25일)을 집중 연구·발표하는 활약
상이 드러나고 있었다.

1994년 12월 15일자 〈성남펜〉 3호(181~199쪽)엔 '향토문인연구
시조시인 암천 한춘섭 문학론'이란 김명옥 박사의 글이 실렸다.
그 내용은 다음과 같다.

1. 한춘섭의 삶과 시문학 탐구

(前略) 아호를 암천(岩泉)으로 부르고 있는 한춘섭은 주로 애정이
깃든 향토색의 서정을 노래한 시조시인으로 평가받고 있다.

평생의 시조시 작업을 한 권으로 마무리 하겠다는 그의 절제된 언
어, 자연, 인생의 긍정적 찬미와 겨레시 문학의 사랑을 보면서 그가
30여 년 동안 발표한 시작품 400여 편의 작품들 중에서 주로 인생의
본질에 대한 탐구와 조국의 현실에 대한 대응과 현실극복의 의지를 담
고 있는 작품을 중심으로 그의 시세계를 살펴보기로 한다.

2. 한의 역사적 대응과 민족의식 이을 문학세계

(前略) 결국 그는 장시조시 '유월, 그날의 비조(悲調)' 40수와 '녹슨
철마(鐵馬) 그 언저리' 40수 및 문단데뷔작 '아침 강안(江岸)'을 통해
6·25라는 살육의 현장을 고발하는 동시에 역사를 기술하는 마음으로
써나가면서도 절망과 좌절과 상실로 머물러 있지 않고 낙관적인 미래
를 건강한 민족의식으로 형상화시키고 있다.

동시에 서정을 외면하지 않으려고 노력하는 가운데 자유분방한 시어로 시대의 아픔을 어루만지고 있었다. 즉 전쟁의 상처와 이산의 아픔을 판소리 사설이나 잡가, 민요의 한풀이의 대목과 같이 엮어 민족의 가슴 앓이를 대변했다고 할 수 있다.

3. 자연과 역사와 인간정서의 발걸음

(前略) 그는 사계(四季)의 아름다움에 만족하지 않고 그 속에서 역사와 인간존재에 대한 심오한 탐구로 현대 시조시의 격조를 한층 높여 관념적인 자기안일이나 회고조의 넋두리에서 벗어나 치열한 삶에 적극적으로 부딪히면서 그 속에서 예술적인 가치 감동을 획득하고 있었다.

4. 결론

(前略) 주경야독의 향학열에 불탔던 그는 대학시절에 문단데뷔를 한 후 현재까지 끊임없는 시조시 창작과 연구에 전념하고 있는 열성적이고 적극적인 작가요 의욕적이고 지칠 줄 모르는 문학과 학문과 교육에 대한 남다른 열정으로 오로지 한 길만을 보고 살아온 작가였다. 이와 같은 한암천의 시조시들을 살펴본 결론은 다음과 같이 요약될 수 있다.

(中略) 분단의 현실을 절망과 좌절로 일관하지 않고 이를 극복하여 건강한 미래상을 제시하여 주고 있으며, 전쟁의 참화 속에서 인간의 파괴상을 적나라하게 표현하되, 그 속에서 꺼지지 않는 불꽃으로 피어오르는 한을 미래지향적인 민족의식으로 승화시켰다.

둘째, 우리의 고유한 전통성을 살려나가면서도 단순한 과거 회고, 자기만족과 도취에 안주한 음풍농월적인 서정시가 아니라 자연에 바탕을 두되 그 자연 속에서 민족의 역사를 파악하고, 그 역사 속에서 인간존재를 탐구해 나가고 있었다.

셋째, 민족시 시조문학에 대하여 창작은 물론 이론연구와 문학운동에 있어서도 열성 있는 개척정신으로 일관하는 자세가 돋보였다. 아울러 향토 문학정신에도 다방면에 걸친 문학기저를 둔 움직임이 끓고 있는 듯싶다.

※ 김명옥, 향토문인연구 '時調詩人 암천 한춘섭 文學論'

〈성남펜〉 3호, (1994년 12월 15일, 181~199쪽) 中

蘭 몇 촉을 옮겨 심은 어젯밤 꿈속에서
흰 밤조차 잊고 가는 남해안 돌섬 벼랑
내 꿈이 물결 칠 소리 그 소리 파도 소리.

못 잊어 맘 조이던 사랑 하나 바쳐 놓은
간 청춘, 세월 뒤켠 서성이던 인간 삶을
한 차례 다시 살아야 사무침이 없을란가.

※ 한춘섭, '서성이던 시간'

한춘섭의 '서성이던 시간'의 첫째 수의 그 중심소재 곧, 그 대상은 꿈이다. 아직도 못다 이룬 꿈을 두고 적절한 객관적 거리를 유지시켜 형상화함으로써 미적효과를 얻고 있다. 이 작품에서 꿈속(잠재의식)의 일은 현실의 반영을 뜻하는 것으로 곧, 현실에 대한 우회적인 표현으로 볼 수 있다. 그 초장에서 서정적 자아는 옛 군자의 자세로 학문이나 그 어떤 목표한 일을 위해 몸 바쳐왔으나 지금 중장에서 각박한 현실의 공간에 처해 있음을 볼 수 있고 다시 종장에서 내 꿈의 소리가 파도 소리로 대치되는 상황은 아직도 현실에서 못다 이루고 푸르게 살고 있는 꿈을 안타깝게 노래하고 있다. 그러나 이 작품은 꿈속이라는 시간과 공간을 빌어 현실에서 못다 이룬 꿈들을 노래하되 종장에서 그 꿈을 파도소리로 대치시켜 객관적인 거리로 유지시키는 수법은 작품을 빚는 기법이 높은 경지에 있음을 말한다. 둘째 수의 초장은 열심히 살아온 날들을 그러나, 중장은 지난 삶에 대한 미련과 아쉬움은 남아, 종장에서 사무칠 정도로 직설적인 회오의 목소리를 터뜨린다.

그러나 이 둘째 수 종장 제3. 4음보에서 보인 감정의 직서는 첫째수에 비해 그 시적 효과를 반감시키고 있다. 전체적으로 이 '서성이던시간'은 이 시인이 지금까지 보여주던 경향과는 다른 새로운 것을 볼 수 있다.

※ 조주환 계간 詩評. '적절한 거리와 개성적인 작품들' 中

〈시조문학〉 115호(1995년 여름호)

성남시 역사인물 조사 연구

1990년대 시조시 연구와 향토사 연구는 내 스스로 교육계 종사자로서의 한계를 뛰어넘어 사람들로부터 외면을 당해 한적하다시피한 인문학 분야에 눈을 돌리는 일이었다. 그 후로 성남시 테두리에서 고려역사와 조선시대 지역인물들을 찾아 행적을 연구하기 시작했다. 자연스럽게 근·현대 이후 성남역사 속의 인물, 주요 사건들도 분석·조사하게 되었다.

그 결과 성남이란 신도시지역의 정체성을 찾는 연구에 창안, 그에 따른 지역문화행사들을 개발·조명하는데 전념했다. 성남시내 도로이름 짓기에서부터 문화원 사업운영에 이르기 까지 참신한 내용들을 제안했다. 여러 인접 학문과의 통섭을 위해 남들이 하지 못한 위인선양사업을 처음 행사에 접목, 지역의 문화인으로서 선구자행보를 시민들 앞에 나타내준 시절이었다.

이같은 노력으로 언론의 조명을 받았다. 〈조선일보〉 등 전국권 중앙언론매체에서 나에 대한 보도기사가 나왔다. 그러자 나의 이름이 곳곳에 알려졌다. 내가 살고 있고, 교육 및 문인활동의 밑바탕 지역인 성남에서도 많은 관심을 보여줬다.

그런 가운데 향토문화연구소장이었던 나는 지역민들에 대한 고마움과 애향심이 생겨 1999년 2월 개인 돈으로 440쪽 분량의 성남지역연구집 〈성남 문화 유산〉을 펴내 여러 곳에 나눠줬다. 단행본 형태의 〈성남 문화 유산〉은 우리나라 최초 잡지 〈소년〉을 발행한 서울 동명사에서 제작해 더욱 의미가 깊었다.

청년시절부터 우리나라 시문학인 '시조시' 창작과 연구에 많은 시간을 바쳤던 나는 직장과 거처가 성남으로 정착된 후부터 생활근거지에 대한 역사문화에 관심을 갖기 시작하였다. 굳이 그 연고를 말하자면, 나의 선대 중시조 발자취를 이곳 성남에 둔 이유라 하겠다. 포괄적인 성남문화연구에 빠져 들었던 나는 향토문화의 자료수집, 행사진행, 유적지 조사로 오늘에 이르렀다.

그동안 여러 사람을 만나 갖가지 다양한 문화행사를 실행하면서 "성남은 문화의 뿌리가 약하다"느니 "성남시는 전통이 없다"는 이야기를 수도 없이 들어 왔다. 사실인 것같이 들리는 이야기지만 "정말, 그런가?" 이 같은 이야기를 하는 사람이야말로 성남문화와 역사공부를 단 몇 시

1999년 2월 28일 자비 출판·발행된 지역 연구서.

간조차 하지 않은 사람이라고 보여진다.

반도 땅 수도권의 한강유역 역사가 백제 건국 초기로 거슬러 올라
가는 일은 마다 하더라도, 적어도 고려와 조선의 옛 숨결이 곳곳에서
들리고 있는 성남향토문화에 관해 관심조차 갖지 않은 결과라고 생
각한다.

역사는 분명, 인간에 의해 만들어진다. 그러나 수많은 사람 전부가
역사를 꾸미는 것 같지만 각 분야마다 한 두 가지 일로 평생 동안 힘
쓴이는 흔하지 않다. 역사의 한 무대를 만들었던 사람, 민족을 사랑했
던 그들의 자취에 대하여 너무 인색한 우리들의 자세는 성남의 경우
고 예외가 아니라고 생각한다. 청계산 골짜기마다 우리나라 역사 속
큰 인물들의 묘소가 적지 않으며 남한산 골짜기마다 피 향내 뿌렸던
위인들의 발그림자가 지금도 어려 있지 않은가?

수 십만 수 천만 선대들의 무수한 시간 속에 몸소 부딪쳐 여과된 바
탕 위에 우리가 오늘을 숨 쉬고 있고, 미래를 향해 또 다른 꿈도 가져
보는 것이다. 그러므로 성남문화의 계승과 발전은 곧, 우리 민족역사
와 함께 해왔음을 부인할 수 없다. 간혹 거창한 명제아래, 속이 차 있
지 않은 많은 것들을 보아왔다. 오히려 아주 작아 하찮기까지 한 것들
이 모이고 모여 내실을 이루는 우리다움의 옛 것을 챙겨 나가야 미래
에 더욱 굳건한 나라 세우기가 될 줄로 안다.

"나는 성남을 사랑한다." 언제나 역사를 교훈으로 삼고 문화를 삶
의 근원으로 의지하는데 이 책이 '성남 사랑'의 한 몫이 되는 자료였으
면 천만다행한 일이겠다. 1998년 경제가 어려운 시기임에도 사재를
들여 만든 이 성남문화 자료연구를 한 권의 책으로 엮는 의미도 이런
데서 찾고자 한다. 1999년 1월

※ '성남에 이 책을 바치며', 〈성남 문화 유산〉(1999년 2월 28일) 440쪽

한춘섭(향토문화연구소장/ 시조시인) 머리글

1990년대 우리나라 역사의 계절풍은 해마다 역풍이었다. 국민
들에게 억장 무너지는 절망을 가져다준 IMF(국제통화기금) 구제금
융 조치, 성수대교 붕괴, 삼풍백화점 붕괴참사를 경험하던 시절
적대국으로만 믿어왔던 소련·중국·베트남과의 수교, 남·북한
UN 동시 가입, 금강산관광사업 착수, 지방자치제도 전면 실시,
문민정부 출범의 역사가 이뤄졌다. 그야말로 여·야정권 교체를
끌어낸 가운데 노태우·전두환 전 대통령이 구속돼 엄중한 심판
대에 섬으로써 20세기 민주주의라는 새 봄맞이 속에 통한(痛恨)의
철벽같은 가림막을 다소나마 뜯어 제친 세상풍경이었다.

나의 중년시절 왕성했던 창작, 연구, 문화운동가 역할은 한두
곳에 그치지 않았다. 내가 시조시를 처음 접하며 동인활동무대로
삼았던 〈시조문학〉 편집장, 출판일도 해볼 수 있었다. 청소년 대
상의 전국순회 강연도 수십 번 했다.

특히 지역 내 문화인물로 강정일당을 제청·지정받도록 앞장서
면서 관련되는 각종 문화행사를 처음 열기 시작했다. 성남시 도
로이름 지명위원, 시민헌장 제정 기초위원으로서 내 조사연구의
견해들이 대부분 반영됐다.

문인으로서도 활동의 폭이 넓어졌다. 성남펜클럽 창립회장,
〈성남시 20년사〉 집필, 〈산성문화〉 창간호 편집, 성남향토문화
연구소 개설제안자로서 연구위원−부소장−소장 역임, 둔촌청소
년문학상 제정발의에 따라 제1~15회로 영속될 백일장 주관, 성
남시문화상 학술부문 수상, 심사위원 활동, 지역신문 〈리빙타
임즈〉 논설주간 및 회장 등으로 일하던 때였다.

나의 50대 삶에는 '중국과의 관계'를 빼놓을 수 없다. 중국 조
선족 작가 김재국 항주사범대 국제어문학부 조선어문학과 교수
(문학박사)와의 만남이 그것이다. 김 교수와의 인연은 우연히 TV

방송을 보면서 시작됐다.

　1980년대만 해도 중국이 '중공'으로 불릴 때로 우리나라와 수교되기 전의 일이다. 〈한국시조큰사전〉의 성공적인 편찬으로 자신감이 붙고, 하는 일마다 순풍에 돛을 단 듯 잘 나갈 때인 1989년 어느 날 TV를 보게 됐다. 방송에선 충남 논산 출신 소설가 박범

중국 소설가 김재국과 주고 받은 30여 통 편지들

1991년 전남 영광 조 운 생가 방문길에 임종찬 교수와 이기태 선생을 만나 얘기를 나눴다.

1993년 서울아시아 시인대회 참석 문인들
(왼쪽에서 부터 필자·김 철·구 상 시인)

1997년 4월 26일 13회 육당 시조시 문학상 시상일
강영훈 전 총리와의 대담

1994년 5월 '연변시조시의 현주소'가 발표된 중국 연길시 〈천지〉 월간문학지 표지 및 원고 일부

신 작가가 중국을 기행하는 내용이 나왔다. 그때 내 머리를 번쩍 스치는 게 있었다. 우리와 교류할 수 있는 중국 작가와 연결해보 자는 것이었다. 나는 곧바로 행동으로 옮겼다. 길림성 장춘시 조 선족예술관 월간문예지 〈북두성〉 잡지사 앞으로 "중국 쪽 문인들 과 교류하고 싶다"는 내용의 편지를 보냈다. 그로부터 40일쯤 지 나자 김재국이란 청년소설가로부터 답신이 왔다. 내용은 이랬다.

> 한춘섭 선생님께. 안녕하십니까? 보내주신 편지를 잘 받아 보았습니 다. (중략) 요즘 정세를 보니 개인 친척방문이 가장 쉽게 되고 있는데, 친척이란 맺으면 되는 게 아니겠습니까. 한 선생님께서 꺼려하시지 않으신다면 좀 도와줄 수 없을까요.

그 뒤 우리들은 연거푸 편지를 주고받으면서 안부를 묻고 교류 관련 얘기를 나눴다. 그러던 중 김재국 소설가가 보낸 네 번째 편 지에서 자신의 생각을 더 구체적으로 솔직하게 써서 보내왔다.

> 저는 육친을 찾은 듯 온기와 뜨거움을 느꼈습니다. (중략) 고국 땅을 발목이 시도록 실컷 밟아보고 순수한 한국인의 분위기에 흠뻑 젖어보 자는 욕심이고, 그 다음으로 한국이나 중국 조선족을 위하여 여린 힘 이나마 이바지하자는 생각에서입니다.
>
> (1989년 9월 19일 김재국 작가의 4번째 편지 구절)

김 작가와의 편지왕래로 50대 나의 생활은 중국 조선족 문인 사회에 '최초 시조문학 보급운동가'로 변신하게 됐다. 나의 시 조와 소논문이 중국 문단에 자주 소개됐다. 나아가 내 개인적으 로 김 작가를 우리나라로 한 달간 초청해 끈끈한 인맥을 쌓을

1996년 10월
풍생고 전체 교직원 학년
말 사진

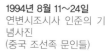

1994년 8월 11〜24일
연변시조시사 인준의 기
념사진
(중국 조선족 문인들)

1993년 중국 연변 월간
문학지 〈천지〉 영인본 발
간기념−조영남 쇼 출연
(KBS 녹화실)

1996년 10월 3일
〈96 문학의 해〉기념 전국 시조
백일장을 마치고 기념촬영하고
있는 심사위원·운영위원(종묘)

1996년 10월 27일
12회 육당 시조시 문학상 시상식
에서 수상자 정완영 시인을 중심
으로 중국 조선족 문인들이 함께
했다.

1990년
2기 중국 흑룡강성〈도라지〉한글
문학지 표지. 이 문학지에 '시조에
관하여'라는 내 글이 게재됐다.

수 있었다.

　김 작가를 초청한 나는 그가 우리나라에 머문 한 달간 정부당국의 감시대상이 됐다. 한·중 수교 전이라 그가 서울에 도착하는 날 김포공항에서부터 여러 사람들의 보증을 받은 뒤에야 맞을 수 있었고, 그 다음날부터 매일같이 경찰로부터 전화를 받고 우리들의 행방을 얘기해줘야 했다.

　그 후 김 작가, 리상각 〈천지〉 총편(편집 총괄책임자)과 의형제 결연까지 맺어 '형님, 아우' 하는 사이가 됐다. 우리들은 전체 문인들의 〈시조시 사화집〉, 〈의형제 시집〉 등을 펴내면서 '연변 시조시사' 인준과 연길시·심양시 시조보급행사가 해마다 열리도록 손발을 맞췄다.

　중국서 태어난 김 작가의 아버지는 함경북도 사람이었다. 내가 김 작가를 처음 만났을 땐 31살로 〈도라지〉 잡지편집인을 맡고 있는 인기청년작가였다. 북경에 있는 국립 민족중앙대학교 조선어문학과를 전공, 박사학위를 받은 인재였다.

　이제 50대 후반이 된 김 작가와의 인연은 어느덧 27년이 됐다. 그는 우리 부부를 2016년 7월 18~26일 중국 상해, 항주, 소주로 초청했다. 항주사범대 교수인 그는 나와 아내를 극진히 맞았다. 나는 현지에서 항주사범대 조선어문학과 학생 등을 대상으로 '한글과 세종대왕 창조정신'이란 주제의 특강을 5차례 하고 이어 상해, 항주, 소주 관광지들을 여행하며 뜻깊은 시간을 가졌다.

새로운 길을 뚫듯
지역문화사업에 몰두

시조시인 등단 35주년 기념 및 환갑을 맞아 펴낸 첫 시조시집 〈적
(跡)〉 시집. 서문에는 장순하 시조시인의 글을 실었다.

2000

*

대학 강의 틈틈이 지역연구와 문단활동

지역 각 단체를 비롯해 전국의 문학단체로부터 적잖은 일거리를 의뢰받아 늘 바쁨 속에 살면서도 내 고장의 지역문화만큼은 특별한 관심을 쏟기 시작했다. 고등학교에서 30년 가까이 재직하는 동안 한국폴리텍대학 성남캠퍼스와 성남문화원을 드나들며 자료연구와 대학생 강의준비도 소홀하지 않았다.

1999년 8월말 대강당에서 퇴임식을 함으로써 나의 교직생활은 여주중학교, 농업고등학교(1970년 3월)를 시작으로 풍생고에서 마침표를 찍었다. 공식이력과는 무관하지만 군 입대 전 성남 모란중학원, 양평 단월중학교, 서울 수도공고 등에서 잠시 강의한 적도 있다. 풍생고는 사립재단 학교여서 퇴직기준으로 현재 사학연금 수혜자 신분이다.

퇴임 뒤 곧바로 2학기의 대학출강, 문단활동, 지역문화연구, 행사주관 등에 몰두하다보니 학교교사 근무시간보다 훨씬 더 많

1999년 8월 31일 풍생고 퇴임식. 30년 동안 섰던 교단을 물러나는 순간이었다. 지난간 세월이 파노라마처럼 스쳐 지나갔다.

2006년 3월 7일 성남문화원장 취임식 행사 리플릿

은 일을 하는 일상이 되고 있다. 자유롭고 의미 있게 건강한 노년을 맞아 시 창작과 연구에 힘쓰는 중에도 매주 3일씩 한국폴리텍대학 성남캠퍼스의 '대학국어' 강의를 계속하고 나머지 여가엔 지역연구와 문단활동으로 시간을 보냈다.

성남 3·1절 기념행사 처음 열어

문화원을 본격 드나들기 시작하면서 시민강좌, 회의참석, 행사추진을 직접 하는 일꾼처럼 계속 시간이 모자랄 지경이 되었다. 1993년 성남향토문화연구소 설치를 기획, 성남시청 허가를 받아 문을 연 뒤 연구위원－부소장을 거쳐 소장으로 일했다. 문화원 이사로 추천·영입돼 2002년 부원장을 하다가 4년 뒤인 2006년 제10대 원장에 선임됐다.

그 결과 성남3·1운동기념사업회 발족의 초대회장으로서 3·1

2000년 1월 4일 성남 상공회의소 신년인사회에서 신년 축시 낭송

절 기념행사를 분당 율동공원에서 처음 열기 시작해 지금까지 이어오고 있다. 새해 해맞이 '천제봉행제'도 매년 1월 1일 고정행사로 자리 잡도록 했다.

해마다 지역인물들을 찾아 '향토인물 학술회의'를 열어온 결과 향토인물 1호 강정일당 지정연구에 이어 10호까지 선정·관리 중이다. '강정일당'을 '이달의 문화인물'(2005년 7월)로 요청, 선정 결과에 따라 그의 일생을 살핀 논문집도 전국에 보급되도록 힘 썼다.

판교신도시 뒷산에 있는 연안 이씨 '연성군 삼족오' 묘역 신도 비 문양을 통한 희귀문화재상징물을 기릴 백일장대회 주관 심사 위원장(2005년), 광복 60주년을 맞아 광복절기념사업회를 만들어 운영하는 첫 회장으로서 행사를 개최했으며 시민과 광복단체회원들 호응도에 힘입어 지금은 성남시 주관행사로 열리고 있다.

이밖에 지역문화해설사 양성제도를 자체적으로 처음 도입 (2006년), 광주문화권협의회 조직도 나의 제안으로 만들어져 매년 11월 경기도 광주·성남·하남 3개 문화원의 특이한 행사로 광주권 순국선열추념식을 열어오고 있다. 성남문화원 개원 30주년 기념 〈성남문화원 30년사〉, 〈한국의 봉수 40선〉(2007년)도 힘겹게 발행했다.

지역의 큰 역사인물 〈향토유적〉(2호) 둔촌 이 집 선생도 경기도 문화재로 승격시키는 요청서를 만들어 내어 승인·고시(2007년) 됐다. 〈기호일보〉 연재로 발표한 '큰 역사가 숨 쉬는 남한산성' (총 38회)의 지역사 현장 문화재 설명이 관심이 있는 시민들에게 널리 알려졌다.

〈대학국어〉 편찬…첫 개인시집 〈적(跡)〉 발간

문단활동 중 대학교수로 강의교재인 〈대학국어〉(도서출판 대학) 편찬(2003년)을 비롯해 첫 개인시집 〈적(跡)〉(동학사)을 회갑문집으로 발간(2001년) 했다.

이 기간 동안에는 개인적 문단 활동도 많이 했다. 조 운 탄신 100주년 운영위원(2000년), 송산어린이백일장 발의로 운영·심사위원장(2002년), 수정도서관 가족백일장 제정·발의 실무 심사위원장 (2002년), 탄천문학회의 밤 시낭송 첫 행사 추진회장(2003년), 아름방송 어린이글짓기 첫 심사위원 (2005년), 등을 맡는 바람에 일상생

2003년 강의 교재로 〈대학국어〉를 집필했다.

활이 빈틈없게 이어졌다. 그리고 중국 선양시 조선족문인협회와 시낭송회를 시작한 문화원장(2009년)으로도 바쁜 나날이었다.

아울러 〈시조문학〉에 시인특집(2000년 여름호), 〈연변문학〉 499호에 작품특집(2002년. 10월호), 〈월간문학〉 408호에 '도도한 민족의 서정, 연변에 부는 시조시 바람' 정시운 평론 (2002년 2월호), 성남시립국악단 창단 기념공연작 노랫말 '아, 성남이여!'(2005년), 한국문인협회 설록차 글 심사위원과 신인문학상 시조부문 심사위원(2005년 1~2월/ 2006년 5월), 성남시 승격 40주년 기념공연작 '성남 아리랑' 전 4악장 총 16편의 애향시 발표(2009년~), 한국문화원연합회 기관지 〈우리문화〉 편집위원(2009년~) 등 활동 폭이 갈수록 넓어졌다.

'시조시인 조 운의 문학정신' 100주년 행사특강을 비롯해 〈시조월드〉(2006년 13호)의 '100년 시조시, 민족문학 살피기'를 통해 시조시 단체활동을 모두 아우르는 연혁자료 정리야말로 내 반평생 역점을 둔 결과물이다.

성남시 승격 40주년 기념공연작 '성남 아리랑' 전 4악장 총 16편의 애향시

전국시인축제(제주도/2006년 10월)에 참가해 강연 및 자작시 낭송, 한문협 이사장의 공로패 수상(2006년 12월), 제1회 경기도민과의 시 낭송의 밤 참여(2006년 12월), 출신지 '양평군민의 노래' 가사 창작(2007년 12월), 한문협 한국문학사 편찬위원(2009년), 한문연 운영위원 위촉 및 '국민의 시 낭송의 밤' 자작시 낭송(총 5회, 2006년 ~) 등과 더불어 광주 이씨 대종회로부터 제1회 둔촌상 트로피도 받았다.

지역문화사를 다룬 논문 '근·현대 성남의 역사 시론', '학고 권오선의 한시 연구', '박태현 작곡가 예술 활동 연구', '성남시 향토문화의 반성', '성남의 역사와 문화 정체성 찾기', '성남 관할의 서원·사당 조사자료', '성남의 충효인물 조사', '분당의 역사와 문화현장' 등을 〈성남문화연구〉 논문집 등에 해마다 발표했다.

2001년 10월 10일 시조시인 등단 35주년 기념 및 환갑을 맞아 펴낸 첫 시조시집 〈적(跡)〉

'성남지역 청백리 연구', '탄천 이지직의 정신', '연성군 가계 연구', '광천 이극증 인물 알기', '광이 문중의 무인 열전' 등 각 문중의 묻힌 인물들과 사건을 찾아 알리는 '성남학 제1인자'로도 지명도가 굳혀졌다. 특히 지역 내 학교와 단체들을 대상으로 2000년 이후 10년 동안만 해도 130여 차례 강연할 수 있었다. 이런 열정으로 퇴직 후 문인으로서의 삶이 남달랐다.

더구나 문단에 발을 디딘지 35주년 되는 2001년 이때는 마침 내가 회갑을 맞는 해였다. 이를 기념하는 뜻으로 첫 개인시집 〈적(跡)〉(2001년 10월 10일/동학사, 198쪽)을 냈다. 이는 내 생애 첫 시집이다. 수록작품 60편은 60년 인생연륜의 숫자를 상징한다.

대학교수 위치에서 주변 학자들에게 모범을 보이며 〈역사 속으로의 성남여행〉 지역문화안내서 집필에도 나섰다. 2005년 7월 문화공보부 주최 '이달의 문화인물-〈강정일당〉'에 관한 평전(評傳)도 집필해 지역인물을 전국적으로 홍보하는데도 앞장섰다. 이렇듯 잊혀져가는 전통문화를 떳떳하게 발굴해 세상에 알리는 학자로서의 발자취도 나름대로 의미 있다고 여겨진다.

성남문화원 부원장 4년과 원장 8년 재임 중 〈성남금석문대관〉, 〈성남문화원 30년사〉, 〈성남인물지〉를 발간했다. 경기도지역관할연합회 부회장-한국문화원연합회 운영위원과 중앙이사로서, 특히 성남문화원이 '대한민국 문화원상' 3년 연속수상과 경기도지사 및 성남시장 표창장과 공로패 등을 받을 수 있도록 했다. 일에 대한 열정과 치밀했던 업무추진력이 뒷받침돼 문화발전에 분명한 결과를 남긴 시절이다.

나는 또 출강하는 대학 학위수여식장에서 자작시로 '축하시 낭송'을 12년째 했다. 수정도서관 위원으로서 '가족사랑 백일장'도 제안해 15년째 심사위원장을 역임했고 성남중앙도서관 운영

2004년 4월 12일 개인장서(藏書) 외 문학자료 2,200여 종을 기증했다.

위원장 6년 활동 중 2004년 4월 12일 개인장서(藏書) 외 문학자
료 2,200여 종을 기증했다. 경기도립성남도서관 운영위원장 역
임, 〈판교지역 지명보고서〉 발행, 아름방송사 성남지역 동별 안
내특집방송도 내세울 만하다.

향토사학자이자 문화원장으로 '문충보국'

이로써 반평생 교단을 지켜온 문필가 외길을 살아오면서 '지
역발전의 향토사학자'로, '소문난 문화원장'으로 이름이 알려졌
다. 옛 인물을 통한 연구와 행사개발이야말로 문충보국(文忠保國)
의 정신 속에 길을 걸었다고 할 수 있다. 대한민국의 '국가유공
자'다운 면모를 착실히 드러낸 '나라사랑'과 '내 고장사랑'의 지도
자 소임(所任)을 행동으로 실천한 인문학계 선비다운 일생을 장

2006년 3월 7일 10대 성남문화원장 취임식(전임 남선우 원장 내외와 기념 촬영)

식하기에 늘 바쁜 나날이었다.

전국권 중견문인으로서 2000년대 시 발표는 50여 편, 칼럼과 논문은 35편이지만 각 기관모임에서의 특강시간은 120여 회가 넘는다. 시인으로서 한국문인협회 〈월간문학〉 시조부문 신인상 심사위원도 지냈다.

나는 문협의 문학사 조사편찬위원으로서 〈월간문학〉에 '용문사 은행나무', '능내역', '고운사', '꽃사태' 등을 발표했다. 그리고 〈펜문학〉에 '명성황후 생가에서', 〈시조문학〉에 '대왕, 세종님은', '참회록', '합장' 등이 실렸다. 또 한편으로는 각종 시낭송 모임에서 '새날엔', '탄천', '황금빛 세 발의 사랑', '솟구친 이 나라여', '별 섬', '선사의 부싯돌', '겨울 샛강', '새날, 하늘에', '파로호 지나가며', '아, 성남이여!' 등 개인 창작시들을 발표해 역사성을 지니고 있으면서 가치가 담겨있는 대표시란 평을 들었다.

시문학 자료관 개관 이어 '강정일당' 추모사업 벌여

나는 성남에 전국 처음으로 시문학 자료관을 여는데도 한몫했
다. 교육계와 문단활동을 하면서 모아온 자료, 책, 논문집 등을
중앙문화정보센터에 아낌없이 기증했다. '성남지역이 문화의 불
모지'란 오명을 벗고 문화유산이 숨 쉬는 곳임을 적극 알리고 싶
어서였다. 2005년 봄 기증식을 갖고 시문학 자료관의 문을 열자
언론에서 관련뉴스를 다뤄 널리 알려졌다. 그 가운데 주간 〈id
분당〉(2005년 3월호), 주간 〈리더〉(2005년 5월 4일자)에 실린 기사내
용은 다음과 같다.

최근 지역에 전국 최초로 시문학 자료관이 문을 열었다. 40년간
시조시인으로 활동한 한춘섭 시인이 7000여 점의 희귀 문학자료를
중앙문화정보센터에 기증한 것. 한 시인은 지역에서 시조시인보다
향토사학자로 더 유명한 사람이다. 성남지역이 '문화의 불모지'라는
말은 어불성설이라는 그를 만났다.

문
화

한 달 전 야탑동 소재 중앙도서관은 큰 행사를 치러냈다. 전국 최
초로 만든 '시문학 자료관' 개관식에서 7000여 점에 달하는 자료들
을 공개한 것이다. 이날 행사장엔 한국문인협회 이사장, 문단의 주요
인사들, 지역문화예술인들이 한 자리에 모였다. 김동리 선생이 쓴 시
조 한 수를 비롯해 조병화, 박목월, 이은상 등 한국문단이 낳은 주요
인물들의 필적, 사진, 육필원고가 전시됐다. 무려 300여 명이 넘는
문인들의 희귀자료를 기증한 주인공은 한춘섭(64 · 성남기능대학) 교
수다.
봄비가 내리던 지난 17일 오후 성남문화원 사무실에서 그를 만났다.

25살에 시조시인으로 문단에 데뷔해 평생 모은 자료를 내놓기까지 소감을 물었다.

"제 자식을 입양시키는 마음으로 기증했습니다. 성남지역이 문화의 불모지라는 오명을 벗고, 문화유산이 숨 쉬는 곳임을 알리고 싶었습니다."

그의 직업은 시조시인이자 교수. 하지만 지역에서는 향토사학자로 더 유명하다. 우리 것에 대한 집착(?)이 그를 시조시인으로 살게 했지만 문학보다 그가 더 사랑한 건 성남역사를 고증하고 발굴하는 일일지 모른다. 그의 고증을 거쳐 시 향토유적 1호인 강정일당이 발굴됐고, 최근 판교에서 '三足鳥' 문양이 발견된 연안 이씨 묘역이 6호로 지정되기까지 향토유적 발굴에는 그의 손때가 묻어있다. 특히 오는 7월 문화관광부 이달의 문화인물에 향토유적 1호인 강정일당이 선정된 건 지금부터 2백여 년 전에 신사임당과 동격의 문화인물이 성남지역에 있었던 전통 있는 문화도시임을 증명한 일례다.(중략)

1시간여 인터뷰를 하는 동안 그는 '지역문화의 살아있는 교과서'라고 말해도 과언이 아닐 정도로 무수한 지역문화 얘기를 쏟아냈다.

"향토문화유적을 6호까지 발굴했는데, 20호가 될 때까지 아직 드러나지 않은 지역 역사를 발굴하는 것이 제 바람입니다."

40여 년간 시조시인의 삶을 정리한 단 한 권의 시집 〈적(跡)〉에서 그의 성남사랑 시들을 발견한다.

'천년의 불 당겨서 새벽이 깨는 날은

2005년 7월 1일 문화관광부 지정의 '2005 이달의 문화인물' 연구논문 '강정일당' 표지

187

제 7 문턱

청계산 푸른 호흡 더불어 맞으리니

사람들 모두 모여라, 어둠 딛고 일어서라.'

한춘섭 작품 '천년 동트는 새날에' 中

※ 주간 〈id분당〉(2005년 3월) 外 주간신문 〈리더〉(2005년 5월 4일) 기사.

2005년엔 '시문학 자료관' 개관과 더불어 조선시대 여류문장
가이자 서예가인 강정일당(姜靜一堂)을 성남지역 향토유적 제1호
로 지정되도록 하는데도 앞장섰다. 신사임당 못잖은 성인(聖人)
으로 그의 훌륭한 삶의 발자취와 관련 자료들을 찾아내고 강정
일당상(賞)까지 만들어 널리 알리는 데 힘썼다. 강정일당 추모사
업도 이어져 '성남사랑 글짓기 대회'(성남시 주최, 성남문화원 주관)

2005년 7월 21일 지역신문 〈뉴스리더〉에 발표됐던 '광복절 성남 기념사업회' 발족 기사와 광고

가 20년 넘게 열리고 있다. 강정일당 묘는 성남시와 과천시에 걸쳐있는 청계산에 있다. 문화관광부는 강정일당을 '2005 7월의 문화인물'로 뽑았다. 그해 7월 1일자 내가 쓴 소개 글 내용은 아래와 같다.

지금까지 조선후기의 여성학자 강정일당의 학문적 업적과 덕행, 깊이 있는 성리학의 원리를 깨달아서 시 문장으로는 '백세(百世)의 준거(準據)'를 세워 놓은 '여중군자(女中君子)요, 천인(天人)이라'고 칭송을 얻은 성인(聖人)과 같은 강정일당의 삶을 유고문집을 근거로 살펴보았다. 그녀는 여성만의 얽매임이 심했던 당시, 아내로서의 자기소임을 다 해내면서도 근엄하게 정신수양과 실천력으로 학문의 조예가 깊었다. 일생동안 가정의 빈궁으로 인하여 고통스러움은 형언할 수 없었으나 배움의 즐거움으로 이를 극복하고 안심입명(安心立命)의 경지에 이르렀다. 나이 어린 남편을 향해 언제나 "덕행과 학문만으로 어찌 군자라고 하겠습니까?"라며 지행합일(知行合一)한 생활철학을 늘 강조한 여성심리학자며 문학인이었다.

그녀의 한시와 척독문장을 살피면 글자마다 명언지론(名言持論)을 제시하였고, 우리나라 한문학사 특유의 서정성을 뛰어 넘어 의리와 성명(性命)에 근거한 수준 높은 작품들을 남겼다. 생활문장의 여러 편에서조차 각고의 수양으로 심오한 학문적 이해를 도덕적으로 실천한 훌륭한 글을 남겼으며, 아울러 서예필체도 타고난 자질에 근거하여 황운조의 필법을 이어받아 해서(楷書)를 방정, 순결하게 썼으며, 행장과 묘지명 그리고, 만장(輓狀) 글 등에서 아낌없는 선비들의 칭송을 받고 있음을 이해하게 된다.

※ 한춘섭 〈강정일당〉 : 문화관광부. 2005년 7월 1일.

〈2005 7월의 문화인물〉 맺음말 中

2005년 4월 17일
성남 중앙도서관에 도서 기증식.
(희귀도서와 자료 7천여 점)
(장순하·신세훈 시인)

최근 광주문화권협의회를 결성한 후 관계자들이 뜻깊은 기념사진. 뒷줄 왼쪽에서 6번째가 이 모임을 주도한 한춘섭 성남문화원장이며 그 오른쪽이 하남문화원 양안식 원장이다.
성남문화원 제공

"광주·성남·하남은 한 가족 3형제"

🏃 우리동네 사람들   새 도시 문화원 뭉쳐… '광주문화권협의회' 결성

"광주, 성남, 하남은 옛 광주군을 뿌리로 둔 삼형제와 같습니다. 삼형제가 다시 뭉쳐 한 가족이 되는 것은 당연하지요."

최근 경기도 광주·하남과 함께 '광주문화권협의회'를 결성해 '문화권 통합'의 주축이 된 경기도 성남시 수정구 성남문화원 한춘섭(65·榜春燮) 원장은 이렇게 말을 꺼냈다.

지난 4월 25일 출범한 광주문화권협의회는 옛 광주(廣州)군에 속해 있던 성남시, 하남시와 현 광주시 문화원이 한데 모여 결성됐다. 원래 성남·하남·광주는 '광주군'으로 하나의 문화권이었으나 도시화로 인해 행정구역이 나뉘면서 지난 1973년 성남시가 완전히 분리됐고, 뒤이어 1989년 하남시도 떨어져 나왔다.

하지만 문화권이 함께 분리되면서 지역 문화를 공유하지 못하는 어려움이 적지 않았다. "행정구역이야 분리할 수 있다

고 해도 한 문화를 향유하면 지역인데 문화제, 향토역사, 지역문화까지 따로 떼어낼 수 있나요?"

향토문화연구소장, 문화원 부원장 등을 거쳐 지난 3월 문화원장으로 취임한 한 원장은 고등학교 국어교사 시절 시조(時調)로 갓 문단에 들어왔다.

그런 그에게 연초마다 열리는 해돋이 행사를 향토 역사의 현장인 남한산성이 아닌 형제산에서 치러야 하고, 학술의 때마다 문화제, 지역 행사에 '네 것 네 것'을 따지는 '문화 갈등'은 가슴 칠 만큼 안타까운 일이었다. 한

케 일구자"고 싶덕했다. 그렇게 한 달만에 협조를 얻어낸 한 원장은 4월 출범식을 거쳐 지금까지 매주 한 차례씩 꼬박꼬박 각 문화원 원장, 이사, 향토사학자들 300여명과 모임을 갖고 있다. 모임 내용은 원래 각 근간이었던 문화재를 복원하고 향토 문화 행사 사업을 진행하는 것.

현재 광주 서낙 문화행사, 벌차 호란과 남한산성에서 결사항전하다 쓰러져 삼학사(三學士)로 알려진 윤집, 윤림.

원장은 문화원장에 오르자마자 곧바로 '지역 문화권 통합' 작업에 나섰다.

광주문화의 이상복 원장, 하남문화원 양인식 원장 등을 직접 찾아가 "한 뿌리였던 옛 전통 문화를 되살리고 지역 향토 문화를 함

오닫재)비석 건립, 사생대회, 남한산성 의병 순국선열 추념식, 남한산성 해돋이 행사 등을 통해 선조들을 되돌아보고, 올 가을에는 전국부여임을, 전국 시조: 시 짓기 대회 등을 열어 옛 전통 문화를 되살리는 행사도 준비하고 있다.

특히 옛 광주군의 대표 가문인 '광주 이씨' 문중에서 해마다 열어온 백일장 '문충정소년문학상'이 올해는 광주문화원협의회가 함께 참여해 예전보다 2배 더 큰 규모로 오는 27일 치러질 예정이다. 성남시 학생들을 국학원 자격을 하남·광주로 화대해 총 42명 수상자를 선정, 1350만원의 장학금을 지급한다는 계획이다.

한 원장은 "주민들이 참여할 수 있는 향토 문화행사 외에도 힘(광주), 아무달(하남)과 힘을 합쳐 광주권 문화 사료 수집, 학술회의 개최 등을 통해 '광주문화권'을 다시 살리는 데 힘쓰겠다"고 말했다.   협여대기자

2006년 6월 21일
성남문화원장 시절의 활동상을 보도한 〈조선일보〉 기사.(광주문화권 협의회 결성)

나는 또 성남지역에서 없었던 광복절(국경일) 기념행사를 처음 만들어 그 맥이 꾸준히 이어지도록 하는데도 발 벗고 나섰다. 중요한 의미를 가진 국가기념일임에도 성남에서 행사가 한 번도 열리지 않았다는 점을 가슴 아파해오다 '광복절 성남 기념사업회'를 출범시키는 등 총대를 멘 것이다. 그 바람에 7년째부터는 성남시가 광복절 기념행사를 주최해오고 있다.

성남지역 주간지인 〈뉴스리더〉(2005년 7월 21일, 제76호)에 실린 '광복절 성남 기념사업회 발족' 관련기사 내용은 다음과 같다.

> 올해 광복 60주년을 맞아 지난 14일 '광복절 성남 기념사업회'가 발족됐다. (주)뉴스리더와 광복회가 주축이 된 기념사업회는 그동안 중요한 의미를 지니는 국가기념일이지만, 성남에서 단 한 차례도 기념행사가 열리지 않았다는 사실을 중시하고, 올해 첫 광복절 행사를 대대적으로 갖기로 했다.
>
> 본지 편집위원이자 성남 향토사학인인 한춘섭 교수와 광복회 성남지회 및 본사, 연안 이씨 종중회, 성남YMCA 등이 참여된 광복절 성남기념사업회는 성남지역에서도 광복 기념행사를 매년 정례적으로 열릴 수 있도록 정착시켜 시민들이 광복의 기쁨을 함께 나눌 수 있도록 한다는 방침이다.
>
> 이날 기념사업회 회장으로 추대된 한춘섭 교수는 "100만 도시를 눈 앞에 두고 있는 성남시에 광복절 행사가 없는 것이 못내 아쉬웠다"며 "올해 60주년이 된 것을 기해서 매년 광복의 기쁨을 성남시민들이 맛볼 수 있는 행사를 지속시켜야 한다"고 강조했다. 이에 따라 오는 8월 15일 개최되는 첫 광복절 행사는 성남상공회의소 대강당에서 오전 10시부터 열릴 예정이다. 이날 행사는 순국열사에 대한 강연을 비롯해

광복절 노래와 축시낭송, 오케스트라 연주, 광복절 고유문 낭독 등이
계획돼 있다.

　한편 광복절 행사장에서는 지난 9일 본지와 성남YMCA주최로 실
시된 '다 같이 돌자, 판교 한바퀴' 행사에 참여한 학생들의 글과 사진,
그림이 전시되며 우수작에 대해 시상식도 병행할 방침이다.

※ 지역주간지〈뉴스리더〉(2005년 7월 21일, 제76호) :

'광복절 성남 기념사업회 발족' 記事

강연 다니며 노년의 삶에 보람 느껴

　지금도 거리의 택시주차장이나 백화점 매장, 식당가 등지에
서 만나는 주변 사람들과 눈인사를 하다 보면 나의 강연회 참
석 기억을 떠올리며 반갑게 이야기할 때가 많다. 내 노년의 삶
에 보람을 찾을 수 있는 것은 강연 연사로 활동하고 있기 때문
이다.

　몇 곳의 강의사례로 △수정도서관 외 여러 도서관에서의 '지
역 바로 알기' △성남YMCA 주부반에서의 '생동감 있는 신도시'
△경기도립성남도서관의 '작가와의 대화' △효성고 외 관내 여러
초·중·고교 특강 '깨어있어야 할 성남 젊은이' △한국폴리텍대
학 학생들에게 '직업윤리와 우리 현대사' △FM분당 라디오의
'차 한 잔 합시다' △탄천문화 100인 포럼 창립모임에서 '탄천의
역사배경' △문화원 해설사반의 '우리 성남시 역사' △성남지역
사회협의회의 '남한산성' △성남행정동우회 특강으로 '시 역사
이야기' △중국 연길시 연변시조시사 10주년 기념식 때 '한국 20
세기 시조시 문학' △선양시 국제학교 '한국 전통 시조시문학' 특

강 등을 꼽을 수 있다.

나의 성남문화원 활동은 숨차게 달리는 천리마(千里馬) 같았다. 그 어떤 일도 겁낼 게 없었다. 주변 협찬자 남선우 원장을 비롯해 김정진 사무국장, 한동억 연구소장, 윤종준 연구소 상임위원 외 여러 연구위원과 학자들 도움에 힘입어 숨찬 기색도 없이 모든 활동범위가 넓어진 시절이었다.

문인·평론가들로부터 '꽃사태' 찬사 얻어

나는 성남문화원장 등 문화원 활동, 대학 강의 등을 열심히 하면서도 시조시 창작·발표를 비롯한 문단활동도 게을리 하지 않았다. 나의 그런 모습을 지켜본 많은 문인과 선·후배들이 직·간접적인 도움과 격려, 덕담을 해줬다. 그 중에서도 내가 일찍 아버지를 여의고 그리움과 가슴 아린 내용을 쓴 시 '꽃사태'에 대해 높이 평론해준 홍성란 문학박사(문인)의 시평을 아래에 싣는다.

> 차라리 동백꽃은 눈물 뚝뚝 울기나 한다지
> 바람결이 훑고 간 어이없는 봄 꽃사태
> 세 살 적 숙부 잔칫날에 내 아버지 부음(訃音)처럼
>
> 한춘섭, '꽃사태'

늘어선 왕벚나무들 흐드러지게 꽃 피운 봄날, '꽃사태'질 만큼 바람 불어 꽃사태 지던 그날. 흐드러진 왕벚꽃, 꽃눈처럼 흩날리던 기쁘고 아름다운 '숙부의 잔칫날'. 흥성거리는 잔칫날 즐거운 어른들처럼 덩

달아 기뻤을 '세 살'. 물론 세 살은 죽음을 모른다. 죽음이 무엇을 의미하는 지 모른다. 국민장이라는 할아버지의 장례에서 오른손 들어 '브이 자(V)'를 그리며 기자들 카메라 앞에 귀여운 포즈를 취하던 돌아가신 대통령의 어린 손녀처럼 생의 마지막 통과의례, 죽음의식이 무엇인지 모른다.

그 '세 살'이 이제 와서 생각해보아도 그렇다. '내 아버지의 부음'이라니. 참, 어이없는 일이다. 숙부의 잔칫날 내 아버지가 죽다니! 어머니와 가족 친지들은 얼마나 기가 찼을까. 어이없다. 그러니 눈물 뚝뚝 흘리며 울지도 못했겠다. 한동안 그랬겠다. '동백꽃'은 목숨을 놓아도 통째로 꽃송이 내려놓으며 통쾌하게 '울'어 버리는지 모른다. '눈물 뚝뚝' 흘리며 목청껏 우는 건지도 모른다. 동백꽃은 통째로 지고 말면 그뿐. 뚝뚝 흘린 눈물 마르고 나면 그뿐. 그러나 숙부 잔칫날 아버지 부음은, 참 어이없이 눈물도, 울음도 터져 나오지 않았다. 한동안 터져 나올 수 없었다. 그래서 이토록 오래도록 질기게도 오늘까지 시인의 가슴에 그 봄날의 꽃사태는 지고 있다.

'꽃사태'가 보여 주듯이 시조는 뒤가 무거운 음보다. 무슨 이야기인가. 장(章) 단위로 볼 때 앞의 구(句)보다 뒤의 구가 음량이 더 많다는 것인가. 구 단위로 볼 때 앞의 마디(음보)보다 뒤의 마디가 음량이 더 많다는 것이다.

그래야 안정적인 구도를 가진다는 것이다. '꽃사태'는 장 단위로 연을 구성하고, 각 연은 마디(음보) 단위로 행을 배열하였다. 각 장은 모두 뒤의 구가 음량이 많다. 4음 4보격이라는 시조의 안정감과 균제미를 제대로 보여주는 작품이다. 초장의 넷째 마디에 해당하는 '울기나 한다지'는 두 마디에 해당하므로 파격이다. (後略)

※ 〈월간문학〉-한국문인협회 월간지(2009년 7월 1일)

홍성란 月評 '격외와 파격 그리고 불급' 中

나의 작품발표와 문화행사는 1주일이 멀다하고 신문, 잡지 등 언론매체에 관련내용들이 보도됐다. 여러 문학지에서 밀려드는 원고청탁을 거의 무시한 채 나는 외길걷기에 충실했다. 시조시인 등단 문학지와 회원으로 소속된 문학지나 겨우 시 원고를 보낼 뿐이었다.

수 많은 사업과 청탁업무처리에 시간이 모자라 내 본연의 시인 창작생활은 중년기에 더 활기가 넘쳤다. 나의 시 발표와 함께 평론도 어김없이 실려 나로선 진지한 창작과 이론에 얽매이지 않은 글짓기의 애정을 함부로 할 수 없었다.

문화인으로서의 한몫을 톡톡히 해내려는 기획력 발휘로 작은 행사도 대부분 내 스스로 깊이 궁리하고 연구 대상으로 삼아 최초의 첫 길을 내는 문화인 행로를 걸었다.

한국문화원연합회가 제정한 '대한민국 문화원상'을 연속 3회 성남문화원이 받을 수 있었던 것도 이런 노력의 결실이었다고 생각된다. 지역문화원장 위치에 머물지 않고 연합회 운영위원, 이사로서 각종 신규사업기획, 기관지 편집회의, 향토자료 선정, 국회 국민 시 낭송회 등에 자주 참여했다.

'지역문화 1인자'되기 위해 향토사 연구에 몰두

성남이 신도시로 어설프게 출발했듯이 나의 성남생활도 무작정 시작됐다. 군 입대 전 20대 중반 젊은 나이에 인가가 나지 않은 모란중학원의 청년교사로 봉사하며 성남에 인연의 끈이 닿아 있었다.

또 지금의 분당 서현동 율동자연공원, 내 문중 중시조 한계희

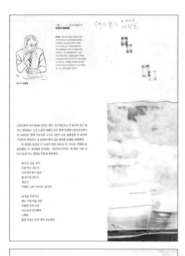

2009년 8월 1일 성남을 도시 안팎으로 제대로 알리고 다듬는데 일생을 바쳤다는 내용의 인터뷰기사가 성남문화재단 발행 월간지 〈아트뷰〉 2009년 8월호(29~31쪽) people-'살어리 살어리랏다 성남에 살어리랏다'에 실렸다.

할아버지 묘역 시제 때 참배하기 위해 이곳을 방문하곤 했다.

나의 풍생학원 사립고등학교 전출은 어느 날 갑자기 이뤄져 모든게 어색하기만 했다. 이처럼 성남시민으로서의 시작은 교사라는 신분에서 비롯됐다.

그러나 30대 후반에 옮긴 내 직장을 소홀히 할 수 없었다. 다행히 학교 분위기가 나의 멈출 줄 모르는 만학도 향학 열기와 잘 맞아 꾸준히 시 창작에 몰두할 수 있었다. 졸업학년 국어교사이자 주임교사를 맡으며 학생들을 가르치는 한편 학교 안팎의 홍보도서 출판과 학생진로상담에 힘썼다.

교직업무 외 지역전통문화사업과 신도시 역사 찾기 선두자 역할을 자청하며 언제나 각 기관에서 찾는 향토사학가로서의 실력을 준비했다고 해야 옳은 표현이다. 그럴 때마다 나의 열정은 멈추지 않고 달렸다. 그 숱한 어려움을 이겨낸 채 나의 발걸음은 늘 지역문화 1인자로서 '성남역사의 최고 전문인'으로 인정받을 수 있도록 연구에 몰두했다.

문화원 부설연구소 개설과 함께 연구위원-부소장-소장을 거쳤고, 문화원 임원진으로 이사 역임 후 부원장 5년 만에 결국 총책임자인 문화원장에 선임될 수 있었다.

한국문화원연합회 50년사 편찬에 주축으로 활동

2010년 3월 8일 제11대 성남문화원장에 연임되면서 한국문화원연합회 운영위원에서 곧바로 한국문화원연합회 이사로 위촉될 수 있었다. 한국문화원연합회 기관지 〈우리문화〉 편집위원, 임원선임 규정 소위원 등으로 활동 폭을 넓혀 우수 문화원장의 진면목을 여러 면에서 보여줬다. 한문연 50년사 편찬위원 외 직원채용심의, 지역문화진흥센터 추진위원(2013년 12월)과 농어촌 신바람 놀이문화 심사(2014년 5월) 등에도 참여했다.

그러면서 성남에서는 '지역문화의 대부'역할을 해왔다고 자부한다. 10여 년 전 한·중 문화인들과의 친목을 바탕으로 중국 조선족의 중심지역 연변시와 선양시의 국제문화교류를 신뢰성 있게 이어왔다. 한국둔촌백일장과 한중문학인 만남의 연례행사를 정착시키면서 〈남한산성〉(2010년 4월), 〈성남 인물지〉(2010년 7월), 〈역사 속으로의 성남〉(2010년 11월) 지역사 안내서까지 글을 쓰고 발행했다.

특히 성남시 승격 40주년 〈성남시 40년사〉 편찬사업의 기획총괄 및 집필 감수의 실제적 상임 부위원장으로 문화원 위탁사업을 차질 없게 해 10권 1질로 된 시사 편찬업무를 마무리했다.

그 뒤 도로명 주소위원회에서 '둔촌로' 길 제안(2010년 1월), '둔촌문화제' 첫 행사추진(2010년 5월)과 함께 성남시문화상 심사를 필두로 향토유적 제1호 지정의 여류문사 강정일당상(賞)을 10년 넘게 자리 잡도록 하는 등 10여 가지가 넘는 지역의 고유 행사들도 활기차게 끌어왔다.

아울러 인문학아카데미를 특화해 성인반을 처음 시작했다.(2013년) 문화원의 강의에 나서면서 성남행정동우회와 신임교사들을 대상으로 한 연수특강을 비롯해 성남시의회 의정연수(2011년), 성남지청 직원연수(2011년), 성남예술인 워크숍(2012년), 만남 봉사회(2012년), 아름방송 어린이 영어기자단(2012년), 시립합창단원 연수(2012년) 등에서의 특강도 의욕 넘치게 했다.

또한 남한산성 내 온조대왕 숭렬전 제례 헌관 집례, 성남시 교육지원청 초등학생 교재 〈우리 고장 성남〉 감수, 교장공모제 심사(2010년 12월), 학교명 선정위원으로 활동했다. 가평 한석봉 유물선정 심의위원(2011년~), 경기도립 성남도서관 운영위원장(2011년~), 성남상공회의소 회장 선거위원장(2012년 2월), 성남문화재단 대표 선임위원(2012년 11월), 성남지청 검찰시민위원(2013년 6월~), 시민합동결혼식 주례 집전(2013년 10월)에 나섬으로써 KBS 라디오 인터뷰 '나의 삶, 나의 보람' 80분 방영(2010년 8월 2일)과 KTV 집중인터뷰 '희망의 새 시대'에 전국문화원장 첫 출연자(2013년 10월 31일)로서 활동 폭을 넓혀갈 수 있었다.

성남시가 전통문화 최고의 도시로 인정받길 소망

나는 몇 가지 사업결과로 상을 받는데 만족하지 않고 더 뜻있는 문화사업이 무엇일까에 매일 몰두했다. 성남시가 나라 안팎으로 소문난 전통문화 최고 도시로 인정받길 소망했다.

2000년 '밀레니엄' 종소리가 울리기 시작한 뒤의 현대사를 짚어보면 얼마나 힘겨운 문제들이 자주 일어나는가.

혈연관계든 이웃사이든 '콩 한 톨에도 사랑을 나눈다'는 말은 옛말이 됐다. 첨단 IT 산업의 편리함과 속도를 최고로 삼는 세상의 사람들 삶 앞에서 '어떤 게 진실이고, 행복한 길이냐?'는 문제풀기 숙제를 내던져본들 바른 공식이 선뜻 손에 잡히질 않아 난처한 판국의 세상에 흔들림만 있을 따름이다.

한국인이란 숙명 앞에서 너나없이 '변해야 산다'는 구호는 귀가 따갑도록 듣지만 냉혹한 자본주의라는 미명아래 경쟁이 모든 시민들 몫이라 할 수는 없다. 이런 세상에서는 비극과 불행의 사건·사고가 사라지지 못한다는 현실을 경험한 나 자신, 세상의 한 사람으로 고뇌 속에 빠져들 때가 더러 있다.

김대중 대통령, 북한의 김정일 위원장이 6·15공동선언을 평양에서 발표했지만 통일은 지금도 멀 뿐이다. 우리 앞에 분단된 평화통일의 대문은 열리지 않으며 검찰, 경찰, 은행, 의사, 군대, 언론, 예술, 교육계 등 사회적 전반의 비리를 뿌리 뽑지 못하는 총체적 무능력과 부정함은 날이 갈수록 시민들을 난감하게 만든다.

인천국제공항 개항, 북조선 인민들의 탈북, 월드컵 4강 진출, 청년실업자 불황 장기화, 이라크 파병, 대구지하철 방화 대형사건, FTA(자유무역협정)시대 개막, 행정도시 이전, X파일 불법도청사건 속출, 북한핵무기실험 연속 강행, 청계천 복원, 청년층 운동선수들 돌풍, 반기문 외교관 유엔 사무총장 선출, 태안 유조선 기름 유출, 베이징올림픽 종합 7위 달성, 국보 1호 남대문 화재, 한국술 '막걸리' 열풍 등의 희·비극들이 반복되면서도 약소국가인 대한민국 앞에 놓인 운명의 불빛은 언제나 불안에 싸인 채 깜박거릴 뿐이다. 이처럼 사건사고들이 사라질 줄 모르는 21세기 문화의 선진국 문턱 앞에서 우리는 그저 서성거리고만 있지 않은가.

성남문화원장 시절 향토보호위원, 경기도립 성남도서관 운영위원장, 중앙정보문화센터 운영위원장으로서 중국 조선족 문인들과의 연변시조시사 10주년 기념식을 중간 결산하면서 성남탄천문학회 창립회장, 연안 이씨 연성군파 종중 상임고문, 판교신도시 지명 연구위원, 분당서울대학교병원 발전자문위원, 문화원연합회경기도지부 부회장, 한국문화원연합회 이사, 대한민국문화원상 3년 연속 수상기관의 대표답게 다방면에서 남다른 역할을 다했던 시절이다.

나의 60대는 주 전공인 시조시 작품 활동 못잖게 문화단체기 관장이자 '문화사업가'로서 열심히 뛰었던 시기로 요약된다. 성남문화원 발전을 위한 각종 프로그램 개발, 지역문화 발굴, 인재육성, 성남지역 문화의 정체성을 찾는 일에 많은 시간을 보냈다. 내가 둥지를 틀어 살고 있는 지역이고 신흥개발도시로 정체성이 부족했던 성남지역문화를 제대로 꽃피워보고 싶은 의욕과 책무감에서 비롯됐다.

성남문화원장 8년(2회 연임) 재임 중 한국문화원연합회 제정 '대한민국 문화원상'을 3년 연속 수상한 것도 지역의 정체성에 대한 갈증을 해소하려는 노력에서 비롯됐다고 볼 수 있다. 어쨌거나 성남문화원은 △제1회 협력부문 우수상 △제2회 축제부문 △제3회 국내·외 교류부문 상을 받는 등 연속 3회 수상단체가 됐다. '어느 지역문화원에서도 감히 해내지 못한 성과를 이뤄냈다'는 찬사를 여기저기서 들었다. 이 같은 단체운영의 결실은 성남과 같은 신도시지역이 고유문화를 발굴해 새 시대흐름에 맞는 특성화 행사로 발전시키는 창의성을 보였다는 평가를 받았다.

나는 특히 성남지역을 사회·문화·예술·역사·지정학적으로 접근하는 '성남학(城南學)' 창시자로 발 벗고 나섰다. 관련 연구소를 열어 향토유적 10곳을 연구·지정했고, 국제적인 백일장행사를 통한 지역사 대표인물 선양사업도 벌였다. 성남문화원장으로 있을 때 〈성남인물지〉 등 10여 종의 연구논문집 발간에 힘입어 지역정체성을 바로 세우는 일에도 앞장섰다. 3·1절, 광복절, 개천절 '순국선열추모제 단독 국경일 기념행사'가 좋은 사례다. 이는 다른 지역문화원에서 찾아보기 어려운 것으로 매우 자랑스럽다는 게 문화·예술계 인사와 시민들의 반응이다.

그런 열매를 맺기까지엔 어려움도 많았다. 무엇보다도 문화원

2008년 11월 13일 한국문화원연합회 주최 '국민의 시 낭송의 밤'
(한춘섭·김 종·이근배 시인 外)

2007년 8월 경기도문화원장 간담회에서
김문수 경기도지사와의 만남

자식처럼 귀한 문학자료… 그 젊은 날의 초상(肖像)

한국시조시협회 총무이사 지낸 한춘섭 교수

소장 희귀문학자료 기증 '화제'

2005년 5월 4일
성남 중앙도서관에 도
서를 기증한 내용이
지역신문〈리더〉에 보
도 됐다.

2006년 3월 1일
성남 3·1기념탑 제
막식

2008년 7월 4일
〈성남문화원 30년
사〉 출판 기념식

2008년 7월 4일
성남문화원 개원 30
주년 기념식

2008년 7월 5일
성남문화원 개원 30주
년 기념으로 직원들과
기념 촬영

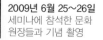

2009년 6월 25～26일
세미나에 참석한 문화
원장들과 기념 촬영

2009년 5월 16일 '둔촌 백일장'이 끝나고 중국 선양시 조선족 학생 수상자들과 기념 촬영

2006년 2월 17일
한국폴리텍대학 성
남캠퍼스 강당에서
열린 학위수여식에
서 축시 낭송

2011년 11월 15일 제6회 경기·광주권 순국선열추모제 참석 인사들과 기념 촬영

2007년 5월 20일 중·한 수교 15주년 기념 제1회
둔촌 백일장(중국심양한국주간, 주정부 광장)에서
개회사를 했다.

2004년 10월 24일 연성군 이 곤 신도비 제막식.
이 비 측면에 나의 추모시 작품이 담겨 있다.

운영이 쉽지 않았다. 재정·조직·인력문제가 따랐고, 성남시로 부터 예산지원이 있긴 했으나 운영비, 사업비가 늘 부족했다. 어쩔 수 없이 나는 돈을 마련하는 일에 팔을 걷어붙였다. 이왕이면 지역민들을 도와주면서 성남문화원에도 보탬이 되는 쪽으로 눈을 돌렸다.

대표적 사업이 옛 선조들 중 벼슬을 했거나 큰 인물로 추앙받았던 성남지역 원주민들의 조상을 찾아 제대로 빛나게 해주는 일에 나선 것이다. 교수, 향토사학자 등 10여 명의 전문그룹을 성남문화원 주도로 만들어 해당 문중에 제안서를 내고 다양한 사업을 펼쳤다. 문중위인들을 찾아 역사와 학문적으로 밝혀내는 학술회의, 추모행사를 열고 문화재로 지정받는 과정에서 자금지원을 받아 문화원운영비에 보탰다. 내가 성남문화원 부원장, 원장으로 일했던 12년간 강정일당, 둔촌 이 집, 송산 조 견 등 10건의 문중사업을 벌인 것으로 집계된다.

지역을 넘어 아시아로
한·중 문화교류의 메신저

2016년 2월 18일 한국문화원연합회에서 발간하는 〈우리문화〉의 편집주간으로 일하며 또 다른 즐거움을 맛보고 있다. 사진은 이경동 한국문화원연합회장(가운데 붉은 넥타이를 맨 이)과 〈우리문화〉 편집위원들의 간담회 후 기념 촬영 모습

2010

지역문화 전문가로 바쁜 삶

내 일생을 총정리하는 지금, 돌이켜보면 많은 시간을 한국문학에 보냈던 것 같다. 한국문학에서도 시문학, 시문학 중에서도 우리 전통 시조에 관심과 정성을 기울였다. 시조시인으로 창작과 자료 수집, 시문학 연구에 열정을 쏟았다. 교육자로서 47년 경력 중 17년을 대학 외래교수로 열성껏 출강했다. 그러면서 문화원 연구위원으로 위촉되는 것을 계기로 지역문화에 관심을 갖기 시작했다. 그후 지역문화 활동가로서 성남문화원장에 취임, 전통문화 발굴·보존에 창의성 있는 일들을 개발해 나갔다. 나중에는 경기도문화원연합회 이사, 부지회장으로 활동하기도 했다.

또 한국문화원연합회(약칭 한문연) 권용태·최종수·오용원·이경동 회장 가까이에서 운영위원·중앙이사로 여러 경험들을 할 수 있었다. 성남문화원장 재임 땐 '문화융성의 시대를 주도할 지방문화원의 역할'〈우리문화〉(2014년 봄호) 칼럼도 발표했다.

이임 후엔 또다시 한문연 부설 향토문화연구소장(2015년 4월), 연합회 기관지 〈우리문화〉 편집주간(2016년 2월)으로 위촉받았다. 나의 전담업무영역은 새롭게 변화하는 편집·출판제작을 통해 지속적으로 한국문화의 새 모습을 담을 수 있도록 하는데 있다.

아울러 〈우리문화〉에서의 문화·예술계 인사들 인터뷰라든가 유네스코 무형유산포럼 좌장 역할도 맡았다. 서울특별시문화원연합회 문예지기를 대상으로 '문화원 종사자의 직업윤리'(2015년 5월) 강의와 경기도 시흥문화원에서의 '한국문화원 몇 가지 논쟁들' 문화특강(2016년 4월) 등은 한국문화의 방향을 무게 있게 준비해온 현장체험자의 소신 있는 담론이라는 생각으로 강의했다.

그러기에 주변사람들은 나를 보면 '참말로 대단한 사람'이라고 말한다. 무엇보다 나의 삶에서 건강문제만은 조상으로부터 기인한 강한 유전인자가 있을 것이며 특히, 어머니와 아버지로부터 혈통을 잘 내려 받은 덕인 것 같다. 특히 아내의 세심하고 지극한 보살핌과 정성에 따른 건강관리 덕분일 것이다. 이에 더해 나에게 날개를 달아준 배려와 사랑으로 내 인생 중년이후 삶이 성공의 길을 갈 수 있었다.

결혼 후 반평생 동안 내 건강은 만점이었다. 아직까지 병실에서 환자생활을 해본 적 없이 살아왔다. 이 하나만 해도 고맙고, 조상에게 진심으로 고개 숙여 감사해야할 삶이다. 지금까지 격년제의 국민보험건강검진을 수십 년 받아왔지만 고혈압 '요주의'라는 경미한 진단이 나왔을 뿐 2차 세부검진을 받은 적 없다. 그저 예방차원에서 '노바스크(Norvasc)'란 약을 반 알 먹는 게 전부다. 개인 돈으로 10년 넘게 간 기능검진을 분당서울대학교병원에서 10개월 단위로 해왔고 상담을 받을 때마다 "이상 없다"

1985년 9월 14일(음) 어머니 '칠순 고희연'을 맞아 사진을 찍었다. 아내는 이 사진을 가보처럼 여기며 매년 추도식을 올린다.(오른쪽 사진 : 아내 신정길)

는 진단평가에 감사하며 하루하루 소중한 노년기를 잘 보내고 있다.

내 나이 고희(古稀)를 넘어섰지만 나의 삶은 아직 퇴락(頹落)하지 않고 있다. 땅에서 수분과 영양소를 빨아올리고 하늘에선 빛과 바람을 받아 100년 이상의 청청한 소나무군락지를 조성한 것과도 같이 나의 문학활동과 지역문화 참여에 있어 바라던 꿈이 현실이 될 날을 위해 지금도 게으름 피우지 않고 준비하고 있다.

2010년대엔 발표 시 10여 편, 강연 70여 회로 지난 20~30년 활동기보다 많이 줄었다. 논문 '원숙한 절제미, 조 운 시조시'(문학의 집. 서울) 발표 외 우수작은 '성남, 성남이여!', '서울 북촌에서', '나라 있음에'가 기억되는 시조시다.

전국권으로 내 이름 석 자가 솔 씨 날리듯 퍼뜨려진 행복한 세월에 손 잡혀 살고 있는 최근, 인사말로 "암천 선생은 청년같이 늙지 않고 대박 맞았어!", "일만 하는 교수인 줄 알았는데 성남

2013년 10월 31일 KTV '희망의 새 시대' 첫 회 방송에 출연했다. 이날 방송에서 나는 지방문화원장을 대표해 한국문화 발전전략을 소신껏 밝혔다.

문화를 최고로 만들어온 문화원장이야!"란 덕담을 자주 듣는다.

때마침 2015년은 '내 어머님 탄신 100주년'이면서 아내와의 '결혼 40주년'의 해였다. 어머니와 아내 두 여인의 사랑밧줄을 잘 골라 쥐었기에 내 인생이 성공으로 달려갈 수 있었고, 멋지고 우뚝한 삶을 누릴 수 있게 됐다.

과거를 되돌아보는 높은 언덕에 선 나 자신이 남한산성 안의 백제 온조대왕 '숭렬전제향'과 광주향교 춘추제향 헌관(獻官) 참례는 남들로부터 부러움을 사는 문화인 활동의 표상이었다.

KBS 라디오 '나의 삶, 나의 보람' 대담과 KTV '희망의 새 시대'(30분) 방영, 중국 연길시와 선양시 문화교류 연례적 행사 지속화 같은 실적이 문화인 한춘섭 일생에 표지석처럼 남을 것이라 생각한다.

나도 한때는 길거리 방황의 걸인과 같은 유년기가 있었다. 배움의 길을 찾으려 허둥대던 청소년기, 인생 준비 시절, 하층민의 빈궁한 시절도 있었다.

그러나 중년 시절부터의 교육자생활은 '성공한 외길 인생'의 하루하루였다. 다른 동료교사들이 힘겨워하는 모든 교무행정과 진로상담을 맡으며 해마다 우수교사 표창 서열에 섰고 교단만이 주는 즐거움과 보람을 느꼈다.

흔한 말로 '부전공'으로 지역문화연구도 자청해 나섰다. '우리 혼(魂)'을 지켜가기 위해 일관성 있게 인문학분야에서 융·복합 틀을 바꿔 21세기에 어울리는 문화의 새 판도를 성남시에 그려 봤다. 그 바람에 성남시 한 지방의 문화원장이 아니라 전국을 아우르는 한국문화원연합회 이사에 발탁되고, 연합회 기관지 〈우리문화〉 편집주간을 비롯해 연합회 〈50년사〉 편집위원, 지역문화센터 건립추진위원, 국회 시 낭송 참여 등 굵직굵직한 사업에 관여해 중심업무를 맡을 수 있었다.

이후 성남문화원장 8년 임기를 마치고 한국문화원연합회 부설 향토문화연구소 설치를 제안해 첫 소장으로 일하며 〈우리문화〉 격월간 발행자 직책도 겸직하고 있다. 한국문화 자료를 총괄연구·계승하는 전문 문화인의 총괄책임자로 마음은 늘 바쁘다.

시문학 전문가의 길

나의 시조문학 활동은 1964년도 1~2회 추천으로 시작됐다. 1966년 4월 10일 〈시조문학〉에서 본격적인 시 창작의 길로 접어들었다. 뒤이어 평생토록 시조시 창작과 연구, 단체운영의 짐들을 내 차안에 싣고 이곳저곳을 헤매면서 희비애락의 인문학 선비 삶을 살아온 것이다. 그러면서 내 시집 발간보다는 한국시조시단의 전체 문단을 위해 땀을 더 흘렸고, 문단의 중심적 위치에서 남들보다 더 바빴던 문단일꾼의 일생이었다.

시조시인으로 한국문인협회에 이름 석 자가 오른 1966년 10월 7일 이후, 30여 년은 문단의 협회 실무자로 몹시 바빴다. 20대 초반 학생신분의 청년시절 '올림회' 동인 활동 모임을 창립(1962년), 회장으로서 선배시인들과 시 낭송회를 두 차례나 하느라 몹시 힘들었다.

나는 교육계에서 제자리를 지키며 한국시조시인협회 총무이사 시절(1981년 3월 20일)에도 연례적 전국 세미나, 백일장, 총회 등 큰 행사들을 모두 서울 중심에서 열어오던 관례를 깨고 부산, 대구, 제주, 대전 등 전국 대도시권으로 옮겨 다니며 여느라 두세 배 힘든 활동을 했다.

이후 방대한 시조시단의 역저로 평가되는 〈한국시조큰사전〉 기획편찬사업(1985년 3월 23일)을 비롯해 중국 조선족 문단에 '연변 시조시사' 설립준비(1989년 3월 4일)와 동시에 연길시·선양시 전역에 시조시 보급 후원, 국제펜클럽 세계대회에 맞춰 우리나라 대표시인 시조문학을 〈한국 번역 시조시〉선집(1986년 9월)으로 발간·배포시킨 실무주관자로서의 노력은 다른 문인들이 따라올 수 없는 결과물이었다.

한편, 시조문학연구단체 '한국시조학회' 창립도 주관했다.(1985년 4월 6일) 1989년 6월 30일엔 전문계간지 〈시조생활〉 창간실무자로 편집장 일도 했다. 뒤이어 〈시조문학〉 편집장으로 관여한 것은 문단에서 남다른 면으로 보아야 할 개인의 기록이었다. 지금 생각해봐도 문단에서의 많은 봉사활동들이 헌신적이었다. 그 시절 개인 창작시 발표, 논문 자료정리, 각 단체를 드나들며 수많은 문단 이득을 위한 움직임을 도맡을 수 있었던 것은 오로지

2013년 10월 11일 성남시 승격 40주년 기념 스페셜 다큐음악극 대본으로 향토사 애향시 16편을 노랫말로 공연했다.

건강이 뒷받침됐기 때문이다. 그리고 일에 대한 기쁨이 더 커 희생정신이 발휘되고도 남았던 것 같다.

특히 "시조는 '시조시'로 바꿔야한다"고 주장했던 논쟁의 첫 발단은 나의 문학석사 학위논문에서, 〈광장〉 111호(1982년 10월)에서였다. 결국, 오늘의 시조시라는 용어 정립에 새 바람을 일으킨 것이다. 현재 젊은 시조시인들 대부분에겐 잊혀버린 사람일지는 몰라도 아직도 시인으로서의 발걸음은 여기저기서 불빛처럼 드러날 뿐 한 번도 멈춘 적 없다.

내가 살고 있는 성남시의 시 승격 40주년 기념으로 몇 년에 걸쳐 작품을 다듬어 '성남 아리랑'(전 4악장 16편의 시조시 작품) 뮤지컬 창작공연작(2013년 10월 11일)을 무대에 올린 것이라든가 장장 19년에 걸쳐 성남상공회의소 신년인사회 때마다 자작시 낭송을 해 온 것은 좀처럼 찾아보기 드문 일이다. 젊은 시절의 서사적 장시(長詩)인 '6월, 그날의 비조'를 1980년 〈시조문학〉(23호)에 실은 뒤 해마다 6월 연재물로 8년간 창작하는 것도 결코 쉽지 않았다.

성남문화원에 관여한 뒤 각종 행사 때마다 창작한 작품으로 시낭송프로그램을 펼친 일 또한 주요한 실적이다. 여러 권의 저서와 더불어 광범위한 활동이야말로 '초인적 행보'란 소리를 들었다.

개인적인 연구저서도 우리나라 시조시 문학사의 자료적 가치가 적지 않을 것이다. 요즘도 몇몇 단체, 문학전문지, 협회 등에

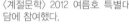

〈계절문학〉 2012 여름호 특별대담에 참여했다.

2013년 3월 12일 성남시립국악단이 주최한 '국악, 그리고 시조' 이야기에 초대손님으로 출연했다.(진행 : 양금석 연기자)

서 원고청탁이 오면 될 수 있는 한 수필보다 창작 시조시로 발표하려고 애쓴다.

문단 반세기를 지나는 동안 여러 곳에서 백일장 심사위원, 문학상 심사위원 추대 또는 요청을 받는 경우가 많다.

어느 사회단체나 사람이 살아가는 곳에서는 질투와 반목이 있기 마련이다. 하지만 문단에서만큼은 정치권을 닮아가는 사례가 없길 바랄 뿐이다. 문학단체별로 이사장과 분과별 회장 선출 때만 되면 이맛살을 찌푸릴 지역연고, 학연 등을 내세우는 전화와 메시지의 부탁들이 자못 못마땅하다.

나는 지방거주 문인이지만 활동범위는 전국권이다. 행정자치부 국가기록원(대전시 서구 둔산동 정부대전청사 소재) 주최 글짓기행사인 '기록사랑 백일장'(5회) 심사위원장을 맡기도 했다. 그런가 하면 우리가 흔히 이용하는 지하철역 탑승대 유리창에는 나의 시작품 '북촌에서'가 실려 있다. 한국문인협회 발간 〈월간문학〉 신인상 시조부문(132회 외) 심사위원 및 한국문학상, 윤동주문학

상, 한국문협 등 7개 문학상의 종합심사위원(2014년) 자리에도 관여했다. 첫 시조시인으로 대우받는 영예로운 자리에도 서 보았지만 아직도 우리 문단에서 시조시를 홀대하는 현상은 안타까울 따름이다.

하지만 성남문화원장으로서 '성남학연구소' 창립 및 개명(改名)을 통해 다소 문화원의 위상을 높였다고 할 수 있겠다. 문화원장 8년 임기를 끝내면서 경기도내 문화원 중 가장 소문이 많은 문화원으로 불리운 것이 나에겐 시문학 외길을 걸어온 것만큼 소중하다. 전통문화를 아끼는 나의 삶이 일관성 있게 시문학에 접목된 사례도 남들보기엔 특이할 수 있어 시인으로서 보람을 느끼고 성공적 삶을 살았다고 말할 수 있다.

2010년 8월 20일 문학의 집. 서울에서 '음악이 있는 문학마당'. 제110회 시간에 '조 운 문학세계' 특강을 했다. 사진은 행사 리플릿 표지

성남문화원, '대한민국 문화원상' 3년 연속 수상

나는 이 기간 중 〈중부일보〉 등 여러 언론매체의 성남시 소개 특집기사에 어김없이 전담 집필자로 참여했다. 문화원 고유사업 중 10년 이상 된 행사만도 6개 넘게 만들었고 지금도 진행형이다. 성남문화원장직 퇴임을 앞두고 〈성남시 40년사〉(총 10권) 편찬감수의 책임완수는 개인차원을 넘어 지역적으로도 자랑할 만하다.

성남시립국악단의 '국악, 그리고 시조' 에 초대손님으로 출연하고 〈경기문화저널〉(2집)과 인터뷰, 한국폴리텍대학 성남캠퍼스 외래교수 17년째 이력 중 명예도서관장(2015년) 역임도 자랑스러

성남문화원, 대한민국 문화원상 3년 연속 수상

2009, 문화창달
'외부 문화협력' 부문 : 광주이씨 대종회

2010, 우수프로그램
'축제 및 문화행사' 부문 : 성남 사랑글짓기

2011, 문화창달
'문화예술 국내외 교류' 부문 : 둔촌 중국 백일장 및 시낭송회 등

성남문화원은 3년 연속 대한민국 문화원상을 수상했다. 사진은 3년 동안 받은 상패

중앙일보 2014년 12월 2일 화요일

최고 권력자도 한 수 읊던 그때처럼 … 시조 르네상스 꿈

(이승만·박정희·김대중)

1964년 회원 55명으로 출발
70년대 엘리트층 대부분 작품 써

'뭔가 오래된 것' 이미지 벗으려면
전문 연구인력, 정책 지원 필요

2014년 12월 2일 한국시조시인협회 창립 50돌을 맞아 언론의 조명을 받았다. 사진은 중앙일보 기사

▶역사 숨소리가 있는 〈남한산성〉(2010년 4월 25일, 223쪽) 발간.
〈조선일보〉(2010년 6월 21일자) 기사 '라이프 인 경기'에는 '25년 발품을 팔아 모은 생생한 사료들이 가득하다'는 내용의 인터뷰가 실렸다.

▶▶성남문화원 개원 32주년 기념으로 펴낸 〈성남인물지〉(2010년 7월 5일, 478쪽)로 1945년 8월 15일 일제강점기 광복 이전의 인물들에 대한 소개가 실렸다.

운 삶이 아닐 수 없다. 그 바람에 요즘도 '인문학 전공학자로서 초인적이었다'는 찬사를 듣는다.

특히 내가 원장으로 재직하던 시절 성남문화원은 2009년, 2010년, 2011년 3년 연속으로 '대한민국 문화원상'을 수상하는 영예를 안았다.

나의 삶은 남들이 쫓아오기 어려울 만큼 힘겨웠지만 다양했다. 그와 같은 인생역정(歷程) 때문에 또 다른 분야에 오래 머물지 못한 게 아니었나 하는 반성도 해본다. 누가 뭐래도 인생 총결산시점에 서서 '삶의 승리자' 반열에 남고 싶다.

2010년 이후 강연 70회, 시조 발표 13편, 논문 발표 2편, 각종 인터뷰 15회를 기록했다. 이것 말고도 한암천(韓岩泉)의 새 행보라 할 수 있는 것들은 여럿 있다. '음악이 있는 문학마당'이란 〈문학의 집 서울〉 초대자리 '조 운 시인의 밤'(2010년 8월 20일)을 시작으로 △대전에서의 제5회 '기록사랑 백일장' 심사위원장(2012년 6월) △성남시립국악단 '국악, 그리고 시조' 초대손님 공연 발표(2013년 3월 12일) △중국 선양시에서의 '문학인 만남의 토론회'(2013년 5월 24일)의 주제발표 △내가 만들어 시작한 성남의 '송산 어린이백일장' 심사위원장 13회까지 주관(2013년 9월) △평양 조씨 송산 조 견 선생 묘역 시비 제막(2014년 3월 10일) △한국시조시인협회 창립 50주년 기념 〈중앙일보〉 특집기사(2014년 12월 2일) 게재 등이 그것이다. 이 특집기사는 내가 보관해온 사진과 서적류 등이 쓰임새가 있어 대부분 활용됐다.

나는 성남문화원장으로 있을 때 지역인물 및 지역문화 발굴·연구에 힘쓰면서도 시조문단의 거목이라 할 수 있는 조 운(曹雲, 본명 조주현) 선생에 대한 연구에도 발 벗고 나섰다. 그때가 서울올림픽이 열린 1988년이다.

연구동기는 간단했다. '우리나라 시조문단에서 작품을 제일 잘 쓰는 사람은 누구일까'라는 시조시인으로서 학문적 호기심에서 비롯됐다. 나를 포함해 우리나라의 수많은 시조시인들이 누구로부터 시작돼 시조를 쓰기 시작했을까 무척 궁금했다.

문제는 조 운 시인이 월북작가란 점이었다. 조 시인은 전남 영광출신으로 6·25전쟁 때 북한으로 넘어갔다. 그는 시조시만 쓴 게 아니다. 여러 분야에서 활동한 다재다능한 인물이다. 북한에서 연극공연, 국극활동, 연극대본 집필 등 문학 활동을 열심히 하면서 정치에도 참여했다.

나는 조 시인을 제대로 연구하기 위해서 기초자료를 찾아야겠다고 마음먹고 국립중앙도서관을 찾았다. 그때만 해도 월북작가 자료나 책은 금서로 묶여 열람이 어려웠다. 책을 빌리려고 했으나 불가능했다. 그런 가운데 나와 인연이 닿은 리상각 중국 조선족 시조시인이 큰 도움을 줬다. 리 시인이 평양도서관에서 복사해온 조 운 시인 자료를 받을 수 있었다. 나는 조 시인의 고향인 영광으로 달려가 그의 조카 등 후손들에게 "조 운 시인의 관련 자료들을 찾아냈다"고 하자 모두들 깜짝 놀랐다. 부천에 사는 조병무 시인(문학평론가)도 나에게 힘을 실어줬다. 그는 조 시인 관련 내용 발표나 강의 때 "한춘섭 시조시인이 조 운 시인을 깊이 있게 연구해줘서 고맙다"는 말을 하고 조 시인 연구 책을 낼 때도 내가 연구한 내용을 인용했다.

나는 2010년 8월 20일 한때 국가정보원 관사로 썼던 '문학의 집 · 서울'에서 조 운 시조시인 연구결과를 발표했다. '음악이 있는 문학마당 제110회' 행사로 열린 한춘섭 강연회, '원숙한 절제미, 조 운(曹雲) 시조시' 관련 내용은 다음과 같다.

1. 시작의 말

그가 원했던, 원치 않았던, 삶은 그를 불행한 시대를 살게 했을지는 몰라도 그의 작품은 오늘날 현대 시조시의 백미(白眉)로 남게 되었다. 근 · 현대 한국 문단사에서 육당을 제외시킬 수가 없는 것처럼 현대시조 시를 배우는 문학인에게 가람과 노산, 조 운, 이호우, 김상옥, 이영도는 현대시조시 위상의 자리매김에 그 비중을 거론하지 않을 수 없는 '시조시의 교과서'라고 하겠다.

1950~70년대에 문단에서 활동한 작가들 중에서 조 운은 작품만 간간이 회자될 뿐 그 인물에 대해서는 베일에 싸여 있었고 지면에서조차 '조 ○'으로 표기해야하던 시절이 있었다.

어렵게 입수한 자료를 근거로 '운, 조주현 시인론' 〈시조문학〉11(1977년 8월)은 박화성 여류소설가와의 면담에서 알아낸 많은 자료의 소득으로 일반적으로는 잘 알려지지 않았던 그의 문단, 생애, 이력 등이 상당부분 밝혀지게 되었다.

그 후에 문단은 88 올림픽 개최를 즈음하여 월북작가 해금조치가 내려지게 되었고, 때마침 나는 1988년도부터 중국 조선족 문인들과 제한된 교류를 하며 여러 가지 문학활동을 그곳 문인들과 펼쳐오던 중에 자연스럽게 조 운의 존재를 추적하기 시작했다.

그 결과 1991년도에 북조선 〈현대조선문학전집〉(57발행)에 게재된

2012년 여름호 한국문인협회의 계간지〈계절문학〉 특별대담에 시조 분과 회원 중 한 사람으로 초대되었다.

조 운의 시조시와 북한생활이 역력한 인물사진을 복사본으로 단독 입수하게 되었다.

(中略) 조 운의 동향인이었던 동국대 철학과 정 종 교수와 함께 그의 탄신 100주년 행사를 의논하였고, 드디어 2000년 7월 21~22일 양일간에 조 운 기념사업회 주관 '조 운 탄생 100주년 기념식'을 하게 되었다.

※ 2 '운, 조주현 문학활동'

3. 명작 몇 편 소개 '석류–파초–선죽교–구룡폭포' 생략

4. 끝내는 말

올해로 조 운 시인의 탄생 110년이 되었다. 그는 우리 곁을 떠났지만 그가 남긴 몇 편의 시조시는 현대시조의 교본으로 삼을 만한 명작으로 그 시대의 정서를 잘 그린 작품을 우리에게 남겨 주었다. 그 중에서도 '석류'와 '구룡폭포' 두 편만 하더라도 시적인 언어의 감각이 세련되었으며 내밀한 정감과 명료한 시각화, 원숙한 절제미 등 시조문

학이 갖는 효용성을 극대화한 시조시로서 20세기 시조문학사 한 획을 부각시킬 만한 시조문학의 푯대가 되었다.

※ '문학의 집·서울' 〈음악이 있는 문학마당〉 110회(2010년 8월 20일)

한춘섭 강연회 '원숙한 절제미, 조 운(曺雲) 시조시' 중

조 운 시조시인 연구·발표와 성남문화원장으로서 활동상이 여기저기에 알려지면서 한국문인협회에서도 많은 관심을 가졌다. 2012년 봄 어느 날 당시 한국문인협회 계간지 〈계절문학〉 편집국장이었던 차윤옥 시인으로부터 인터뷰 요청이 왔다. 칠순을 넘긴 나이에도 시조시인으로서 왕성한 연구 활동과 시 작품 발표 등을 하고 있는 이야기를 다루고 싶다는 것이다. 그 무렵 시조시인으로 〈계절문학〉에 대담기사가 실린 것은 처음이라 영광스런 기회였다. 〈계절문학〉 19호(2012년 여름호)에 실린 '한춘섭 시조시인 특별대담' 중 간추린 기사내용은 다음과 같다.

지난 5월, 봄인지 여름인지 분간하기 어려운 날에 한춘섭 선생님을 만나기 위해 성남문화원을 찾았다. 한춘섭 선생님은 현재 시조시인, 국문학자, 향토사학자, 성남문화원장, 한국폴리텍대 성남캠퍼스 외래 교수, 성남문화재단 이사 등 헤아릴 수 없을 정도의 많은 타이틀을 갖고 계신다.

칠순의 나이임에도 불구하고 현역에서 활발하게 활동하고 계신 선생님의 첫인상은 아주 건강해 보였다. 중국과 정식 국교가 이루어지지 않았던 시절 조선족 문인들이 힘겹게 모국어를 지켜오고 있다는 소식을 접하면서 그들과 개인적인 교류를 통해 현재까지 우리의 전통시조를 널리 보급하고 계신 선생님을 만나 여러 가지 이야기를 들어보았다.

차윤옥(시인·한국문인협회 편집국장)

〈한국시조큰사전〉 펴내

▲정말 50년을 시조와 함께 보낸 셈입니다.

대학원생 시절부터 우리 민족시의 자료정리가 필요하다고 계획을 갖고있던 중 조력자의 역할을 해 준 아내를 만나 8년여의 시간을 그 일에 매진케 되었지요.

특별히 고전강독을 지도하시던 이태극 스승님의 계간지 〈시조문학〉 발행을 도와드리는 계기로 한국의 전통시를 전공으로 하는 시조장르의 가닥을 붙잡게 되었어요.

문학작품의 정신적 스승 월북문인 '조 운' 시인

▲문학작품의 정신적 스승이 되어준 사람으로는 생전에는 만나볼 수 없었던 월북문인 조 운 시인이라고 할 수 있습니다.

'군자 화이부동하고 소인 동이불화한다'는 문장을 가슴에 지니고 살고자 합니다. 그 후 〈민들레 홀씨 둘이서〉라는 의형제 시조시집을 발간까지 하였습니다.

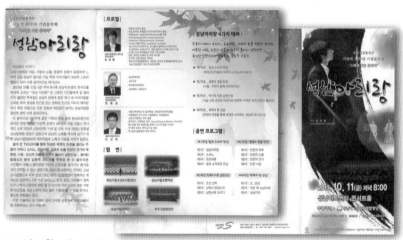

2013년 10월 11일 성남아트센터에서 공연되었던 '성남 아리랑' 초대장

중국 심양에서 둔촌백일장 개최

한국의 성남시와 중국의 심양시가 자매결연을 맺은 지 13주년이 되었습니다. 그 기념으로 작년 5월에는 '제6회 둔촌백일장'을 중국 심양에서 개최 했습니다. 500여 명이 참가해서 성황을 이루었습니다.

성남의 역사적 인물에 대한 총정리 〈성남인물지〉발간

▲〈성남인물지〉는 1945년 광복이전까지 성남에서 활동한 인물 830여 명의 전기를 수록한 향토사자료입니다.

우리 고장의 자랑스러운 인물의 이야기를 통해 우리 고장을 더욱 사랑하고 발전시켜나가는 계기가 되기를 기대하는 마음입니다. 시조시단에 이름 석자 올린 값으로 〈한국시조큰사전〉을 편찬한 일, 그리고 문단 국제행사에 〈번역 시조시선〉을 발간하여 각국 문인들에게 배포하였던 일, 시조문학의 불모지나 다름이 없던 중국 조선족 문단에 〈연변시조시사〉라는 단체를 인준 받게 된 일 등이 모두 보람된 일이었다.

(8쪽 분량의 대담을 골자만 간추림)

※ 〈계절문학〉 19호—한국문인협회 발행 계간지—(2012년 여름호),

한춘섭 시조시인 특별대담 중

〈계절문학〉 특별대담기사가 보도된 2012년 가을엔 성남지역에서도 나와 관련된 연구의 글과 논문들이 몇 곳에 실렸다. 대표적인 게 성남지역 문화연구지 〈성남문화연구〉다. 성남이 시로 승격된 40주년을 맞아 내가 작시(作詩)한 16편의 시조시가 노랫말로 만들어져 성남아트센터에서 '성남 아리랑'이 공연됐다는 내용이 실려 화제가 됐다. 성남의 역사, 문화, 미래 등 4가지 테마를 4개 악장에 접목시킨 작품이어서 더욱 눈길을 모았다.

총 16편의 연작시 '성남 아리랑' 창작해 무대에 올려

2013년 10월 11일 경기도 성남시 분당구 이매동에 있는 성남 아트센터 콘서트홀에서 성남시 승격 40주년을 기념하기 위해 전 4악장, 총 16편 연작시(連作詩)로 '성남 아리랑'을 창작해 스페셜 다큐 음악극의 선율과 더불어 소개됐다.

그날 공연프로그램은 △제1악장(백제) '빛과 소리의 만남' △제2악장(고려) '생명의 젖줄 탄천' △제3악장(조선) '역사의 자존, 남한산성' △제4악장(현대) '축복의 땅 성남'으로 110분간 성남시립합창단 등 4개 공연단이 꾸민 우렁찬 문화·예술의 큰 무대행사였다.

'성남 아리랑'은 성남의 백제, 고려, 조선, 현재와 미래로 시대별·계절별로 악장을 이뤄 성남의 발자취와 앞날을 한 눈에 볼 수 있는 다큐멘터리, 음악, 드라마가 어우러진 국내 최대 공연작품이었다.

내가 성남문화원장 때 알게 된 권 일 성남시립합창단 PD(음악석사)가 〈성남문화연구〉 19호(2012년 9월 20일)에 '성남 아리랑의 가치와 작품성에 관한 연구'란 제목으로 쓴 글 내용 중 일부는 다음과 같다.

> (前略) 성남시립합창단은 성남의 역사와 문화, 그리고 미래를 네 가지 테마로 구성해 다큐멘터리와 음악이 함께 어우러지는, 국내 최초 명품 다큐 음악공연 '2009 성남 아리랑'(작시 : 한춘섭 성남문화원장·시조시인 / 작곡 : 이선택) 1악장-'빛과 소리의 만남'이 그 해 4월 9일 성남아트센터 콘서트홀에서 공연되었다.
>
> '성남 아리랑'은 이천년 성남의 역사와 문화를, 한춘섭 문화원장(1941

년~)이 심혈을 기울여 4악장으로 작시(作詩)해 성남의 아름답고 찬란했던 역사를 음악다큐로 만날 수 있는 계기를 마련했다.

'성남 아리랑'은 1악장 '빛과 소리의 만남', 2악장 '생명의 젖줄 탄천', 3악장 '민족의 자존, 남한산성', 4악장 '축복의 땅 성남' 네 가지 주제로 구성됐다.

2009년 4월 9일 성남아트센터 콘서트홀에서 성남시립합창단 정기연주회의 첫 무대에 처음 소개된 1악장에선 백제의 건국설화에 나오는 온조대왕의 어머니 소서노의 이야기를 배경으로 성남의 역사를 재조명하는 공연으로, '성남 아리랑'을 작시한 한춘섭 원장의 시 낭송, 그리고 고수와 소리꾼이 소서노와 그녀의 아들 온조대왕 이야기를 전개해나가며 합창단이 웅장한 '성남 아리랑'을 아름답고 화려하게 성남역사의 빛을 독창과 합창으로 연구하게 된 무대였다.

2악장은 2010년 10월 29일, 아트센터 콘서트홀에서 '생명의 젖줄, 탄천'을 발표했다. 1악장과 비슷한 구성으로 시 낭송, 성남의 고려시대를 상징하는 탄천을 배경으로 하는 다큐영상, 역사적 인물인 이 집과 이지직의 나라 사랑과 효 이야기 등을 애니메이션으로 구성하여 전체적인 악장의 흐름을 이어주며 공연내용의 이해를 쉽게 할 수 있었다.

3악장은 2012년 7월 26일 성남시 야외공연장에서 발표했다. 남한산성은 성남시 대표적 상징성을 가진 문화유산으로 삼국시대부터 시작된 오랜 역사와 다양한 문화의 용광로라 할 수 있다. 나라가 위기에 처할 때마다 안녕을 보장하는 국가안전 보장처로 주목받았던 역사의 현장이다. '민족의 자존, 남한산

2013년 5월 25일
성남문화원 제11회 학술토론회 발표집
〈중·한 문학교류의 성과〉

성'은 조선시대를 배경으로 '조선 산하', '삼학사의 합창소리' 등과 앞으로 전개될 미래의 성남의 모습을 표현한 '남한산에 오르다', '성남이여' 등 4곡을 많은 시민들이 모인 자리에서 발표하였다.

4악장은 2013년 10월 11일 성남시 승격 40주년을 기리는 전야제 행사로 전체 4악장 대장정의 막을 내리는 공연발표였다. 성남의 옛 백제-고려-조선-현재와 미래로 시대별·계절별로 악장을 구성하여 성남의 모든 역사와 미래를 한 눈에 볼 수 있는 다큐멘터리와 음악, 드라마가 함께하는 국내 최대의 공연이었다. (이후 '성남 아리랑' 작품분석-구성과 내용-가치-발전방향 등의 글은 생략)

※ 〈성남문화연구〉 19호(2012년 9월 20일), 177~237쪽

권 일 '성남 아리랑의 가치와 작품성에 관한 연구' 중

중국 선양 오가며, 지역문화교류 물꼬 터

나는 성남시 승격 40주년 기념공연 후엔 외국으로 향한 발길이 잦아졌다. 특히 문학적으로 가까운 중국으로 자주 갔다. 2013년 5월 25일(토) 오후 4시 중국 선양시 서탑조선족소학교 강당에서 열린 '한·중 시조시 관련토론회'도 그런 흐름에서 열렸다.

그날 나는 '중·한 우의를 다지는 문화교류'란 제목의 개회사를 했다. 먼저 행사 개최 과정과 배경을 설명했다. 주요 내용은 다음과 같다.

"한·중 수교가 이뤄지기 전인 '88서울올림픽' 개최 직후 극비리에 두 나라 외교밀사 몇 명으로부터 두 가지 놀라운 사실을 들었다. '중국내 조선족사회에 한글판 신문과 문학지가 발행되고 있더라', '그 문학지에 시조문학이 발표되고 있더라'는 사실

이었다. 1989년 2월 연길시 문학지 〈천지〉, 장춘시 〈북두성〉의 중국 주소를 알아내 수신인 없는 긴 글의 첫 편지를 보낸 지 1개월 만에 그곳 젊은 소설가 김재국과 그의 장인 역사학자 송정환 시인, 월간문학지 〈천지〉 총편 리상각 시인의 편지 한 장씩을 답장으로 받아 읽었다. 이념이 다른 두 나라 간 개인왕래가 어려운 때였으나 나는 문학지에 관계된 문인을 초청키로 결심했다. 1989년 첫 서신 후 연길시의 리 시인은 중국작가협회 연변분회 주석단회의에서 '연변시조시사' 단체조직을 가결, 3년 뒤엔 주정부로부터 비준됐다.(1993년 10월) 나는 연변시조시사 후원회장이 돼 1993년 12월부터 문학상 시상, 문인시조집 발간 지원, 작품과 논문 발표, 공동시조집 발간, 강연회, 학교순회 백일장 개최, 문학토론회 등에 드는 사업비를 2002년 8월까지 10년간 후원했다."

나는 이어 "그런 과정에서 중국 조선족 문인 최초의 시조시선집 〈하얀 마음, 그 안부를 묻습니다〉(1990년 7월) 발행은 조선족 문단에서나 한국시조시단의 기념비적 시조시집이라 생각한다"고 말했다. 나는 "연변시조시사 창립을 디딤돌로 10년간의 현대시조시 부흥에 지속적 후원을 통해 본격적인 시조문학 발전기에 이르도록 활동해준 게 한민족문학사에 큰 성과"라고 강조했다.

리창인 시인의 역할도 돋보인다고 했다. 나는 "이런 연변의 인연을 막 내린 후에 2004년 6월부터 재차 요녕성 선양시와 관계를 맺게 됐다. 이는 순전히 리창인 시인 요청에 따른 후원사업이었다. 수많은 편지로 활동상황 소식과 작품, 사진 등을 알려온 리 시인은 선양에 시조문학 씨앗을 심는 주도적 문인이었다. 마침내 2002년 9월 14일 서탑에서 '심양시조문학회'가 설립됐다. 첫 활동으로 그해 10월 중국의 유명시인들을 모시고 요녕성 내 조선족

2013년 10월 11일 성남 아리랑 전4악장(한춘섭 창작 노랫말) 공연 후 기념 촬영

2013년 3월 12일 성남시립국악단의 '국악, 그리고 시조'에 출연

2013년 11월 14일 '국회 시 낭송의 밤'에서 시 낭송

소·중학교 어문교원들을 상대로 한 시조문학 강의를 조직하고 중·소학생 대상의 시조백일장도 펼치기로 했다"고 덧붙였다.

그날 행사는 주선양 대한민국총영사관, 선양한국인회, 심양시교육국, 심양시교육연구원, 권춘철 심양시조선족문학회장 등 많은 관계자들이 후원했다. 토론 주제발표자와 제목은 △리창인 시인 : 전통문화 교류의 참신한 모습 △최룡관 시인 : 시조 우물을 파주고 물이 넘치게 한 사람 △림금산 료녕조선문보 부총편 : 중·한 문화교유의 의미 △김재국 교수 : 중·한 시조문학사에 남긴 성과 등이다. 이런 내용은 성남문화원 제11회 학술토론회 발표집 〈중·한 문학교류의 성과〉에 자세히 실렸다.

시조시인으로서 나라 안팎을 오가며 활발하게 문단활동을 하자 나에 대해 많은 분들의 찬사가 쏟아졌다. 김명옥 시인(문학박사), 권 일 성남시립합창단 PD(음악 석사), 이웅재 동원대 교수 등 시조시인, 교수, 관계전문가들의 호평도 잇달았다. 그 가운데 이 교수가 2013년 9월 〈성남문화연구〉 20호에 쓴 '성남을 소재로 한 문학 소고—한춘섭 시조시를 중심으로'를 요약, 소개한다.

1. 들어가는 말

(前略) 그러한 성남의 긍정적인 측면을 가장 두드러지게 노래하는 한편 성남을 소재로 한 작품을 가장 많이 창작한 사람으로서는 한춘섭이 유일하다고 할 수가 있어 성남을 소재로 한 문학연구에서 그의 문학을 조명해 보고자 하는 것이다.

2. 시조시의 문제

(前略) '시조'라는 말에는 그러한 '생활시의 어의(語意)'가 빠져 있으므

2013년 5월 25일 중국 선양시 문학회와 함께 주최한 한·중 문학인 만남(토론 및 시 낭송회) 참석 인사들과 기념촬영.

로 '시(詩)'자 하나를 더 붙이자는 것이다. 더구나 현대시조에서는 예전의 그 '노래(가락)'로서의 기능은 상실되었으니 더 이상 '시조'라는 명칭에 연연해 할 필요는 없다고 보는 것이다. 그래서 '음악에서 이탈되어 문학으로 계승·발전시켜야' 한다고 했다. 다시 말해서 '음주종사(音主從詞) 고시조와 구별'하기 위하여 '시조시'라는 용어로 바꾸어야 한다는 주장이다.

그리하여 '자유시와 동등한 명시(名詩)의 가작(佳作)을 창작발표' 하여야 한다고 했다. 이러한 주장은 시조가 자유시에 비하여 문학으로서의 위상이 뒤쳐진다는 우려를 밑바탕에 깔고 있기 때문이 아닌가 한다.

그러므로 '자유시'와 동등하게 '시조시(時調詩)'라는 술어를 사용하자고 한다. 그러면서 1940년대에도 자산(自山) 安廓의 〈時調詩學〉이 발간 되었고 1974년도에는 임선묵의 〈시조시학 서설〉이 간행되는 등 이미 '時調詩'라는 용어가 사용된 적이 있었다는 점을 내세워 '시조시(時調詩)'라는 말을 사용하지 못할 이유가 없음을 강조하였다.

(中略) 이러한 한춘섭의 노력에 의하여 요즈음에는 인터넷검색에서도 '시조시'라는 용어가 일반화되어 있는 실정으로, 이것 한 가지만으로도 그가 시조의 현대화에 적지 않은 업적을 남겼다고 할 수가 있겠다.

3. 시조시의 보급운동

연변의 시조시는 한춘섭에게 감동으로 다가왔던 것이고, 그래서 그는 이미 '중국 연변 시조시 개관'이란 글을 발표한 적이 있었다. 그러한 그가 연변의 리상각 시인과 의형제의 결연을 맺고 연변시조시사 결성을 위해 10년 동안이나 후원을 했다는 것이다.

그의 활동영역이 연변에서 심양(瀋陽)으로까지 확산되고 있음을 보여주는 신문기사이다. 심양의 시조시 보급운동의 현황에 대해서는 다음과 같은 한춘섭 시조시인 자신의 말을 통해서 확인할 수 있다.

이러한 관점에서 볼 때 중국의 연변이나 심양의 시조시에 대한 후원운동은 우리 국문학의 지평을 넓히는 데에 일조를 하였다고 하겠다. 그의 이러한 노력은 우리나라가 중국과 정식수교가 있기 이전부터 있었던 일이기에 더욱 그 노력이 값진 것이라 할 수 있을 것이다.

기청(氣淸)은 "중국과 정식수교가 있기 전 조선족 문인들과의 접촉은 마치 첩보전이나 영화 미션을 방불케 하는 위험한 고비를 넘겨야했다"고 하였다. 기청은 이렇게 하여 조선족문인들과 인연을 맺은 한춘섭이 1989년 12월 리상각 시인이 한국을 방문했을 때 의형제를 맺기에 이르고, 연변 최초의 시조선집이 그의 사비로 출판이 됨으로써 연변의 시조 활동의 기폭제가 되었다고 한다.

4. 행사시 문제

어쨌든 권 일의 지적대로 "자주 입버릇처럼 드러낸 '내 삶의 현 거처'에 대한 애정이 깊게 자리한 문인이자 지역사랑 주인"으로 한춘섭 작사자의 노랫말 솜씨는 시 문학성을 바탕으로 그 어느 구절에서나 성남역사 스토리가 전달된다. 그런 면에서 김명옥 박사의 지적과 같이 '향토색의 서정 시조시 바탕위에 깊은 역사의식과 민족의식을 담아내는 작가'의 임무를 계속 담당해주기를 기대해본다.

5. 나가는 말

한춘섭의 시조시 중에는 유난히 축시 등 행사시가 많다. 현재 성남문화원장으로 있는 그는 오랫동안 성남문화원과 관계를 맺으면서 누구보다도 성남을 잘 알고 있으며, 아울러 성남을 가장 사랑하고 있는 사람이다. 성남문화원에서는 성남의 여러 가지 행사들을 주관하는 경우가 많다.

그런 이유로 성남과 관련되는 행사 때마다 그는 그 행사를 빛나게 해주는 행사시조를 많이 써온 것은 지극히 당연한 일이라고 하겠다. 행사의 품격 있는 분위기를 조성해주는 것이 행사시일 것이며, 그의 시조시가 대체로 힘차고 웅장하며 찬가풍의 면모를 지니는 것은 이러한 때문이라 하겠다.(中略)

그 대표적인 작품이 '성남 아리랑'이다. '성남 아리랑'은 시조시 형식을 기저로 하고는 있으나 시조시 형식을 파괴하고 있는 부분들도 많이 보인다.

이는 아마도 시조형식만 가지고서는 다양한 표현을 구가해야하는 창작 다큐음악극(오페라)의 성격을 충분히 구현해 내기가 힘들어서가 아닌가 싶다. 어찌 보면 이는 현대사회에서 살아남기 위해서는 시조형식에도 새로운 변형이 필요하다는 점을 단적으로 보여주는 증좌가 아닐까도 싶은 것이다.

※ 〈성남문화연구〉 20호(2013년 9월 25일) : 이웅재 동원대학 교수의 '성남을 소재로 한 문학 소고—한춘섭 시조시를 중심으로' 中

아직 2010년대는 진행 중이지만 나는 성남문화원장에서 물러났고, 대학강의도 2015년을 끝으로 외래교수 17년의 종지부를 찍었다. 이 기간 동안 지역·문단과 관련된 활동 몇 가지만 꼽아 보면 △내 전공의 시조시 활동 연보로 '성남 아리랑' 합창곡 노랫말을 제4악장까지 완성시켜 120분간 단독무대에 올린 일 △〈우리문화〉 편집위원 및 편집주간에 위촉 △10년 넘게 열고 있는 송산어린이백일장 △한국문인협회 문학사료 발굴위원 △〈우리 고장 성남〉(교육청 교재) 감수위원 △'가족사랑 백일장' 심사위원장 △〈한문연 50년사〉 편집위원 △〈성남시 40년사〉 상임 부위원장 위촉 및 전10권 기획·집필·감수 △〈아트뷰〉(성남아트센터 기관지) 특별좌담 △국회 시 낭송의 밤, 자작시 낭송 연 5회 참가 △건국 66주년 기념식 자작시 낭송 △〈월간문학〉(한문협 기관지) 신인상 심사위원 △한국문인협회 자문위원으로 〈월간문학〉하반기 시조 총평(2016년도) 등을 들 수 있다.

235

제8문턱

전국권 향토문화연구소장의 길

향토문화연구소장이 할 일은 아직 방향조차 미지수다. 소장 위촉장을 받은 뒤 겨우 2016년도 한문연 정기총회 결정으로 한국문화원연합회 정관상 제39조(부설기관의 설치)에 2개 소항목으로 '부설기관을 둘 수 있다'고 했을 뿐이다. 아직은 연구기관의 총체적 설치·운영, 조직의 제반 계획이 앞으로 할 일이다. 정부 관계기관의 명분 있는 지침이 어느 때 이뤄질지는 모를 일이다.

내가 걸어온 길 가운데 성남시 승격 40주년을 맞아 펼친 게 적잖다. '성남 아리랑' 합창곡 노랫말을 창작한 건 말할 것 없고,

성남의 역사를 담은 〈성남시사(城南市史)〉 만드는 일에도 동참했다. 2014년 12월 15일 나온 총 10권 중 맨 처음인 1권에 내가 쓴 서문의 글 일부 내용은 다음과 같다.

살기 좋은 도시로 꾸준하게 발전을 거듭해온 우리 성남시의 〈40년사〉 편찬은 많은 의미가 있다. 10년 주기별로 시사를 발간하면서 '잃어버린 역사 이야기'와 '숨겨진 역사 이야기'를 총정리하며, 지난 20세기 후반에 개척정신이 담겼던 성남시 도시형성에서의 중요한 자료가 되었다. 새 출발 같았던 21세기 이 시점에 이르도록 모든 시민들의 살아온 발자취와 옛 선조들의 정신문화로 미래를 여는 우리 이야기들이 소중한 일깨움은 시민들의 큰 자산이 아닐 수 없다. (中略) 성남시 승격의 나이는 이제 40대 중년기에 이르렀다. 전국 열한 번째의 신도시로 탄생되기 위해 터를 다지고, 통·반별 도로와 골목을 만

2010년 3월 5일 김문수 경기도지사와 문화원장 간담회를 가져 지역문화 발전을 논의했다.

들면서 광주대단지 개척시절의 공무원과 단체의 노력에 의해 아파트와 학교, 공장과 병원 등을 세웠다.

그 준비기간 동안의 농촌지역 원주민들의 힘겨움, 그리고 전국 8도민 전입자 정착민들의 땀방울 흘렸던 옛 일은 40년이 지났으면서도 백년, 이백 년 이전의 전설 같은 후일담이 될 일이다.(中略)

2013년은 성남시 40주년의 해다. 신도시 마흔 살 연륜이 성남역사의 전부는 아니다. 우리 지역의 종택이나 다름없는 경기도 광주시 선대 원주민들의 역사와 함께 얽힌 애국적 선열들의 충혼 이야기가 바로 우리 성남시 옛 이야기임은 두말 할 것도 없음이다. 성남시도 충효 청백리를 자랑 삼는 광주와 맥을 같이 하면서 현대도시 형성 이후의 역사는 별개의 개척시대 발전 특성에 구분되어져야할 일이다.(中略)

〈40년사 기획안〉 골격에 따르면 전통문화와 현재, 그리고 미래문화까지 담아낼 것이다. 구석기, 신석기, 청동기, 한성백제시대의 판교, 조선시대의 안보와 국방, 선비문화, 의병과 3·1민족정신, 항일투쟁, 현대시민사회의 새 문화가 골고루 기술될 것이다. 특별히 성남시 옛 문화와 역사인물, 신도시 건설과정과 시민운동 전 영역을 조사·발굴하고 연구·정리하여 놓은 성남문화원의 '성남학' 관련 논문 160여 편이 〈성남시사〉 원고의 기초가 되었으며, 각 세부항목의 분야별 전문학자 110여 명의 필진이 시민들의 다양한 삶을 반영하는 등 시민들의 이야기에 많은 비중을 두고 집필하였다.(後略)

※ 〈성남시사〉(40주년), 2014년 12월 15일,

총 10권 중 1권 (20~27쪽) : 한춘섭 '서문(序文)' 일부

역사의 가장 큰 장벽 '분단시대' 백성으로서 70년 넘도록 남과 북의 포성이 멈추지 못한 상황에서 2010년 북한 김정은 국방위원회 제1위원장의 적화야욕은 변함없어 천안함 폭침사건, 연평

2014년 2월 13일 학위수여식 축시 낭송

2010년 7월 26일 둔촌 재실에서 열린 '둔촌 이야기 자리'

2013년 5월 25일 한 · 중문학인 만남(중국 선양시, 한국 성남시)

도 포격사건에 이어 좌익계 종북세력들은 인터넷 카페 운영과 사이버 테러세력을 확산시키고 있다.

대한민국은 첫 여성대통령을 맞았다. 박근혜 대통령이 취임한 21세기 초의 국내사정은 평화롭지 못한 가운데서도 런던올림픽 종합 5위를 했다. 한편 북측은 미사일 발사, 장성택 국방위원회 부위원장 공개처형, 지속적인 핵실험 강행 등 비인도적 공포정치에 못 견디는 탈북동포수가 늘고 있다.

국내 정치권에 대한 국민들의 불신풍조와 실망은 분노로 이어지며, 역사교과서 내용조차 좌편향 표현이 담겨지고 잇따른 강력범죄, 성범죄가 뿌리 뽑히질 않고 있다. 더구나 고위층 인사들의 뇌물수수와 성범죄 사건 등이 연일 보도되고 노동자들 파업사태는 예전이나 다름없다. 사회 전반적으로 국민들 불신, 불안감이 커져만 가고 있는 상황에서 터져 나온 2014년도의 '세월호 침몰' 사고야말로 전 국민적 분노를 불러온 대참사가 아닐 수 없다.

21세기에 접어들면서 '100세 시대'의 편리함과 행복감도 느끼지만 그 이면에 존재하는 치열한 경쟁사회의 어두운 면은 우리 사회 각처에서 심각한 문제로 떠오르고 있다. 불안·초조 속에 살아가고 있는 일자리 없는 젊은 층들의 고민에서부터 수명연장으로 인해 복지혜택 고갈의 심각성을 겪고 있는 노인세대들에 이르기까지를 목도하노라면 이 시대를 즐겁다고만은 할 수 없다. 그러다보니 '희망 생존법'이 절실해지고 어떤 문화생활을 실천해야 미래가 즐거울까? 모두가 고민에 빠지는 게 아닐까?

노년기 나의 발걸음은 성남시 분당구에서 서울시 마포구에 있는 성우빌딩 7층의 한국문화원연합회 향토문화연구소장실로 향한다. 〈우리문화〉 편집주간 일도 맡고 있어 출·퇴근길은 일하는 기쁨 때문에 멀게 느껴지지 않는다. 70대 중반을 넘긴 나로서 어찌 생각하면 격에 어울리지 않을지 모르지만 숨 가쁘게 달리듯 살아온 내 인생스타일을 당장 멈추게 할 수는 없다.

말없이 문화인의 삶에 만족을 느끼며 이제, 미래를 위해 "준비하는 자! 꿈을 위해 땀 흘려야 현실이 온다"고 하는 생각으로 야망을 버리지 않고, 그 어디에든 연구소 간판을 내걸 날을 위해 내 능력과 소신대로 설계도면을 꼼꼼히 준비해가고 있다.

내가 할 수 있는 인문학 분야에서 과거 기분에 도취된 채 서성일 필요가 없다. 내가 좋아하고, 내가 해낼 수 있는 능력을 발휘하는 일을 찾아 오늘도 한 치의 시간이라도 귀중히 여겨 기쁜 이야기가 들리는 곳으로 발길을 향하고 산다.

나는 시조시 창작과 관련연구 등으로 보낸 '문단 반세기' 동안 다른 사람들이 따라오기 어려운 여러 문단활동을 꾸준히 해왔다고 감히 자부한다. 시 창작 발표에 있어 평생토록 개인시집 1권을 60세 환갑기념으로 만든 것 이외엔 대부분 시조시단 전체의

2014년 2월 19일 성남시 여수동 산 30번지에 있는 송산 조 견 묘역 시비 제막식. 이날 제막식에는 서광일 교수가 동참했다.

2016년 7월 25일
중국 소주의 원윤복식유한공사 김성룡 대표와 환담.
사진 왼쪽부터 김성룡, 김재국 부부, 필자 부부

발판을 굳건히 하는데 힘써왔다.

그런 흐름에서 개인창작의 경우도 시조문학 본령을 지켜가면서 지역행사와 역사 속 인물들의 행사추모시를 시조시로 적극 활용했다.

내 평생 잊을 수 없는 가장 큰 충격이었던 6·25전쟁 피란살이 기억과 휴전상황 아래서의 슬픈 역사이야기를 일명 '사설시조'란 장시(長詩) 틀에 담아내 화제를 모으기도 했다. '6월, 그날의 비조'란 제목 아래 총 40수로 된 1편의 장시는 매년 6월 〈시조문학〉 지상에 5편씩 8년간 연재했던 집념의 문제작이었다. 그 후 〈시조생활〉에 발표된 '녹슨 철마, 그 언저리'란 제목의 장시도 창작지원금(100만 원)으로 모두 40수를 발표했다.

그리고 전 4악장 총 16편의 연작시인 '성남 아리랑'은 나의 대표적 장시이다.

이같이 역사 속 소재를 시조시의 밑바탕으로 삼아 다양하게 발표함으로써 "내가 누구며, 우리는 어떻게 무엇을 생각하면서 살아야 할까?"에 방점을 찍어 시문학 구절구절에 담으려 했다.

소신을 갖고 대하 장시조 발표는 물론 그것을 선율에 담아 공연까지 하도록 하는데 힘을 보탰다. 결과는 대성공이었다. 지역에 길이 남을 역작이란 평가도 받았다. 우리나라 역사를 담은 대하 장시조시 창작의 선구자로서 갖은 비난과 지적, 뒷말에도 굴하지 않고 대차게 밀고 나갔던 게 지금 생각해도 참 잘 했다는 생각이 든다.

맺음 글

우공이산의 선비처럼

　나의 출생은 불행한 나라의 운명과도 같았다. 사람됨조차 더운 피 외엔 부족함으로 자랑할 조건은 전혀 없었다. 남들과 다르게 힘겨운 세상을 경험하면서 안간힘으로 버텨온 성장과정은 나에게 끊임 없는 인내와 도전의 삶을 살게 했다. 꿈을 하나씩 이룰 때마다 또 다른 꿈이 나를 몸살나게 했다.

　교단을 거치는 반세기 가운데 교사, 교수로 제자들 앞에서 지식 전달을 위해 부지런한 시간을 보냈고, 강연연사로 또는 연구학자로 강의실 안팎을 드나들며 시조시 창작, 자료정리와 지역사 발굴 보존 등 수많은 문화행사들을 위해 시간을 늘 아껴 쓸 수밖에 없었다.
　그런 가운데 역사 속 문헌자료에서 힌트를 얻고 글을 써 책을 펴내는데도 남들보다 앞서 첫 길을 내며 엄청난 문화 사업 일거리 속으로 빠져들던 중·장년기였다.

　일 욕심이 많은 나는 직장의 굴레에서 벗어나자마자 문학인으로, 인문학자로 활동에 날개를 달기 시작해 더욱 더 민족문화창달의 뿌리를 찾는 일에 매진하게 다. 어쩌면 소외된 분야인 우리문화에 빠질 수밖에 없는 숙명 같은 일들은 지금 와 생각해보면 나라가 없는 가슴 아픈 서러움에서 '자존의 힘은 어디에서 비롯되나'까지 고민했던 결과일 수도 있을 것 같다.

　극과 극은 통한다고 했다. 오늘도 그 열정은 한국 문화 즉, '내 것

갖추기'란 숙제가 나를 놓아주지 않는다. 혼란했던 나라의 모습은 각 분야마다 제 자리하고 있어야 할 곳에 놓여야 '나라 경쟁력'이 될 터이니 당연히 과거와 현재를 충실히 이어놓아야 할 책무가 이 시대 사람으로서 마땅하지 않은가?

〈한국시조큰사전〉을 발간하고 나니 정작 국내는 물론 미국 하버드대, 중국 북경대, 일본, 심지어 북한에서까지도 구입해가는 현상을 보고 애국의 방법이 그리 어렵지 않음을 실제로 느끼게 됐다.

결국 인간은 자기의 적성과 능력에 따라 각자 공동체 발전을 위해 이바지할 때 삶의 의미와 보람을 찾게 될 것이다.

때로는 정답이 책보다 상황에 있을 수도 있다고 생각한다. 나는 허약한 나라에서 허덕였던 사람으로서 영토와 사람만 있다고 나라가 아님을 뼈저리게 느꼈다.

이제 우리나라도 여러 분야에서 나라꼴 갖추기에 제각기 노력하고 있지만 인문학 안팎에서도 멀리, 더 멀리 아침의 떠오르는 해를 맞이하길 빌어본다.

'토끼의 낮잠'을 거론해야 '거북이의 승리'를 제대로 말할 수 있다고 한다. 이렇듯 나의 삶 뒤에는 아내의 '인인애적(人仁愛的) 삶'이 존재했다. 아내의 이야기는 오늘 이 책을 내는 밑거름이라 생각하며 머잖아 아내가 고희가 될 날에 한 권으로 엮어낼 계획이다.

2016년 10월
경기도 성남시 분당구 정자동 서재에서

한 춘 섭

암천(岩泉) 한춘섭의 발자취

연보

- 본관   : 청주 한씨(14선대 문정공파)
           32세 손
- 세례명 : 요한
- 아호   : 암천(岩泉)

저자 한춘섭

1941년 10월 14일   아버지 한동운(韓東雲, 1912년 11월 14일~1944년 2월 21일)과 어
                    머니 윤준성(尹俊成, 1915년 9월 14일~1987년 7월 9일) 사이 둘
                    째로 경기도 양평군 단월면 보롱 1리 273번지에서 태어남.

                                        (음력 8월 24일생, 양력 10월 14일 생)

학력사항

1954년 3월 25일   단월국민학교 6년 졸업(경기도 양평군 단월면 소재)

1957년 3월 4일   청운중학교 3년 졸업(경기도 양평군 청운면 소재)

1961년 3월 8일   양평농업고등학교 농업과 3년 졸업

1961년 4월 1일   국제대학 국문학과 입학

1965년 2월 23일   국제대학 국문학과 4년 졸업(문학사)

1973년 3월 5일   단국대학교 대학원 국문학과 입학

1975년 2월 27일   단국대학교 대학원 국문학과 졸업(문학석사)

13세. 1954년

16세. 1957년

19세. 1960년

20세. 1961년

24세. 1965년

34세. 1975년

26세.
1967년 파월 장병 시절

1962년 11월 20일		시인 양명문 교수, 시조작가 이태극(李泰極) 교수에게 시와 시조 창작법 사사 중 〈시조문학〉 편집·발행업무 담당
1963년 2월 1일		'울림회' 창립회장으로 서울시내 대학생 시조동인 활동
1964년 7월 10일		〈시조문학〉에 1회 추천과 2회 추천(11월 15일) 중 국제대학 학예부장 활동으로 학생논문집과 교내 대학신문 편집 전담
1966년 4월 10일		〈시조문학〉에 3회 추천완료 후 한국시조작가협회 가입(6월 1일), 한국문인협회 가입(10월 7일)
1966년 11월 12일		육군 입대(군번 11676768, 병과 영문타자병―주특기 번호 703)로 논산훈련소에서 4주간 신병훈련
1967년 1월 4일		제116 육군병원(충남 논산군 연무읍) 의무보급과 부대 배치, 월남종군 자원해 퀴논 십자성부대

제1군수지원단 인사행정과 배치(8월 26일)

1968년 6월 30일   귀국 후 육군 제11사단 병참참모본부(강원도 홍천군 홍천읍 북방면) 재배치

1969년 10월 20일   육군 만기전역(육군 33사단, (병)324호)

1970년 3월 1일   여주중학교(공립) 국어과 교사 임용

28세. 1969년

1974년 11월 28일   국어국문학회 가입(회원번호 467번), 국제펜클럽 한국본부 가입(12월 16일)

1975년 2월 27일   아내 지원(芝園) 신정길(申貞吉)과 결혼

1977년 12월 15일   한국시조작가협회를 '한국시조시인협회'로 개칭

1980년 3월 2일   풍생고등학교(사립 / 성남시 수진2동) 국어과 교사 전근

34세. 1975년
대학원 졸업식장에서 결혼

1981년 3월 3일   대유공업전문대학(성남시 복정동) '대학국어' 출강(4년간)

1981년 3월 6일   한국청소년연맹 결성 후 전국 시조 짓기 순회 지도단 시조 추진위원(3월 15일부터 2년간 활동)

1981년 3월 20일   한국시조시인협회 총무이사(6년간 활동)

<중앙일보> 시조추진위원으로 매주 토요일 '시조란' 신설, 작품 게재(1981년 5월 6일~2015년)

36세. 1977년

1982년 4월 20일   <고시조 해설> 발행(홍신문화사)

<월하 이태극 박사 고희 기념문집> 발행 전담(9월 15일)

<우리 가락, 시조> <우리 가락의 멋> <시조의 이론과 실제> 발행, 공편저 전담(9월 20일)

40세. 1981년

1983년 8월 12일   <백운문화>(양평문화원) 창간호 발행 전담

1983년 8월 12일   한국시조시인협회 '백자시조시화전' 전담 전시회(영동백화점)

42세. 1983년 8월 12일
백자시조시화전에 출품

43세. 1984년

49세. 1990년
육당문학상 수상식 소감
발표(육당 탄신100주년)

49세. 1990년 4월 29일
영세를 받은 후 신부님.
수녀님 그리고 아내와 함
께 (신흥동 성당)

50세. 1991년

1984년	5월 10일	세종숭모제전, 전국시조시백일장 제1회 개최 전담
1984년	5월 30일	육당 시조시 문학상 발의, 상임 운영위원
1985년	3월 23일	〈한국시조큰사전〉 대표공편 발행 전담(을지출판 공사 및 문화공보부 우수도서 선정(11월 5일)
1985년	4월 6일	한국시조학회 발의 총무이사, 〈시조학 논총〉 창간호 전담(12월 30일), 〈풍생소식〉 학교신문 창간 전담(4월 6일)
1986년	9월 1일	〈번역 시조시선〉 공편 발행 전담
1989년	3월 2일	풍생고등학교 교도주임 임명
1989년	3월 4일	중국 조선족 소설가 김재국과 서신 왕래 시작,
1989년	6월 30일	〈시조생활〉 창간 제안 편집장
1989년	9월 9일	본적을 거주지인 경기도 성남시 수정구 신흥 주공아파트 106동 304호로 옮김
1989년	12월 1일	〈풍양신문〉 논설위원(1년간 활동)
1989년	12월 28일	중국 조선족 시인 리상각과 의형제 결연
1990년	2월 28일	〈한국 시조시 논총〉 발행, 육당 시조시 문학상 학술부문 수상도서 지정(4월 3일)
1990년	4월 29일	천주교 영세(성남시 신흥동성당 : 한춘섭–한요한, 신정길–신요안나)
1990년	7월 4일	중국 조선족 소설가 김재국과 의형제 결연, 〈하얀 마음, 그 안부를 묻습니다〉 편저 발행(7월 3일)
1990년	12월 28일	경기문학상 수상
1991년	4월 19일	성남펜클럽 동인 창립회장(6년간 활동)
1992년	1월 30일	〈성남펜〉 창간호 전담
1992년	2월 10일	〈한국시조 가사문학론〉 공저 전담, 〈성남시사〉

암천(岩泉) 한춘섭의 발자취

〈20년사〉 집필 교열(3월 20일), 〈여류문사 강정일
당〉(성남문화원) 발행 집필(8월 1일)

1992년 12월 19일   교육부 장관상 수상

1993년 2월 1일   성남문화원 부설 향토문화연구소 설치제안서 제
출(2월 1일) 후 연구위원 선임(3월 20일), 〈성남문
화연구〉 창간호 전담(5월 20일), 〈한국 근대 시조
시인 연구〉 공저 전담(10월 25일)

1993년 6월 10일   중국작가협회 연변시조시사 결성(6월 10일) 뒤
후원회장(11월 30일)

1994년 3월 2일   풍생고 교무과장 임명

1994년 6월 15일   〈민들레 홀씨 둘이서〉 의형제 시집 발행
아내와 중국 요녕성 연길시 여행(8월 11일~)

1994년 10월 30일   〈청주 한씨 대동보〉
(하편, 5012-3쪽 족보 등재)

1995년 5월 30일   '오천기념사업회' 발의 후 〈오천 홍사풍〉 발행
전담(9월 3일)

1996년 1월 4일   성남상공회의소 신년시무식 때 자작시 낭송
(19년간 낭송)

1996년 2월 22일   성남YMCA 이사(4년간 활동)

1996년 3월 16일   온겨레 시조짓기추진회 창립 사무총장
(2년간 활동)

1996년 5월 14일   전국 시조백일장 심사위원(3년간 활동)

1996년 10월 12일   성남시문화상(학술부문) 수상

1996년 11월 15일   둔촌청소년문학상 제정발의 전담 후 시상식
(16년간)

1996년 11월 19일   〈풍생 30년사〉 집필 편찬 전담

53세. 1994년
풍생고 재직시 (교무과장)

53세. 1994년
아내 신정길과 사진 촬영

53세. 1994년
리상각 의형제와 함께

56세. 1997년 7월 11일 남사모 창
립 멤버 강연회장(연무관)

250
연
보

67세. 1998년 나의 서재에서

68세. 1999년
리태극 박사를 모시고

68세. 1999년 7월 24~25일
조 운 생가 방문

68세. 1999년
시조시협 세미나 주제발표
(한춘섭, 김 종)

69세. 2000년 1월 1일
성남천재 봉행)

1997년 11월 1일	내 고장 안내서 집필 출판-〈우리 사는 성남〉(초등), 〈내 고향 성남〉(중등), 〈광복이후, 성남의 역사〉(시민)	
1997년 12월 9일	성남시민헌장 재제정 기초위원	
1998년 3월 13일	성남문화원 부설 향토문화연구소 소장(2년간 활동)	
1998년 8월 22일	〈시조문학〉 작가회 창립 부회장 및 편집장 외 추천심사위원(2년간 활동)	
1998년 10월 8일	성남시문화상 심사위원(7회 계속)	
1999년 2월 11일	성남시 도로명, 건물번호 부여 자문위원	
1999년 2월 28일	〈성남 문화유산〉 발행	
1999년 3월 1일	성남 3·1운동기념식 첫 거행, 창립회장(제80주년-8년간 활동)(분당 율동공원관리사무소 앞)	
1999년 6월 11일	성남시 지명위원(12년간 활동)	
1999년 8월 6일	성남기능대학(현 폴리텍대학) '대학국어' 교수 (16년간 강의) 및 발전위원(7월 28일)	
1999년 8월 10일	지역신문 〈리빙타임즈〉 논설주간 및 회장 (3년간 활동)	
1999년 8월 31일	풍생고 명예퇴임(교육계 30년 경력) 및 대통령 표창(120902호)	
1999년 9월 14일	월하 시조백일장 심사위원(3년간 활동), '시조교실' 전국 순회강사(9월 16일-5개 지역)	
1999년 9월 19일	한국시조시인협회 시조백일장 심사위원 (3년간 활동)	
1999년 12월 1일	성남문화원 이사(15년간 활동)	
1999년 12월 29일	경기도교육청 주관 중등교사 지도강사(4년간 활동)	
2000년 1월 25일	조 운 시인 탄신 100주년 운영위원(2년간 활동)	

251

암천(嵒泉) 한춘섭의 발자취

2000년 3월 7일　성남문화의 집 운영위원(3년간 활동)

2000년 3월 15일　둔촌 청소년문학상 운영위원장(15년간 활동)

2000년 5월 4일　지역신문 〈리빙타임즈〉 회장(3년간 활동)

2001년 1월 5일　성남시 향토유적 보호위원(15년간 활동)

2001년 2월 5일　경기도립 성남도서관 운영위원(4년간 활동)

2001년 3월 30일　분당문화정보센터 운영위원회 부위원장

　　　　　　　　(2년간 활동)

59세. 2000년

2001년 4월 18일　〈양평군지〉 편찬·집필위원(4년간 활동)

2001년 7월 16일　성남시 수정문화정보센터 운영위원회 위원장

　　　　　　　　(2년간 활동)

2001년 7월 25일　송산 조 견 어린이문학상위원회 심사위원장

　　　　　　　　(2014년까지 활동)

2001년 10월 10일　최초 창작시집 〈적(跡)〉 발행

2002년 2월 6일　성남시 중앙문화정보센터 운영위원회 위원장

　　　　　　　　(6년간 활동)

2002년 2월 18일　성남기능대학(현 폴리텍대학) 학위수여식 때 자

　　　　　　　　작축시 낭송(2011년까지)

발자국 자리마다 가랑이, 꽃이 …

2002년 3월 9일　성남문화원 수석 부원장(4년간 활동)

2002년 4월 10일　성남시 수정도서관 자료선정위원(2015년까지)

2002년 8월 10일　중국 연길시 '연변시조시사' 창립 10주년 기념식

2003년 8월 16일　성남탄천문학회 창립회장(2004년까지) 및 제1회

　　　　　　　　탄천문학회 시낭송회 개최(9월 26일부터 4년간)

60세. 2001년 시집〈적(跡)〉
발간 소개 기사

연변시조시사

2003년 8월 26일　성남 수정 숯골축제추진위원(4년간 활동)

2003년 8월 30일　〈대학국어〉 발행

2003년 9월 23일　성남시 중앙도서관 제1회 백일장 심사위원

　　　　　　　　(2년간 활동)

61세. 2002년 8월 10일
'연변시조시사 10주년 기
념식'(중국 연길시)

62세. 2003년 10월 10일
성남 문화계 인사들

64세. 2005년 7월 7일
강정일당상 시상식

65세. 2006년 3월 22일
성남문화원장실 집무

2003년 11월 29일	연안 이씨 연성군파 종중 상임고문, 〈연성군 종보〉 창간호 전담(2003년 12월 30일~2005년)
2003년 12월 30일	〈성남지역 3·1독립운동 자료집〉 발행 전담
2004년 4월 28일	장서 2200권, 월남 파병 시절 타자기 등 자료 일체를 성남시 중앙도서관에 기증
2004년 8월 21일	한국문인협회(약칭 한문협) 제주지회 '여름창작교실' 주제 발표
2004년 9월 21일	연성군 휘호대회 최초 개최한 집행위원장 (4년간 활동)
2004년 9월 24일	성남시 중원문화정보센터 백일장 심사위원 (3년간 활동)
2004년 10월 3일	개천절 경축식 최초 거행 전담(2009년까지)
2004년 10월 24일	판교 연안 이씨 연성군 숭모제 집행위원장 (2년간 활동)
2005년 1월 1일	제1회 해돋이 거행 최초 제안(청계산정 석기봉)
2005년 1월 11일	한문협 '설록차' 시조부문 심사위원
2005년 2월 3일	〈월간문학〉 신인문학상 심사위원
2005년 6월 4일	판교 신도시 지명위원(3년간 활동)
2005년 6월 13일	아름방송 제1회 어린이글짓기 심사위원 (4차례 활동)
2005년 7월 1일	〈강정일당〉 발행
2005년 7월 14일	성남 광복절기념사업회 발족회장 및 기념식 거행(2005년 8월 16일부터 6년간)
2005년 12월 8일	성남시립국악단 창단연주회 노랫말 '아, 성남이여!' 제공
2006년 3월 9일	제10대 성남문화원장 취임(8년간 활동)

암천(巖泉) 한춘섭의 발자취

65세. 2006년

2006년 4월 25일	광주문화권협의회 창립주도 회장(현재 연속) 및 순국선열 추모제 최초로 광주–성남–하남 3개 문화원 교체거행(11월 10일부터 현재까지)
2006년 7월 16일	중국 요녕성 선양시 문화교류 방문(아내 동행)
2006년 8월 30일	〈성남 천림산 봉수〉 발행
2006년 9월 26일	분당서울대학교병원 발전자문위원(현재까지 활동)
2006년 9월 29일	제1회 삼봉사생대회 운영위원장(3년간 활동)
2006년 9월 30일	성남 지역문화해설사반 최초 개강(5년간 활동)
2007년 5월 2일	한국문화원연합회(약칭 한문연) 향토자료 선정위원(3년간 활동)
2007년 7월 10일	선양시 둔촌백일장 최초 개최(현재까지 연속)
2007년 7월 20일	〈한국의 봉수 40선〉 발행
2007년 8월 1일	성남교육청 학교명 선정위원(3년간 활동)
2007년 8월 1일	서현 문화의 집 위탁관리(7년간 활동)
2007년 8월 16일	성남문화재단 이사(7년간 활동)
2007년 10월 15일	숭렬전(남한산성) 제향 아헌관 봉헌(5년간)
2007년 11월 8일	국민의 시 낭송의 밤(한문연) 자작시 낭송자(5년간)
2007년 11월 14일	청주 한씨 영흥공(율동) 시제 아헌관 봉사(2회)
2008년 5월 8일	탄천페스티벌 기획자문위원(2년간 활동)
2008년 7월 4일	성남문화원 개원 30주년 기념식 및 〈성남문화원 30년사〉 발행
2008년 9월 5일	성남 모범시민상 심사위원(3년간 활동)
2008년 10월 13일	'둔촌(광주 이씨) 이야기 자리' 최초 거행(8회 개최)
2008년 12월 5일	'양평 군민의 노래' 노랫말 창작
2009년 2월 4일	한문연 〈우리문화〉 편집위원(5년간 활동), 한문연 경기도 부지부장(3월 16일부터 3년간 활동),

65세. 2006년 7월 18일
중학생 대상 문학 강의

66세. 2007년 5월 20일
1회 중국선양시 둔촌백일장
(주정부 광장)

66세. 2007년 김문수 경
기도지사 접견 기념

67세. 2008. 10월

67세. 2008년 10월 3일
개천절 축시 낭송

68세. 2009년
정월 대보름 축제

한문협 한국문학사 편찬위원(3월 24일부터 4년
간 활동), 한문연 운영위원(3월 30일)

2009년 4월 1일 '큰 역사의 숨소리가 있는 남한산성'
〈기호일보〉에 연재—28회

2009년 4월 9일 '성남 아리랑' 1악장 노랫말 발표
(시립합창단 104회)

2009년 5월 28일 작가 파견사업(성남 중원도서관) 특강(24회)

2009년 6월 30일 〈역사 속으로의 성남여행〉 발행

2009년 6월 30일 교장공모제 심사위원(성남교육지원청)(2회 위촉)

2009년 9월 28일 광주향교 추계석존제 종헌관 봉헌(하남시)

2009년10월 7일 문정공(율동 청주 한씨) 사우 준공식 축사

2009년10월 14일 한문연 대한민국문화원상 수상(성남문화원)
(2~3회 연속)

2009년10월 26일 한문연 국민의 시 공모 심사위원

2010년 1월 26일 성남시 도로명 주소위원회 '둔촌대로' 제안 가결

2010년 2월 2일 한문연 이사(5년간 활동)

2010년 4월 25일 〈역사 숨소리가 있는 남한산성〉 발행

2010년 5월 9일 둔촌문화제 행사 제안, 거행
(성남아트센터 앙상블시어터)(2년간)

2010년 6월 3일 '성남 아리랑' 2악장 노랫말 발표
(시립합창단 107회)

2010년 7월 5일 성남문화원 개원 32주년 〈성남인물지〉 발행

2010년 8월 14일 KBS라디오 방송출연 '나의 삶, 나의 보람'(40분간)

2010년 11월 4일 경기도문화원연합회 문화가족 합동연수회 좌장

2010년 11월 30일 〈성남 옛 이야기〉(공저) 발행

2011년 1월 20일 한문연 임원 선임규정소위원(2년간 활동), 한문

암천(岩泉) 한춘섭의 발자취

협 문학사료 발굴위원(3월 25일부터 3년간)

2011년	3월 29일	경기도립 성남도서관 운영위원장(3년간 활동)
2011년	9월 1일	경기도 가평 한석봉 유물 심의위원(4년간 활동)
2012년	1월 16일	〈우리 고장 성남〉(교육청 교재) 감수위원(3년)
2012년	2월 20일	성남상공회의소 회장 선거관리위원장
2012년	5월 25일	〈성남시 40년사〉 편찬 상임 부위원장(2년간 활동)
2012년	6월 1일	〈계절문학〉 특별대담 '한춘섭 시조시인' 수록
2012년	6월 11일	판교박물관 건립 추진위원(2년간 활동)
2012년	6월 13일	'기록사랑'(대전) 전국백일장 심사위원장
2012년	7월 6일	한문연 50주년 행사 선정위원, 〈한문연 50년사〉 편집위원(11월 6일)
2012년	8월 29일	한국문화원연합회 청와대(이명박 대통령) 오찬 초청방문
2012년	9월 20일	성남문화원 부설 향토문화연구소 20주년 기념식
2012년	11월 5일	성남문화재단 대표 선임위원 위촉
2012년	12월 26일	아버지(한동운) 탄신 100주년 추도제 봉행
2013년	1월 8일	'인문학 아카데미'반 최초 운영(2년간)
2013년	3월 12일	성남시립국악단 '문화충전-도시락'의 '국악, 그리고 시조' 초대손님 출연
2013년	3월 28일	〈한국문화원연합회 50년사〉 발행
2013년	5월 20일	한문연 지역문화센터 건립 추진위원(2년간 활동)
2013년	6월 26일	성남지청 검찰시민위원(2년간 활동)
2013년	10월 11일	'성남 아리랑' 전 4악장 완성, 노랫말 발표 (성남 시립합창단 공연)
2013년	10월 31일	KTV 인터뷰 방송출연 '희망의 새 시대'(첫 회)
2014년	2월 12일	'성남상의 창립 40주년 출판식' 자작축시 낭송

69세. 2010년 10월 8일
문화원의 날 기념사

70세. 2011년 성남시의원 연수 특강

70세. 2011년
성남검찰지청 직원 연수

71세. 2012년
〈성남시 40년사〉 상임 부위원 위촉

72세. 2013년
성남농협 주부대학 특강

72세. 2013년 7월 선진문화탐방

72세. 2013년 10월 11일
'성남 아리랑' 공연기념

73세. 2014년 3월 10일
성남문화원장 이임식

75세. 2016년 7월 19일
중국 상해임시정부 청사 방문

75세. 2016년 7월 24일
중국 森九선생 피신처 방문

2014년	3월 31일	송산 조 견 선생 묘역(평양 조씨) 시비 건립식
2014년	8월 14일	건국 66주년 기념식 자작축하시 낭송
2014년	10월 21일	한문협 〈월간문학〉 신인상 심사위원
2014년	10월 26일	어머니(윤준성) 탄신 100주년 추도제 봉행
2014년	11월 19일	한문협 주관, 한국문학상 외 5개상 심사위원
2015년	1월 2일	한국폴리텍대학 성남캠퍼스 명예도서관장
2015년	1월 8일	나의 회고록 초안 준비 시작(17개월간 작업)
2015년	4월 13일	한문연 부설 향토문화연구소 소장 위촉(현재)
2016년	2월 18일	〈우리문화〉 편집주간(현재)으로 통권 250호 편집, 발행 전담(3월 30일) / *표재순 회장, 고 이종인 소장, 이수흥 고문, 권용태 고문(문화계 원로인사) 특별대담 진행(3월 30일부터 현재)까지
2016년	5월 13일	한문연 청와대(박근혜 대통령) 오찬 초청방문
2016년	7월 18일	중국 항주사대 김재국 교수 초청으로 상해·소주 등 아내와 관광 및 아세아공동체 강좌 집행 교수 위촉 강연(7월 18~26)
2016년	10월 1일	광주 이씨 참판공 신도비 짓기 시작
2016년	10월 14일	문단 반세기 한춘섭 회고록 〈꽃은 첫새벽에 피어나더라〉 발간
2016년	12월 1일	〈월간문학〉 하반기 시조 총평(*예정)

암천(岩泉) 한춘섭의 발자취

강연·논문
발표(抄)

• 논=연구논문
• 강=초청강의
• 언=신문기사·방송보도

258

강연·논문 발표(抄)

1965년 12월 1일	논—여류시조고 〈시조문학〉(3회 연재)
1973년 10월 25일	논—정립되어야 할 시조진단 〈단대신문〉(2회 연재)
1973년 12월 1일	논—시조의 구상어 일고찰 〈시조문학〉
1974년 6월 1일	논—시조의 압운고 〈시문학〉(연재 2회)
1975년 2월 27일	논—현대 시조시 연구(단국대학원 석사논문) 외 1
1976년 12월 30일	논—이호우론 〈시조문학〉
1977년 8월 10일	논—운 조주현 시인론 〈시조문학〉 외 1
1978년 9월 30일	논—소정 정 훈의 시조시론 〈시조문학〉
1979년 9월 30일	논—만해 한용운의 문학 〈시조문학〉 외 1
1980년 6월 30일	논—조종현의 시조시 상고 〈시조문학〉 외 1
1980년 12월 10일	논—한국 근대의 시조시 개관(상) 〈시조문학〉 외 2
1981년 6월 30일	논—한국 근대의 시조시 개관(중) 〈시조문학〉
1981년 11월 30일	논—한국 근대의 시조시 개관(하) 〈시조문학〉
1982년 10월 23일	강—성남문협 전국문협지부장 대회 / 시조시의 점검 외 3
1982년 11월 17일	강—한국청소년연맹 시조 짓기 지도 / 한국의 시조시 문제(경성고)
1982년 3월 20일	논—시조시의 계승, 그 현장(첫째 〈문장〉지 분석) 〈시조문학〉 외 2
1982년 9월 30일	논—시조시의 계승, 그 현장(둘째 〈조선문단〉 분석) 〈시조문학〉
1982년 10월 25일	논—'시조'는 '시조시'로 바뀌어야 한다 〈광장 111〉
1984년 5월 27일	강—〈중앙일보〉 전국순회시조강연, 강릉 / 시조동인지의 맥락 외 1

1984년 8월 5일	강-한국시조시인협회 9차 세미나 / 시조시의 당면문제 몇 가지
1985년 3월 20일	언-〈중앙일보〉 6면 '국내 최대의 시조사전이 나왔다'
1985년 3월 21일	언-〈경향신문〉 5면 인물광장
1985년 3월 25일	언-〈동아일보〉 6면 2만여 수의 시조 큰 사전 발간
1985년 3월 25일	언-KBS1라디오(오후 10시 5분~45분), '10시에 만납시다' 초대
1985년 3월 29일	언-〈일간스포츠〉 12면 시조문학의 모든 것 〈한국시조큰사전〉 발간
1985년 4월 1일	언-〈월간문학〉 4면 문인동정소식
1985년 5월 13일	언-〈경인일보〉 6면 작품의 산실(1998) 시조시인 한춘섭
1985년 11월 14일	강-양평문화원 향토논단 / 시조시와 한글 창제 외 4
1985년 12월 20일	논-김무원의 시조시 평설 〈시조학 논총〉 창간호
1986년 2월 5일	강-한국문예진흥원 민족논단 / 민족문학과 청소년의 자세(평택 외 5)
1986년 5월 10일	강-한국시조시인협회 상설시조학교 / 시조문학 개론(수원 외 7)
1986년 5월 13일	언-〈경인일보〉 : 시조 참뜻 새겨 전승에 한몫(상설시조교실)
1986년	강-동백예술문화진흥원 / 육당과 춘원의 시조시관(부산)
1986년 9월 14일	언-KBS1라디오(오후 8시~8시45분) '8시 문화 싸롱' 초대대담 (《영역, 시조시선》 간행)
1986년 9월 18일	언-〈중앙일보〉 : 영역 〈시조시선〉 첫 출간
1986년 12월 20일	논-하보 장응두론 〈시조학 논총〉2
1986년 9월 20일	논-시조시의 계승, 그 현장(셋째 〈시조문학〉 분석)
1987년 11월 30일	강-문예진흥원 민족논단 / 시조시 창작지도(여주)
1987년 12월 10일	논-소파 정현민의 시조시 일고(연재1) 〈시조문학〉
1987년 12월 10일	논-시조시의 계승, 그 현장(넷째 〈동인지〉 고찰1), 〈현대시조〉
1988년 1월 23일	강-문예진흥원 민족논단 / 시조시 속의 충과 효(성남 외 8)
1988년 3월 5일	논-시조시의 계승, 그 현장(넷째 〈동인지〉 고찰2), 〈현대시조〉
1988년 6월 10일	논-소파 정현민의 시조시 일고(연재 2)〈시조문학〉
1988년 7월 15일	논-시조시의 계승, 그 현장(넷째 〈동인지〉 〈고찰3〉), 〈현대시조〉

암천(岩泉) 한춘섭의 발자취

1988년 10월 30일	논ㅡ조철운의 시조시 몇 편 〈현대시조〉
1988년 12월 25일	논ㅡ시조시의 계승, 그 현장(넷째 〈동인지〉 고찰4), 〈현대시조〉
1988년 11월 26일	논ㅡ'현대 시조시의 몇 가지 문제', 한국시조학회 8회 연구발표
1989년 3월 25일	논ㅡ시조시의 계승, 그 현장(넷째 〈동인지〉 고찰5), 〈현대시조〉
1989년 6월 10일	강ㅡ한국시조시인협회 상설시조학교 / 시조창작 지도(성남 외 4)
1989년 6월 25일	논ㅡ시조시의 계승, 그 현장(넷째 〈동인지〉 고찰6), 〈현대시조〉
1989년 6월 30일	논ㅡ육당 최남선론 〈시조생활〉 창간호 및 〈번역시조시선〉, 〈한국시조큰사전〉(표 2~3쪽 전면광고)
1989년 9월 25일	논ㅡ시조시의 계승, 그 현장(넷째 〈동인지〉 고찰7), 〈현대시조〉
1989년 10월 30일	논ㅡ조 운 시인론 〈시조생활〉
1989년 11월 30일	논ㅡ철운 조종현 시인의 생애와 시조시 〈시조문학〉
1989년 12월 13일	강ㅡ영릉촌 시 낭송회 / 명작 시조시 해설
1989년 12월 25일	논ㅡ철운 조용제 시승의 시조시 평설 〈현대시조〉
1989년 12월 31일	논ㅡ남령 조영은의 시조시 진단 〈시조생활〉
1990년 2월 28일	논ㅡ찾아 낸 조 운 시인의 편모 〈시조문학〉
1990년 2월 28일	논ㅡ시조에 관하여, 중국조선족 문학지 〈도라지〉
1990년 3월 25일	논ㅡ시조시의 계승, 그 현장(넷째 〈동인지〉 고찰8), 〈현대시조〉
1990년 5월 19일	강ㅡ한성독서대학 강좌 / 글짓기 요건 외 3
1990년 5월 25일	논ㅡ은촌 조애영의 작품세계 〈시조생활〉
1990년 5월 28일	언ㅡ〈대구대신문〉 415호 〈한국 시조시 논총〉을 읽고(문무학 서평) '현대시조의 총체적 모습 밝힌 역작'
1990년 7월 25일	언ㅡ〈시조생활〉 5호 : 한춘섭 저 〈한국 시조시 논총〉을 읽고(원용문 서평)
1990년 8월 11일	강ㅡ국제어문학 연구발표 / 현대 시조시의 몇 가지 문제
1990년 11월 10일	언ㅡ〈시조생활〉 6호 : '하얀 마음, 인사를 드립니다'(송정환 서평)
1990년 11월 17일	언ㅡ〈풍생〉 13호 : 한춘섭 선생님 댁을 찾아서(탐방기)
1991년 1월 23일	강ㅡ영광군번영회 / 조 운 시조의 우수성 외 4
1991년 4월 20일	논ㅡ문사 양상은의 시조시 소개 〈시조생활〉

강연 · 논문 발표 (抄)

1991년	5월	29일	강—성남국민학교 교원연수 / 국어교육의 지도방안
1991년	6월	25일	논—문사 조의현의 시조시 소개 〈현대시조〉
1991년	7월	22일	논—조 운 시조시의 우수성 〈시조생활〉
1992년	4월	13일	언—〈도시신문〉 : 전통시조와 함께한 외길 인생(시 사람)
1992년	6월	30일	논—〈문장〉지에 나타난 시조시 편모 〈노촌 김동준 박사 회갑기념집〉
1992년	8월	10일	강—경기도립성남도서관 / 성남이 추앙해야할 강정일당 외 5
1992년	11월	1일	언—〈통일한국〉 107호 : (뉴스의 인물) 통일주제로 장시 쓴 시조 시인 한춘섭
1992년	12월	3일	강—성남문화원 강연 / 선비정신
1992년	12월	15일	논—장시조의 논의(상) 〈현대시조〉
1993년	2월	15일	논—강정일당 문사 고찰 〈성남펜2〉
1993년	3월	10일	논—장시조의 논의(중) 〈현대시조〉
1993년	6월	1일	논—장시조의 논의(하) 〈현대시조〉
1993년	8월	10일	강—성남도서관 강좌 / 청소년의 진로 외 4
1993년	12월	20일	논—왕산 하한주 신부의 시 세계 〈천주교문학〉
1994년	5월	1일	논—연변시조시의 현주소 〈천지〉 398호
1994년	5월	20일	논—성남 한시동인 〈시집〉 자료 고찰 〈성남문화연구〉 창간호
1994년	8월	14일	강—연변시조시사 / 우리 시조문학의 본령 외 2
1994년	11월	19일	논—모란의 어제와 오늘 〈풍생〉 15호
1994년	12월	1일	논—중국 연변 시조시 개관 〈현대시조〉
1994년	12월	15일	언—〈성남펜〉 3호 : 시조시인 암천 한춘섭 문학론(김명옥 비평)
1994년	12월	30일	논—모란지역의 향토사 정리 〈성남문화연구 2〉
1995년	10월	20일	강—성남YMCA 시민포럼 / 건전한 청소년문화 형성 외 5
1995년	12월	20일	논—성남지역 의병사 연구 〈성남문화연구 3〉
1996년	7월	18일	언—〈양평군민신문〉 57호 : 문학의 해와 군정(말발—안금식 편집국장)
1996년	7월	25일	언—〈양평군민신문〉 58호 : 양평이 배출한 시조시단의 거목, 암천 한춘섭 시조시인의 진면목(기사 안금식 취재)(이후 62호 연재)

1996년 9월 16일	강—광주 이씨대종회 월례회 / 훌륭한 선양사업 외 7
1996년 10월 14일	언—〈분당신문〉: 성남시문화상 한춘섭 시인 수상
1996년 12월 1일	언—〈산성문화〉 5호 : 성남시문화상 수상자 한춘섭(인물탐구)
1997년 1월 20일	논—남한산성 가톨릭 순교사 고찰 〈성남문화연구 4〉
1997년 7월 7일	언—〈분당신문〉 6 : 향토사학자 한춘섭 씨 '향토역사박물관 건립이 꿈'(인터뷰)
1997년 7월 11일	강—우리지역 사랑 역사문화 강좌 / 문학작품 속에서의 남한산성 위상(광주·하남 초·중·고 교감·교장단) 외 1
1997년 6월 17일	강—성남시민문화대학(문화원) 향토역사반 1~2기 강좌 (성남지역 재조명 외 1)
1997년 10월 9일	논—삼학사와 시문학 고찰 〈성남문화원 2회, 국제학술회의〉 주제 발표, 이 발표 토론문 : 김천일 중국 심양시 요녕대학 교수가 '정의를 칭송하는 일편의 정기가(正氣歌)(토론 논평문)
1997년 11월 25일	강—성남문화원 충효교육 / 3학사를 통한 애국정신(성인고 외 3)
1998년 2월 10일	논—광복 이후 성남의 역사 〈성남의 역사와 문화〉
1998년 3월 30일	언—〈분당신문〉: 잘못 인식된 시 위상 알리기에 앞장 설 터(인터뷰)
1998년 5월 14일	언—〈조선일보〉: 교수도 인정하는 성남 '지역연구가'(시티피플)
1998년 9월 22일	언—〈신구학보〉: 행동하는 지식인이 문화를 만든다
1998년 11월 10일	강—성남문화원 내 고장 바로 알기 교육 / 성남의 옛 역사(검단초 외 5)
1998년 10월 30일	강—둔촌문학상위원회 3회 수상식 / 둔촌, 그는 누구인가?
1999년 1월 21일	언—〈분당신문〉: 지역 지면 전면 재검토 절실(대담)
1999년 3월 1일	강—성남 3·1운동 1회 기념식 / 율동에서의 독립만세운동 설명
1999년 3월 22일	언—성남케이블 아름방송: "만나고 싶었습니다"(20분씩 6회 방송)
1999년 7월 22일	논—송산 조 견 인물연구 〈성남문화원 학술토론회 1〉
1999년 8월 14일	강—한국시조시협 여름세미나 / 시조시의 변용과 탐색 외 12
1999년 12월 29일	강—경기도 초·중등교사 일반연수— 한국 시조문학의 개관(의정부 외 2)

2000년 1월 20일	논-둔촌 이 집 연구 〈성남문화연구 5〉	
2000년 2월 29일	논-향토인물의 기초연구 〈성남문화연구 6〉	
2000년 6월 1일	언-〈시조문학〉 135호 : 시인특집(표지인물사진 외 대표작, 약력 등)	
2000년 7월 22일	강-조 운 탄생 100주년 기념사업회 세미나	
	'분단역사 속 조 운의 행적 외 8'	
2000년 8월 21일	언-경기방송FM : 성남 3·1운동기념사업회 창립위원장	
	(오후 초대석 10분간 방송)	
2001년 1월 8일	강-중원도서관 겨울독서교실 / 성남역사 바로 알기 외 15	
2001년 2월 20일	논-근·현대 성남의 역사 시론 〈성남문화연구 7〉	
2001년 3월 2일	언-〈id분당〉 18호 : 분당에서의 3·1운동(인터뷰)	
2001년 4월 12일	강-수정도서관 족보교실 / 한국인의 성씨 유래	
2001년 10월 16일	언-〈리빙타임즈〉 388호 15쪽 : 한춘섭 시인, 등단 35년 첫 시집!	
2001년 11월 8일	언-〈내일신문〉 408호 37쪽 : 발자국 자리마다 가락이(책 소개)	
2001년 12월 30일	논-학고 권오선 문사의 한시연구 〈성남문화연구 8〉	
2001년 12월 31일	논-성남의 현대 역사 〈성남의 역사와 문화유산〉	
2002년 3월 9일	언-〈포커스〉 25쪽 : 발품으로 되살린 향토역사('피플')	
2002년 3월 15일	강-성남문화원 문화학교 역사반 강의 / 남한산성 역사이야기 외 13	
2002년 6월 19일	강-여성복지회관 노인대학 특강 / 우리 성남시 바로 알기	
2002년 8월 10일	강-연변시조시사 성립 10돌 세미나 / 20세기 시조시 개관	
2002년 8월 16일	언-아름방송 : 성남지역 거리이름 소개	
2002년 9월 6일	논-탄천 이지직의 청백리 정신 〈성남문화원 학술회의 7회〉	
2002년 12월 26일	언-아름방송 : 문화계 결산(향토문화) 총평	
2002년 12월 30일	논-박태현 작곡가 예술 활동 연구 〈성남문화연구 9〉	
2003년 1월 8일	강-중앙도서관 독서교실 답사 해설 / 성남의 역사기행 외 13	
2003년 2월 1일	언-〈월간문학〉 408호 490쪽 : 도도한 민족의 서정, 연변에 부는	
	시조시 바람(중국 조선족 시조시사 창립 10주년의 성과와	
	전망) 기청(정재승 시인)의 비평	

암천(岩泉) 한춘섭의 발자취

2003년 9월 21일	논─성남시 향토문화의 반성 〈성남문화연구 10〉
2003년 12월 30일	언─아름방송 : 문화계 결산(뉴스)
2004년 2월 2일	논─연이, 연성군 가계 연구 〈성남문화원 학술토론회 2회〉
2004년 3월 5일	언─〈뉴스리더〉 16호 : 만나봅시다(한춘섭 저서 소개)
2004년 4월 1일	논─그리움과 기다림의 조선족 대표시인 〈시조월드〉
2004년 7월 18일	강─탄천문학 캠프 / 우리 문학으로서의 시조시 전통 외 17
2004년 8월 21일	강─제주문협 여름문학 창작교실 / 민족문학의 실체(시조시 중심)
2004년 9월 9일	언─지역신문 〈UP〉 84호 : 문화체험에서 만난 한춘섭 교수
2004년 12월 29일	언─〈아름방송〉 : 문화계 결산(뉴스)
2005년 1월 7일	강─중원도서관 독서교실 / 성남의 인물 안내 외 6
2005년 5월 31일	논─분당의 역사와 문화현장 〈분당문학〉 창간호
2005년 7월	언─〈아름방송〉(ABN) : 내 고장 성남 동별 소개(10분간 28회) :
	7월부터 6개월 이상 연속방영
2005년 8월 15일	언─광복절 개최 : 8·15광복 60주년 기념식(성남시 최초 행사)
2005년 9월 4일	논─삼봉 이극증 인물연구 〈성남문화원 학술회의 10회〉
2005년 9월 20일	논─성남의 충효인물 조사 〈성남문화연구 12〉
2005년 11월 25일	논─광이(廣李) 문중의 무인열전 〈성남문화원 학술토론회 3〉
2005년 12월 30일	언─아름방송 : 전통문화 결산(뉴스)
2006년 4월 4일	언─FM분당라디오(차 한 잔 합시다) : 지역사랑과 역사의 뿌리의식
2006년 4월 19일	강─탄천문화포럼 창립식 / 탄천의 역사적 배경 외 4
2006년 6월 21일	언─〈조선일보〉 12면 : 광주·성남·하남은 한 가족 3형제
	(우리 동네 사람들)
2006년 9월 29일	언─성남시립국악단 : 창단 1주년 기념공연
	(내 창작시로 작곡·공연)
2006년 10월 1일	논─100년 시조시, 민족문학 살피기 〈시조월드〉
2006년 10월 9일	언─〈아름방송〉 : 한글날 국경일로 승격(뉴스해설)
2006년 11월 23일	강─성남시 심포지엄 / 성남문화 정체성 찾기와 시립박물관

강연·논문 발표(抄)

2007년 9월 15일	강-탄천문학 캠프 / 우리 전통문학, 시조시 외 2
2007년 9월 20일	논-성남의 역사와 문화 정체성 찾기 〈성남문화연구 14〉
2007년 10월 1일	언-〈우리문화〉190호 :
	'거센 걸음으로 도약하는 문화원'(문화원 탐방)
2008년 1월 21일	언-아름방송 뉴스 : 성남문화원의 올 특색사업 대담
2008년 1월 28일	강-성남교육지원청 초등교원 연수 / 향토교육력 향상 외 4
2008년 3월 5일	강-한국전력공사 성남지점 직원연수 / 성남의 역사
2008년 3월 25일	강-성남지역사회 교육협의회 교사연수 / 남한산성
2008년 4월 24일	강-서울 거여동 3공수단 정훈교육 / 남한산성 역사이야기
2008년 6월 23일	언-〈id Weekly〉382호 : 개원 30주년 맞이한 성남문화원장 한춘섭
2008년 6월 26일	언-〈분당일요신문〉개원 30주년 기념식 개최 외 2
2009년 1월 8일	언-〈Soft-plus〉7호 20쪽 : 성남시사 편찬, 우리가 맡겠습니다
	(신년대담)
2009년 1월 12일	강-서현 문화의 집 문학교실 강좌 / 시조문학 총설과 개론
	(12번) 외 5
2009년 1월 31일	언-〈도시신문〉624호 : 성남문화원이 달라지고 있다(포커스)
2009년 4월 1일	언-〈The People〉36호 30쪽 : 성남문화원에는 역사와 문화가 있다
2009년 4월 1일~	언-〈기호일보〉성남의 역사 뿌리(특별기고, 총 28회 연재)
2009년 5월 28일	강-중원도서관 작가 파견사업 강의 / 시조시 강좌(24번)
2009년 6월 6일	언-〈아름방송〉, 전화인터뷰(20분간) : 현충일 유래 설명
2009년 7월 15일~	언-〈아름방송〉, 전화인터뷰(10분간) : 성남시 미래사회
2009년 8월 1일	언-〈아트뷰〉8월호 : '살어리 살어리랏다, 성남에 살어리랏다'
	(피플, '정재왈의 현문잡설' 인터뷰 : 성남문화원장 한춘섭)
2009년 8월 15일	강-학술토론회 7회 기조발표 / 성남지역 독립운동사 연구의 과제
2009년 9월 21일	언-〈Weekly People〉638호 72쪽(Social 성남문화) :
	신도시 꽃피우는 성남문화원
2009년 12월 23일	강-성남행정동우회 특강 / 성남 역사이야기

암천(岩泉) 한춘섭의 발자취

2010년 1월 29일	강-성남시민포럼 세미나 / 성남의 얼굴을 찾자 외 21
2010년 8월 14일~15일	언-KBS 한민족방송 : 나의 삶, 나의 보람(인터뷰, 40분씩 2회 방송)
2010년 8월 20일	강-문학의 집. 서울 '음악이 있는 문학마당' / 조 운 문학세계
2010년 12월 9일	언-〈중부일보〉 13면 : 성남의 역사와 문화(특집)
2010년 12월 12일	강-〈FM분당라디오〉 언론인연수 / 한국문학의 감동 읽기
2011년 2월 28일~	언-〈아름방송〉 : '해설이 있는 명시'(15분씩 5회 방송)
2011년 3월 1일	언-〈아트뷰〉 66호 8쪽 : 모란시장의 역사-
	그곳에 가면 삶이 있다, 정이 숨 쉰다 외 2
2011년 9월 6일	강-성남시의회 의정연수 / 성남역사와 문화유산 외 8
2011년 10월 18일	강-한문연경기도지회 시낭송회 / 경기도의 큰 어른, 포은 '단심가'
2012년 1월 4일	강-성남문화원 '성남학 아카데미반' 1기생 /
	성남문화유산과 스토리텔링 외 10
2012년 1월 18일	강-소비자시민모임 지도자 강좌 / 모란 개척의 역사
2012년 5월 16일	강-성남예총 예술인 워크숍 / 성남 예술가의 행보
2012년 6월 15일	언-〈계절문학〉 19호 : 중국조선족에게 시조를 전파하는
	시조시인 (특별대담)
2012년 6월 26일	강-가천대학교 여성대학 / 정일당, 성남의 큰 인물
2012년 7월 23일	강-성남시립합창단원 연수 / '성남 아리랑' 창작 배경
2012년 9월 20일	논-성남 관할의 서원, 사당 조사자료 〈성남문화연구〉 19호
2012년 9월 20일	언-〈성남문화연구〉 19호 : '성남 아리랑'의 가치와 작품성에
	관한 연구(권 일 연구위원, 성남시립합창단)
2012년 10월 22일~	언-〈성남·광주신문〉 창간호 : 에세이 향토사(5회 연재)
2013년 3월 12일	강-성남시립국악단 '문화충전-도시락' 초대손님 /
	국악, 그리고 시조 외 20
2013년 5월 24일	강-중국 선양시 국제한국학교 전교생 / 청소년의 미래
2013년 5월 25일	언-성남문화원 11회 학술토론회 : 중·한 문화교류(주제 발표)
	리창인-전통문화 교류의 참신한 모습

강연 · 논문 발표(抄)

최룡관–시조 우물을 파주고 물이 넘치게 한 사람

림금산–중·한 문화교류의 의미

김재국–중·한 시조문학 교류사에 남긴 성과

나의
저서

나의 끈기와 집념으로 만들어진
한국시조큰사전

현대시조시 : 18,331수 / 고시조 : 3,660수가 수록된
한국시조시 대백과라 할 수 있다. 이밖에 희귀 영인본
19권 / 시조인 총람 / 시조 시사 연대표 기타 시조시
참고자료 등이 들어있다.(총2,016쪽)
국문학사의 영원한 기념비적 저서 출간' 등의 제목으
로 1984년 전국 주요 일간신문 문화면에 소개됐다.

〈한국 번역 시조시〉(영역집)　　〈고시조 해설〉(연구지)　　〈한국 시조시 논총〉(논문집)

〈남한산성〉(지역사 답사기)　〈성남인물지〉(지역 인물 사전) 〈성남문화원 삼십년사〉(문화원 연혁지)

〈강정일당〉(인물연구집)　〈중·한 문학교류의 성과〉(토론집) 〈현대시조시연구〉(석사학위 논문집)

〈대학국어〉(대학 교양과목 도서)　〈적(跡)〉(한춘섭 첫 시조시집) 〈한국근대시조시인연구〉(인물연구집)

암천(岩泉) 한춘섭의 발자취

성남 아리랑 1부, 2부

성남시의 시 승격
40주년 기념
성남 아리랑
전 4악장 16편의
시조시 작품

뮤지컬 창작공연작
(2013년 10월 11일)

성남 금석문대관

〈성남 文化 유산〉
(자비 출판·발행된 지역 연구서)

〈하얀마음, 그 안부를 묻습니다〉
(중국 조선족 시조시집)

〈민들레 홀씨 둘이서〉
(리상각·한춘섭 의형제 시집)

상패와 증서

▶▶2011년 12월
성남시청 종무식 때 경기도지사 표
창장 전수식(이재명 성남시장)

▶2014년 3월 10일
성남문화원장 재직 때 지역민들 문
화향유 증진과 지역문화 창달공로
로 유진룡 문화체육관광부 장관으
로부터 받은 공로패

▶▶2015년 4월 13일
이경동 한국문화원연합회장으로부
터 받은 한국문화원연합회 부설 향
토문화연구소장 위촉패

▶2012년 9월 22일
중국 심양 '둔촌(遁村) 백일장' 행
사 공헌으로 심양시교육연구원으
로부터 받은 공로패

▶▶2016년 2월 18일
이경동 한국문화원연합회장으로부
터 받은 한국문화원연합회 기관지
〈우리문화〉 편집주간 위촉장

암천(岩泉) 한춘섭의 발자취

연변시조시사로부터 받은 감사장
(2004년 12월 21일)

연변시조시사로부터 받은 감사패
(2002년 8월 15일)

2013년 5월 25일
시조시인으로서 중·한 자매도시 심양과 성남의 문화교류와 우의증진 공로로 권춘철 심양시조선족문학회장으로부터 감사패를 받음.

2014년 3월 10일
성남문화원장 재임 때 지방문화원 균형발전 및 지역문화 창달에 기여한 공로로 오용원 한국문화원연합회장으로부터 공로패를 받음.

2014년 3월 10일
제10, 11대 성남문화원장 재임 때 (부설)향토문화연구소 설립을 제안, 소장을 하면서 향토사연구를 개척한 공로로 김대진 제12대 성남문화원장으로부터 재임기념패를 받음.

2014년 3월 10일
성남문화원 부원장·원장을 지내면서 송산 조공묘를 성남시향토유적 제3호로 지정받고 '송산어린이문학상'을 제정, 시행한 공로로 조종호 평양조씨 송산공 종회장으로부터 감사패를 받음.

2009년 12월 31일, 2011년 12월 31일 성남문화원장으로 경기도 문화예술 창달에 이바지한 공로로 김문수 경기도지사로부터 2회에 걸쳐 받은 표창장

월남전 '참전유공자증서'
(2008년 5월 20일)

국가유공자증서(2011년 10월 1일)

상패(제12호)
학술부문 향토문화연구소 부소장 한춘섭 "귀하께서는 평소 시민과 함께하는 시정 발전에 헌신 노력하셨으며, 특히 청소년 문화 교육과 우리고장 문화 발전에 기여하신 공로가 크므로 제4회 성남시 문화상을 드립니다."(1996년 10월 12일). 성남시장 오성수

상패(제8호), 학술부문 大賞 한춘섭 "위 분을 제6회 六堂時調詩文學賞 學術부문 수상자로 결정하여 이 상패와 부상을 드립니다."
1990년 4월 3일 육당 시조시 문학상 운영위원회 위원장 이태극 / 심사위원 : 장덕순, 정한모, 심재완

표창장(제10198호)
풍생고 교사 한춘섭 "위 사람은 민주시민 교육을 통하여 우리 사회의 바른 가치관 확립과 건전한 생활 기품조성에 공이 크므로 이에 표창함."(1992년 12월 19일) / 교육부장관 조완규

표창장(제120902호)
풍생고 교감 한춘섭 "귀하는 평소 맡은 바 직무에 정려하여 왔으며 특히 2세교육을 통하여 국가 사회발전에 기여한 공이 크므로 이에 표창함."(1999년 8월 31일) / 대통령 김대중

성남시 중앙도서관
도서·자료 기증

2004년 4월 28일 성남시 중앙도서관에 개인 장서와 소장 자료 일체를 기증했다.

기증자료 코너

기증인 : 巖泉 한춘섭 시인
기증일 : 2004. 4. 28
기증권수 : 시 문학자료 총 2,254권

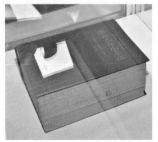

巖泉(암천) 한춘섭의 발자취

2004년 4월 28일 개인용 한글타자기를 중앙도서관에 기증했다. 이 타자기는 필자가 월남전 참전 때부터 40년 이상 사용한 것으로 나의 청춘시절 땀과 열정이 배어있다.

2016년 8월 9일 오랫만에 장서를 기증한 성남중앙도서관을 방문해 중앙도서관 운영위원 장 봉사 시절을 회고하며 이야기를 나눴다.
(왼쪽부터 이정복 관장, 왕성상 기획자, 필자, 김위성 도서관지원과장, 강 민철 컬처플러스 대표)

내 삶의 꽃잎들

반평생 연구자료들을 모으고 기록해 스크랩 바인더에 정리해 뒀다.

내 삶의 꽃잎들

십수 년째 하루하루의 일과를 테이블 달력에 적어오고 있다.

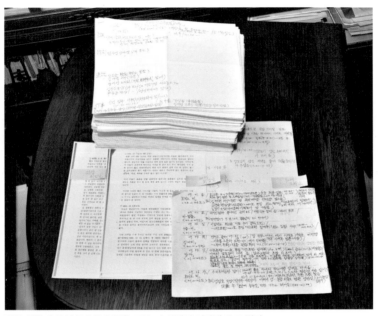

일상 생활 속에서 중요한 일들은 조금 더 상세히 기록해 오고 있다.

10여 년 전부터 과거, 현재, 미래의 일들을 포켓 수첩에 기록하고 있다.

사랑라는 나의 가족

사랑하는
나의 가족

필자 부부

필자 가족

처가 · 큰처남 가족

둘째처남 가족

아들 가족

사위 가족

처 조카 가족

처형 · 조카 가족

처 일가

사랑라는 나의 가족

처 일가

친인척 일가

장손 한준용

둘째 손자 한지용

외손녀 김민지

외손자 김진겸

'문단 반세기' 시조시인 한춘섭의
작품 20선

- 천년 동트는 새날에
- 합장(合葬)
- 떠난 이들 이야기
- 새 봄을 위하여
- 선사(先史)의 부싯돌
- 탄천(炭川)–강이 되는 꿈
- 고운사(孤雲寺)
- 솟구친 이 나라여!
- 별 섬
- 의병(義兵)의 노래

- 꽃사태
- 그리운 독도(獨島)
- 북촌(北村)에서
- 마흔 해 성남(城南)이여!
- 사초(沙草)를 하며
- 성남 아리랑 〈제4악장 中〉
- 우뚝 선 탑은
- 해 뜨는 순간에
- 나라 있음에
- 아침 강안

천년 동트는 새날에

천년의 불 당겨서 새벽이 깨는 날은
차디찬 탄천(炭川) 물빛 꿈자리 설친 채로
사람들 모두 모여라, 어둠 열고 일어서라

어제는 한강 옆길 묏 부리로 달려 왔다
오늘도 굽은 능선 세기(世紀)를 함께 넘나
오오랜 산하 더불어 졸음 터는 이 아침

산성 남향 솔 나무에 액(厄)막이 끈 둘러진 곳
무엇을 소원하랴 말없이도 아는 바람
이 겨레 허리 시린 일, 반도는 목이 쉰 일

부침(浮沈)의 역사 갈피 손 모두고 달래 보는
마알간 정화수된 천지 물을 길어다가
해맞이 활짝 문 열고 꽃 뿌리에 적시리라

천년의 불 당겨서 새벽이 깨는 날은
청계산(淸溪山) 푸른 호흡 더불어 맞으리니
사람들 모두 모여라, 어둠 딛고 일어서라

〈성남상의〉 제267호(2000년 1월 1일) 5년째 신년시무식 시 낭송작

합장(合葬)

휘둘린 목숨 줄은 구차한 생을 끌고
서슬 퍼런 강점기(強占期) 무력한 눈빛으로
그 시절 뭘 하며 살까, 답 아는 이 있었을까

장례(葬禮)는 사치여서 귀양 보다 적막한 산
삽 끝에 따라 나온 예순 해도 지난 단추
아버지, 공허한 이름 너무 어려 모르고

종가(宗家)의 맏며느리 인습의 굴레런가
형(刑)틀 짜는 식솔(食率)들 이고지고 품으셨다
차라리 미움이라던 지아비를 묻은 채
굳은 살 너무 깊어 가시조차 무뎌진 손
눈물 밭 갈던 땅은 가슴만큼 고랑졌네
어머니, 설움을 벗고 저승 가벼이 가자시나

암울은 무채색으로 그 하늘을 가려도
발목 절며 건너온 봄 장한 햇살 덮어주면
모순(矛盾)은 바늘을 뽑고 날아 보리. 흰 나비로,

〈시조문학〉 제135호 특집 (2000년 6월 1일)

떠난 이들 이야기

문진(文陣)을 떠나 살며 불꽃이 되었구려
그대들 거기서도
글 고르기 한답디까?
등뼈에
시조시 메고
큰 의지로 사더니만...

스스로 깊은 강물, 목청껏 외치다가
가락에 혼 실린 채
횃불 든 사나이였지
이제야
센 물살 일렁여
가만 생각 되뇌입네.

민족시네 겨레시네 토론장 불빛 아래
그때야 핏돌기로
천고(天鼓) 칠 듯 하였구려
강물이
말한답디까?
바닥 밑의 이야기를.

온통, 낯선 이들로 새 바람 일렁이여
어쩜, 질경이 풀씨
새 봄 밝혀 오겠네만,
세월이
가려 줄테요
궁궐 뜨락 품계석(品階石).

〈월간문학〉 제391호(2001년 9월 1일)

새 봄을 위하여

파르라니 봄볕 속 찾아드는 우수절은
남아있는 찬 바람을 밀어내며 오고있네
멍울을 터뜨리거라, 꿈을 보러 떠나 보라.

봄 여름 가을 겨울 다시 또 보낸 시간
들고 난 발자국에 푸른 뜻 사려 두고
새 하늘 그려 갈 빛살을 아로 새겨 두었고나.

남한산성 능선마다 드높던 큰 의지여
샛강은 맑게 흘러 큰 강에 흐르나니
산하도 날개 펼친 채, 이 강산 지키라네.

멀고 긴 목마름 속 갈길 찾던 젊음으로
우리는 높은 곳에 보람을 두었니라
친구여, 빛나는 배움 터 우뚝 세울 꽃바람.

기상은 폿대위에 굳건히 자리하고
울리거라, 천고(天鼓)치 듯 연(鳶) 날리 듯 오르거라
폴리텍 성남캠퍼스 산업학사 그대들아!

한국폴리텍대학 성남캠퍼스 학위수여식 시 낭송작 (2002년 2월 19일 이후 11년 연속)

선사(先史)의 부싯돌

동방의 밝은 아침
새 해야 올라 서라
저린 산맥 뜸자리 약이 되는 온기(溫氣)로
물 겹겹
산 겹겹마다
술술 풀리는 소망이여

상고사(上古史) 펼치리라
옛 계약의 두루마리
물 풀어 바람 적신 선조의 붓대 들어
오천 년
증거의 이 땅
옥새(玉璽)로 다져 보리

백두의 분화구
한라의 분화구도
선사의 부싯돌로 사뤄 피는 혼(魂)불 되어
빛 부신
이 강토 이 겨레
거느려라. 만산(萬山)을─

뼈와 살 내 할배적
유전자를 찾아서
시시비비 가려 줄 머릿돌은 있나니
돌이든
나무이어든
새겨가라. 역사여─

〈성남상의〉 제328호(2005년 1월 1일)
제1회 '성남시 해돋이'(성남문화원) 축하자작시 낭송작 외
4회 '국민의 시 낭송의 밤'(한국문화원연합회) 낭송시

탄천(炭川)-강이 되는 꿈

물은 제 뜻으로 저리 흘러 왔을까
흐르다 기막히어
짓무른 발목 근처
쇠오리
친정 다녀와 새 식구만 늘립니다.

바람도 재우지 못한 새벽 여울 은어떼
가난한 새떼들이 떨구고 간 젖은 깃털
꿈꾸며
저어 갈 맨발 하얀 물만 마십니다

돌무덤 주인 깨울 청동(靑銅)방울 소리도
움집에 들어 살던
순한 사람 얼굴도
아련히
잊었던 기억 길 이름만 새깁니다

흰 눈 오면 차디찬 징검다리 에돌아서
먼발치 샛강으로
품을 팔며 가는 것은
죽도록
그리워지면 떠나야 할 이윱(理由)니다

성남아트센터 개관기념 '명사초청, 시 낭송의 밤' (2005년 12월 5일)

291
시조시인 한춘섭의 작품 20선

고운사(孤雲寺)

천 년 솔 숲 흙길에
바랑이 멘 동자승(童子僧)
아리아리 어린 나이
겹디 겨운 고요는
산 허리
작은 돌담불
기댈 마음 없습니다

물도 아프지 마라
저 갈 길로 보내고
바람도 젖은 바람
등을 쓸어 보내는
가운루(駕雲樓)
속 깊은 누각
운판 소리 떠 갑니다
빛나던 때 언제일까
치레 벗은 '연수전'에
살 내린 문틈 열고
등이 굽은 달빛 들면
그리움
안채비 소리
산을 넘어 갑니다

치레를 거둔 후에
생(生)도 저리 가벼울라
부처나비 먹그늘 나비
'연수전'에 불러서
때로는
사랑조차도
놓아주라 합니다

〈월간문학〉 제448호(2006년 6월 1일) 외 〈유심〉 2007 가을호

숫구친 이 나라여!

태초, 몇 번 철이 들고
오늘에 이르렀더냐
옛 조선 나라 세운 세 어른 3천 무리
태백산
신단수 아래
모여 앉은 자자손손

이슬조차 한 점 티끌
있어야 된다는데
신화(神話)니 전설이니, 그 가치 묻고 있네
한울님,
뭇 소문(所聞) 물고
빙긋 웃고 계시네

단군왕검(檀君王儉) 4332년
나라 열린 흙 뿌리로
햇빛 받아 역사되고, 달빛으로 설화(說話)라네
광활한
반도의 기상
가슴 저린 아사달

잠자는 순장(殉葬)이여!
스르릉 석실 열려라
부끄러운 면벽(面壁) 깨고, 천지 지류(支流) 길을 찾아
단군의
만만(萬萬) 또, 천년
혈(穴)이 뚫릴 푸른 산맥

시조시인 한춘섭의 작품 20선

성남 개천절 기념식 경축시 낭송작(2006년 10월 3일 이후 8년 연속)

별 섬

사무친 파열의 섬
구멍 숭숭 돌틈 마다
이중섭의 게들이 다녀 가는 밤바다
별 섬도
헛헛했으리
혼자 한 사랑처럼

돌고래 음파 소리
살 트는 숨비 소리
눈물 박힌 파종을 기억하는 흔적 따라
만 팔천
제주(濟州) 신령은
질긴 바람 풀고 가네

초(草)신 신고 시집 간
비바리 가난에도
풋감물 들이 듯이
떫은 날도 익게 하여
파랑섬
이어도 사나
너영나영 이어도 사나.

제주문인협회 주최 '전국 시인 축제—평화의 섬, 제주를 노래한다'
(2006년 10월 27일~28일)

의병(義兵)의 노래

남한강 물 안개로 하얀 혼 피어 난다
천(千) 사람 바늘자리 다 못 여민 옷자락
초혼가(招魂歌)
씻긴 바람은
뉘의 한(恨)을 기억하나

지운 날 묻고 새기리, 지평 땅 번진 들불
먹빛 어둠 딛고서 새벽을 건넜어라
후두둑
생목숨 져간
순수한 저항이여!

빗장뼈 아픈 가시 들찔레도 다시 피어
이토록 아름다운 산하를 지켰는데
기억은
고여야 하리
별빛 자락 여는 여기

소멸(消滅)은 송진이 되라, 단단한 옹이도 되라
푸름이 사무치면 숯이라도 되어지라
언제고
사뤄 필 정기(正氣)
자존(自尊)의 불씨여라.

〈국맥(國脈)지평의병〉(양평의병기념사업회) 권두 초대시.
(2007년 10월 5일 이후 광주문화권협의회 '순국선열추념식' 추도시로 연속 낭송작)

시조시인 한춘섭의 작품 20선

꽃사태

차라리
동백꽃은
눈물 뚝―뚝―
울기나 한다지

바람결이
훑고 간
어이없는
봄 꽃사태

세 살 적
숙부 잔칫날에
내 아버지
부음(訃音)처럼

〈월간문학〉제484호(2009년 6월 1일) 외 〈시조문학 100인 단시조 선총〉(시조문학사)

그리운 독도(獨島)

태초에 솟구친 해 더운 피 쏟아 내는
동해의 막내둥이 작은 손 보듬었네
어미는 배냇저고리 손수 지어 입혔어라

이 산맥 정수리마다
대못 친 저지레는
작은 몸 막내처럼 어미 품 떼려하네
찌르르
가슴에 고여
아려 오는 속눈물

초여름 개개비가 제 새끼 찾는 소리
둥지 도둑 몰아 내 친
어제 일 생생한데
살점을
저미는 통한(痛恨)
기억나게 하나니

비바람 우렛소리 온 몸으로 견뎌내어
천 년 목숨 바람꽃은 물 새 알 지켜냈네
흰 속 살 헤집지 마라 사무치게 닮았나니.

〈문학에스프리〉 제2호(2012년 6월 1일) 외 〈PEN문학〉 제112호

북촌(北村)에서

저장된 파일은 바래어 닳았어도
낯선 화려(華麗)보다 익숙한 누추가
아직은 따뜻하다고 말해 주는 별이여

왕궁 밖 북촌마을 장지문 닫아 걸고
귀 얇은 시간들의 속삭임도 따돌린 채
백년쯤 묵은 항아리 윤을 내고 있었네

잔치 날엔 차일(遮日) 치고 꽃 병풍 가려두고
초례청 신랑각시 온 세상이 환했건만
살면서 그리 기쁜 날 몇 날이나 되던가

세월은 뒤안길로 저 혼자 달아나고
날 버리고 간 것은 님뿐 만이 아니더라
바람도 방황을 접고 흙 담장 찾아올까

백년도 못 사는 날, 떠돌다 떠돌다가
눈자위 눈물 돌 듯 기껏해야 제 자리로
말없는 활동사진기 짜르르—짜르—르 돌고 있다.

성남문화원과 선양조선족문학회 주최 〈한·중 문학인 만남〉 시 낭송작(2012년 9월 21일)
제10회 '국회 시 낭송의 밤' 낭송작(2012년 11월 8일)

마흔 해 성남(城南)이여!

돌무덤 터이거나, 전쟁터 이었거나
변방으로 밀려난 어제도 있었니라
이곳은
도성(都城)의 남쪽, 다스리던 가슴이어

새벽잠 눈 비비며 일어나던 산동네
몸살로 잎이 나고, 신열(身熱)로 꽃이 되니
아리랑
'성남 아리랑' 뜨거운 노래여라

100만 시민 조각보엔 꿈 가득 담겨있네
1000개의 첨단기업, 둥지를 열어가는
축복의
탄탄대로(坦坦大路)가 우리 앞에 있더이다

좌르르 쏟아내는 봇물처럼 오고 있네
출렁이며, 으쓱이며, 잔칫날 닥아 오네
탄천벌
헤치고 오는 아침을 대접하자

헌 날을 내어주고 두 손 가득 새 날 받자
마흔 번 희망의 종, 온 세상을 울리자!
마흔 살
불혹(不惑)의 붓대, 태평성대 쓰겠네.

성남상공회의소 주최 2013년 신년시무식(2013년 1월 9일) 외 〈서울문학〉 2013 가을호 수록

시조시인 한춘섭의 작품 20선

사초(沙草)를 하며

그때는 일제 치하 장례조차 못하게 해
입은 옷 그대로 하늘을 가렸었네
내 나라
모르던 세상
아버지의 생멸(生滅) 연대

청명절 산소 길에 그예 핀 산수유 꽃
혼자는 눈 호사(好事)도 슬픔이 되는 것을
봄 햇살
전쟁도 잊고 말갛게 다시 와서

진달래 민들레 꽃 지천(至賤)이면 무얼하나
꽃비 오면 가려 줄 농막(農幕)도 한 채 없이
살다가
살기 싫다가
시들하던 그 소유.

문고리를 질러 둔 어머니의 놋수저
한 생도 봄날도 꽃 지듯 짧았어라
절망도
마무리되나
봉분(封墳) 아래 작은 꽃들

〈월간문학〉 제533호(2013년 7월 1일)

성남 아리랑 〈제4악장 中〉

성남은 성의 남쪽, 누구나 살고 싶은
그리운 땅이거늘 생동(生動)의 땅이거늘
사십 리 탄천 물길에 희망 가득 넘치리라

처음은 다 그렇게 물 설고 낯 선 채로
가꾸며 살아온 날 이천 년이 아득해라
부푼 꿈 아침의 나라, 사랑 사랑 '성남 아리랑'

어둠을 밀어내고 아침이 오고 있네
그리운 산을 돌아 풀고 살 사연 안고
부푼 꿈 희망의 나라, 사랑 사랑 '성남 아리랑'

바람이 꽃 바람이 청계산에 불어 와요
출렁이는 물결은 시냇가 물 소리로
오, 성남! 성남-성남에서 사랑으로 살아요

꽃 구름 부푼 꿈은 모두가 즐거워요
우리들 그리는 별 아름다운 세상이죠
오, 성남! 성남-성남에서 사랑으로 살아요

2013년 10월 11일(금) 오후 8시~ 성남아트센터 콘서트홀(성남시. 성남시립합창단)
시 승격 40주년 기념음악회(스페셜 다큐 음악극) 노랫말.
  1악장-빛과 소리의 만남(2009년 4월 9일)
  2악장-탄천에 어우러지는 꿈(2010년 6월 3일)
  3악장-역사의 자존, 남한산성 함께(2012년 7월 26일)
  16편의 시조시를 총합해 120분간 단독공연 발표.

우뚝 선 탑은

맹자가 하신 말씀, 새록새록 새로워라
무항산(無恒産) 무항심(無恒心)을 마음 속에 새긴 채
마흔 해
경영일지를
펼쳐 보일 탑이여

바람과 해 빛살은 한쪽 편만 들지 않아
시시각각 달라지는 변화의 흐름 속을
달려 간
얼얼한 심장
죽고 사는 다짐으로

음파를 감지하는 나이 든 고래처럼
한 번 펼친 나래로 구만 리를 가는 새
전설의
날개 짓으로
어딘들 못 갔으랴

수레길 내라 했던 개척자 박제가여!
역사의 첫 상인, 앞서 간 걸음 따라
상공인(商工人)
헤쳐 온 혼(魂)불
산업경제 앞당겼다

돌이든 청동이든 숨차게 지고 와서
하늘까지 바라 볼 상징으로 세우는 탑
저절로
우뚝 선 탑은
이 세상에 없느니

영주(領主)도 거기 가면 말에서 내렸다는
이웃나라 '상인거리' 이야기 부러워라
성남시
상공회의소
펄럭여라, 푸른 깃 폭.

시조시인 한춘섭의 작품 20선

〈성남상공회의소 40년사〉(2014년 2월 12일)

해 뜨는 순간에

어둑한 길을 물어 새벽은 도착했다
촘촘히 추운 집들 몇 년을 버텼느냐
다 삭아 흙밥 되어도
그리운 화석 한 점

살아 낸 그 역사는 고향이 되어 주고
살아 갈 고향 언덕 역사를 남겨준다
떠돌던 별자리마다
새 이름이 생겼다

물 위로 솟는 해도 땅 위로 솟는 해도
해가 뜨는 순간의 기적을 보는 일은
참으로 생각할수록
대단한 일 아니더냐!

세종이 처음 만든 조선의 달력으로
온 누리 춘하추동 눈 비 바람 거느려라
갑오년
대왕이 타신
푸른 말이 다시 오면

님의 거처 행궁 있는 남한산 성(城)에 올라
왕조가 번성했던 기억을 알고 있는
숭렬전
옛 길 물으며
해맞이 하러 가자

시조시인 한춘섭의 작품 20선

2014 천제봉행 낭송작(연극배우 이주희 낭송, 1월 1일 새 아침).
성남 신년인사회 축시(성남상공회의소 인사회, 1월 9일 식전 낭송)

나라 있음에

등지고 돌아 서서 먹먹한 산하여도
비바람 개인 후에 다시 핀 무궁화여
삼천리
어디에라도
꽃은 또 피고지네

한 이랑 한 이랑 속 일궈낸 역사마다
오백년 고려(高麗) 가고, 조선도 한 오백 년
한 하늘
꿈을 여는 땅
천만 년 이어 가자

난세(亂世)에 초석 다져 꼭두에 세웠건만
이러니 저러하니 어지러운 깃발들
편벽(偏僻)한
예송(禮訟)논쟁은
누구 위한 주장인가

건국일(建國日) 시시비비 사람마다 다른 생각,
생명은 무엇인가 심장을 꺼내드니
목숨이
없어졌구나
어리석은 분해여

눈물로 녹여 만든 목젖 아린 쇠북 종(鐘)
백두에서 줄 당겨 한라까지 들리도록
뎅그렁
예순 여섯 번
울려 퍼질 종소리

가치는 찾지 말고 부여해라 했나니
섬기는 주권 앞에 자존(自尊)을 노래하라
우뚝 선
나라 있음에
"대한민국 만만세!"

시
조
시
인
한
춘
섭
의
작
품
20
선

'건국 66주년 기념식' 축시(2014년 8월 14일 오후 2시 30분~, 서울 프레스센터 20층
국제회의장)

아침 강안

가시 줄 사이하고
두 기슭 휘— 본다
북새풍 나린 벌로
놀빛 아림 세월 되나
가없는
실마리 따라
뒤척이는 하구(河口)다

흐리는 신화마냥
애태워 숨지리까
토라진 동공(瞳孔)끼리
상사(相思)로 맺히리까
먼 하늘
북강(北江) 썰밀물
헤살짓는 밤비다

철새 쉬다 가는
초연(硝煙) 스민 물이랑이
차라리 차라리
녹쓸어 풍화해도
목메인
여울의 마음
원형(原形) 바라 크는 목숨

〈시조문학〉 제13집,
추천 3회 완료작(1966년 4월 10일)

이밖에 첫 시집 〈적(跡)〉(2001년 10월 10일 동학사 刊. 200쪽)에 실려 있는 작품 12선을 소개하면 다음과 같다.

시조시 앞에(1989. 11. 30 / 〈시조문학〉)
달맞이 꽃(1981. 5. 23 / 〈중앙일보〉)
인공폭포(2000. 11. 11 / 〈시조문예〉)
강바람에 고운 산빛(1984. 5. 14 / 〈백운문화〉)
팔당호 비(碑) 된가(1978. 5. 15 / 〈시조문학〉)
님의 뜻(1997. 8. 5 / 〈한글 새 소식〉)
대왕. 세종님은(2000. 6. 1 / 〈시조문학〉)
적(跡)(1994. 12. 15 / 〈성남펜〉)
6월. 그날의 비조(悲調)(8회 연재—장시)(1980. 6. 30 / 〈시조문학〉)
모닥불 혼이었네(1998. 6. 20 / 〈98성남문학인작품선집〉)
큰 기침 소리(1998. 6. 20 / 〈98성남문학인작품선집〉)
당신의 송죽 의기(1999. 7. 22 / 〈송산 조 견 인물연구 토론 발표집〉)

내가 본 '한춘섭'

- 상대의 인격을 존중하는 인품에 절로 머리가 숙여져 / **장상호**
- 그를 알게 된 것이 내 인생 최고의 행운 / **김재국**
- 내 인생의 가장 큰 멘토 한춘섭 원장님 / **권 일**
- 나의 꿈을 실현시켜 주신 은사 한춘섭 선생님 / **강성봉**

상대의 인격을 존중하는 인품에
절로 머리가 숙여져

장상호(한국문화원연합회 기획총괄팀장 / 국장)

한춘섭 한국문화원연합회 향토문화연구소장님이 회고록 〈꽃은 첫새벽에 피어나더라〉를 세상에 내 놓는다는 얘기를 들었습니다.

문화원 근무 26년 동안 전국의 수많은 원장님을 비롯해 직원들과 부대끼는 삶을 살다보니 내 나름대로 사람 보는 눈이 조금은 생겨났다고 자평합니다.

우리 사회가 한때 고관을 지냈다거나 경제적으로 성공했다고 잘난 체하는 사람들을 쉽게 볼 수 있지 않습니까! 그러다 보니 언제부터인가 한국 사회는 국민들로부터 진정으로 존경받는 인물이 없다는 게 여론이다시피 합니다.

물론 사람들마다 타인을 보는 눈 역시 같을 수만 없겠지만, 내 경우 지역문화 분야에서는 배우고 존경할 분이 많다고 봅니다.

우리나라 문단의 큰 족적 남겨

한 소장님께서는 한평생 교육자로, 시조시인으로, 국문학자로, 향토사가로 바쁜 삶의 길을 걸어오셨습니다.

특히 일반인들이 쉽사리 이해하기 어려운 시조문학 분야에서 이루어 놓은 〈한국시조큰사전〉, 〈고시조 해설〉, 〈한국 시조시 논총〉 외 많은 책자의 발간을 통해 현대 한국 시조를 이론적으로 체계화함으로써 우리나라 문단의 큰 족적을 남기셨습니다.

한 소장님과 업무를 본 것은 2년 여 시간에 불과하지만 이전 성남문화원 부원장과 원장 등을 지내실 때부터 지금까지 어언 15년을 겪어본 결과, 아직까지도 문화 분야에서는 예의를 지키며 꿋꿋하게 지도층의 역할을 하고 계신 분이란 사실을 확인할 수 있었습니다.

지나친 표현이겠지만 내 자신이 사회 지도층 인사 여럿을 모셨던 경험자로서, 항상 주위 사람을 챙기고 각종 회의에서 하실 말씀은 분명하게 하면서도 할 말과 못할 말을 가려가며 상대의 인격을 존중하는 소장님의 인품에 절로 머리가 숙여지곤 합니다.

시조문학, 지역문화의 결실

회고록은 말 그대로 저자가 살아온 인생의 수많은 과정 과정을 글로 표현해 대중 앞에 내 놓는 자기 고백서입니다.

하지만 이번에 나오는 회고록은 한 소장님의 개인사를 넘어 현대 한국시조문학의 발자취를 들여다보는 기회를 제공한다고 해도 과언이 아닐 듯 싶습니다.

또한, 크고 작은 성남의 지역문화를 발굴하고 보존, 전승하는 과정을 배우고 전국의 향토문화를 반추해볼 수 있는 좋은 기회라고 여겨집니다.

이처럼 문학인이자 문화인인 한 소장님이 20세기와 21세기를 거치면서 50년간 줄곧 시조문학과 지역문화 발전을 위해 일생을 바치신데 대해 마음 속 깊이 존경과 감사를 전합니다.

그를 알게 된 것이
내 인생 최고의 행운

김재국(중국 항주사범대학교 교수)

1989년 봄 한국의 박범신 소설가가 KBS TV에 방영될 중국 기행문을 쓰다가 장춘에서 우연히 나를 인터뷰하게 되었다. 그 후 박 작가가 다큐멘터리로 쓴 기행문이 방송전파를 타고 한국 전역에 소개됐다. 시조문학을 화제로 한 대화장면도 소개됐다는 것을 안 것은 한춘섭 선생님의 편지를 받고 난 뒤였다.

편지에서 한 선생님은 "교편을 잡고 있는 국어선생님이며 시조시인"이라고 겸허하게 소개했다. 그 후 서신왕래가 꼬박 1년간 이어졌다. 나는 무려 30통 넘는 편지를 한 선생님 앞으로 보냈다.

그동안 우리는 시조시 문학정보를 나누는 한편 서로의 가족사진도 주고받았다. '~선생'이란 호칭과 '~씨'란 호칭 대신 '형님', '아우'라는 호칭으로 바꾸어 쓰기 시작했다.

첫 만남에 "형님" "아우야" 얼싸안아

한국방문을 간절히 원했던 나는 한 형님의 초청으로 1990년 6월 5일 드디어 오매불망 그리던 한국을 방문하게 됐다. 지금과는 달리 그때는 중국과 한국 간에 비행기 직항노선이 없었기에 나는 홍콩을 돌아 한국으로 가야했다. 초청자인 형님은 나에게 왕복비행기 티켓을 보내왔다.

김포공항에 내려 출구를 나섰을 때 한 형님과 나는 마치 오래전 알고 지냈던 친척처럼 첫눈에 서로를 알아보고 "형님", "아우야!" 하면서 얼싸안았다. 비가 억수로 내리던 그날의 뜨겁게 감격적인 상봉을 나는 지금도 생생히 기억하고 있다.

그로부터 한국 형님 집에서 40여 일 머물러있는 동안 거의 3일에 한 번씩 각기 다른 이들과 만나 문화교류를 했다. 형님이 사전 계획된 대로 특강을 하고 가까운 문인, 교수, 공무원들과 만나 초대받기도 했다.

한 선생님 부부는 나를 서울 롯데월드, 부산 해운대, 용인 민속촌 여러 곳을 바쁘게 관광시켜주면서도 내가 미리 준비해갔던 중국 조선족 문인들의 시조시 작품집을 체류 한 달간 편집·발행해 〈하얀 마음, 그 안부를 묻습니다〉란 중국 문인들 최초 시조시 사화집(詞華集)을 출판, 내 귀국 날 나의 짐 속에 한 묶음 넣어주었다.

사모님이 사 준 양복 10년 동안 입어

한 형님은 시조시인, 문학자로도 우수했지만 한 가정을 이끌어가는 가장으로서도 모범이었다. 형님과 형수님 내외는 화목하면서 금슬이 좋기로 동네에서 소문 나 모두들 '잉꼬부부'라 불렀다.

평생 가톨릭신자로 살아오면서 이웃에 대한 사랑실천을 생활신조로 삼고 있어 중국 동화 속의 동곽선생처럼 마음이 어질고 착해서 마을 산 속에 날아다니는 비둘기 떼에게도 먹이를 사서 뿌려 주며 다닐 정도였다. "착하게 살아야 한다", "양보하면서 살아야 한다"는 말을 입 밖에 한 번도 내지는 않았지만 형님 내외는 행동으로 보여주었다.

한 선생님은 나를 부를 때 친동생 대하듯 "아우야!"라고 불렀고, 한결같이 애정과 믿음이 담겨진 다정함으로 대해줬다. "중국대륙에 자네 같은 내 의형제 아우가 있다는 게 고마울 뿐이지", "우리 이제 한·중 문화교류 중에 문학을 통한, 특히 시조시를 통한 뭔가 뜻있는 일을 해보자구", "아우는 아직도 젊은 나이로 장차 많은 사업도 해낼 수 있잖은가?" 하면서, 그런 뜻에서 6·25한국전쟁 때 월북한 조 운 시인 행적을 알아보면서 시조작품 발굴에도 힘써주길 원했다.

내가 댁에서 머물러있는 동안 부인은 땀에 젖은 내 속옷까지 세탁해서 아침마다 내 앞에 챙겨주었다. 양말과 겉옷조차 사흘이 멀다 하고 다른 의복으로 갈아입게 해주었다.

어디 그뿐이랴! 지금도 잊지 못할 일이 더 있다. 한국 도착한 그 이튿날 사모님이 나를 서울 롯데월드 백화점으로 데리고 가서 한화 40만원을 주고 새 여름양복을 사줬다. 나는 이 양복을 체류하는 동안 매일 입었다. 내가 입어본 옷들 중 제일 비싸고 고급스런 양복이었다. 중국에 돌아온 뒤에도 그 양복을 10년이나 아껴 입었다.

언제나 뜨겁고 진심 어린 갈채와 응원 보내주신 '형님'

나는 감동했고 깨우침을 얻어 한국유학을 결심했다. 1994년 초 유학했을 때도 형님 내외에게 더 이상 부담을 주지 않으려 애썼다. 모든 생활이 안정되고 한참 뒤에 연락했더니 매번 만날 때마다 변함없이 따뜻하게 대해주었다.

"아우, 요즘 별일 없겠지? 왜 오랫동안 소식이 없었나. 돌아오는 주말에는 우리 집에 꼭 오게." 내 발길이 뜸하면 어김없이 이런 전화를 해왔다.

내 인생 최고의 행운

한 선생님 부부가 나를 왜 잊지 않고 연락했을까? 순전히 문학교류의 먼 미래를 위한 진솔한 마음뿐이었다. 그래서 나 역시 "감사합니다. 장차 이 은혜 잊지 않겠습니다"란 인사말 외에는 정말 아무것도 없었다.

한국유학을 중단하고 일본유학 중이던 2005년 여름 나는 또 다시 한 형님을 찾았다. 내 아내와 아이를 거느린 채 서울에서 만났다. 내가 선물했던 모시로 곱게 여름옷을 차려입으신 채 품위 있게 나타나셨다. 만남의 순간부터 나를 탓하지도 않고, 고급식당에서 식사대접을 해주고 서울 삼성동 코엑스 지하수족관 등지를 안내해 주셨다. 조선어(한국어)를 조금 알아들을 뿐 대화가 힘겨운 아내마저도 형님 내외의 환대에 감동한 나머지 울컥 눈물을 쏟은 채 "당신같이 무정하고 배은망덕한 사람에게 한춘섭 부부같이 훌륭한 한국친구가 있다는 사실이 믿어지지 않아요"라며 나를 꼬집듯 말한 적도 있었다.

내가 한국 유학시절, 내 생일에 축하케이크를 사놓고 축하노래를 불러주던 그들, 설이나 추석명절에는 맛난 도시락을 푸짐히 싸들고 와 대학원 앞 정자에서 함께 즐겼던 그 행복한 시간들을 지금도 생생히 기억한다. 그 훗날 논문박사학위를 땄을 때, 항주사범대학교 교수로 취직되었을 때에도 이 세상에서 가장 뜨겁고 진심어린 갈채와 응원을 보내줬다.

한춘섭 형님이 내 뒤에서 기도해주고, 응원해주고 있는 한 나는 결코 쉽게 이 땅에서 시조시에 대한 관심과 한국문학, 예술, 역사에 대한 연구와 창작·교육을 포기하지 않을 생각이다.

내 인생의 가장 큰 멘토
한춘섭 원장님

권 일(성남시립합창단 공연설계/PD)

2008년 어느 겨울 날 성남 문화와 역사의 우수성을 나타내기 위한 작품 '성남 아리랑'을 구상하고 있었습니다. 그러던 중 성남문화원 원장으로 재직 중이시던 한춘섭 원장님을 뵙게 됐습니다.

한춘섭 원장님의 지역사랑에 큰 감동

원장님은 지역문화·예술계에서 많은 활동을 펼치셨기에 지역에서의 명성 또한 유명하셨고, 그런 원장님께 자문을 구하는 것만으로도 가슴 벅찼습니다. 단순히 성남역사를 대표하고, 성남의 문화를 상징할 만한 소재를 찾기 위해 원장님을 뵈었지만 작품에 대해 자문을 드리고자 했을 때 원장님은 이미 그런 작품을 구상하고 계셔 놀라지 않을 수 없었습니다.

그래서 원장님께 몇 년에 걸쳐 완성될지 모르는 작품에 들어갈 구성과 시나리오, 시를 부탁드렸고, 원장님께선 흔쾌히 허락해 주셨습니다. 첫 만남에서 느낀 원장님의 학식과 열정, 지역을 사랑하는 마음에 큰 감동을 받았고, 작품을 만드는데 큰 힘이 됐습니다.

최선을 다해 작품을 만드는 게 원장님께 보답하는 길이란 것을 가슴 깊이 새겼습니다.

내 마음 속엔 존경하는 멘토가 몇 분 있습니다. 초·중·고 시절 세 분의 은사님과 한춘섭 원장님입니다. 원장님과의 만남을 계기로 당시 겪고 있던 큰 슬럼프에서 빠져나올 수 있었고, 작품 활동을 하는데 용기와 힘을 얻을 수 있었습니다.

공연을 연출하고 창작하면서 많은 스트레스에 시달리는 저에게 원장님께선 늘 말씀하셨습니다.

"권 피디, 차근차근 해나갑시다. 천천히 가더라도 원하는 방향과 목표대로만 간다면 걱정할 게 전혀 없습니다. 역사는 천천히 쌓여가는 것이고, 우리가 남긴 역사는 후배들이 평가할 겁니다. 그러니 지금 맡은 자리에서 최선을 다하면 됩니다."

"기회는 준비한 자에게 주어진다. 그리고 소통하라"

원장님은 창작하는 예술가들 활동에 많은 관심과 지원을 아끼지 않습니다. 그리고 항상 젊은 예술가들을 배려해주고 하나라도 더 좋은 가르침을 주시기 위해 애를 쓰십니다. 원장님은 겸손, 지식, 행동 등 늘 반듯하시고 청렴하신 분입니다. 우리들은 원장님과의 만남을 행운으로 생각하고, 무엇보다 원장님의 예술에 대한 열정과 정신을 닮으려고 애씁니다.

성남엔 원장님을 중심으로 한 지역예술가들 모임이 있습니다. "국가경쟁력의 최후 수단은 바로 문화"라고 강조하시는 원장님의 가르침을 이어받고자 여러 분야에서 활동하는 음악인들로 이뤄진 '성남 아트 포 人'이란 모임을 발족했습니다. 그리고 총예술감독 겸 상임고문으로 원장님을 모시게 됐고, 현재 지역에서 많은 활동을 꾸준히 하고 있습니다.

원장님께선 대중들에게 우리의 문화를 쉽게 전할 수 있는 방법을 항상 고민하십니다. 지역의 유능한 예술인들이 정기적으로 모여 다양한 소재와 아이디어를 작품으로 무대에서 완성해갈 때 든든한 지원군이 되셨으며, 따뜻한 손으로 잡아주고 격려해주시는 모습에 많은 사람들은 힘을 얻고 맡은 분야에 최선을 다하게 됩니다.

원장님께선 늘 "기회는 준비한 자에게 주어진다"고 말씀하셨습니다. 예술가들에게 늘 준비하고 노력하라는 겁니다. "어떤 환경에 지배받지 말고 꿋꿋이 본연의 임무에 충실하면 언젠가 좋은 결실을 맺게 될 것"이란 말씀은 지금도 저희들에게 큰 가르침으로 남아있습니다.

또 "혼자서는 예술을 하지 못한다. 다양한 분야와 어우러질 때 좋은 작품이 나온다. 따라서 다양한 분야가 어우러지기 위해선 예술가들은 소통이 필요하다. 젊을 땐 자신의 분야에만 매달려도 되지만 성장할수록, 나이가 들수록 다른 분야와의 소통이 필요하다. 자신의 것만 고집하지 말고 다른 분야의 장점, 다양한 정보 등도 적극 받아들여야 한다"고 말씀하셨습니다.

그 결과 성남의 역사와 문화의 우수성을 알리기 위해 창작된 국내 첫 다큐음악극 '성남 아리랑'은 5년에 걸쳐 완성됐습니다. 수천 명의 관객이 모인 자리에서 낭송하시던 원장님의 당당한 모습과 음성은 몇 년이 지난 지금도 눈과 귀에 선합니다.

한 원장님은 시조시인, 교수, 향토사학자 등 여러 분야에서 활동하시면서 학자로 많은 사람들로부터 존경받고 있습니다. 하지만 우리 예술가들은 원장님을 기획자, 크리에이터로 생각하는 이들이 많습니다. 성남문화원장으로 계실 때 뛰어난 아이디어와 기획력을 바탕으로 성남문화원을 전국에서 가장 우수한 문화원으로 키웠습니다. 누구도 따라갈 수 없는 애정으로 역사적 의미가 큰 8·15광복절

내 인생의 가장 큰 멘토

행사, 3·1절 경축식 등 여러 행사들을 발족시키고 기획해내셨습니다. 뿐만 아니라 둔촌문화제, 남한산성 산성음악회 등의 공연에서 프로그램을 구성하고 총연출하시는 모습은 젊은 사람들에게 좋은 본보기가 됐습니다.

큰 나무와도 같은 크리에이터 '한춘섭'

그래서 우리 젊은 예술인들은 원장님을 진심으로 존경하고 사랑합니다. 지금은 성남문화원을 떠나 한국문화원연합회 향토문화연구소장으로 재직 중이셔서 자주 뵙질 못합니다만 원장님의 문화·예술을 향한 애정과 열정은 저희들에게 큰 힘이 돼주는 든든한 바탕입니다.

때로는 젊은 사람들도 감당하기 힘든 원장님의 열정은 가끔 피하고도 싶지만 항상 목청을 높이시면서 우리 예술가들을 격려해주고 온화한 모습으로 잡아주시는 손길을 생각하면 저희들은 한 순간도 게을리 할 수 없습니다.

늘 우리를 벗으로 생각해주시는 원장님, 어쩌다 힘든 일로 찾아뵙거나 전화를 드려도 얼굴표정이나 목소리만으로도 눈치채시고 위로와 격려를 아끼지 않으시는 원장님께 존경과 감사를 마음 깊이 전합니다.

원장님께선 우리들에겐 큰 나무 같은 분입니다. 바람이 불 때, 그것이 견디기 힘들 때 의지할 수 있는 큰 고목 같은 분입니다. 수백 년을 자라 아주 큰 그늘을 만들어주는 나무입니다. 그것이 자신의 소임이라 생각하며 저희들을 위해 더 큰 그늘을 만들어주기 위해 배려하고 공감해주시는 원장님의 열정은 영원히 식지 않을 겁니다.

나의 꿈을 실현시켜 주신
은사 한춘섭 선생님

강성봉(성북문화원 사무국장 / 성남 풍생고 제자)

올 여름은 유난히도 덥다. 연이은 폭염에 에어컨을 찾아 쉴 곳을 찾는 일이 일상이 됐다.

나는 지난 8월 15일 제71주년 광복절 날 더위를 피해 집 근처 시원한 찻집을 찾았다. 찻집에서 틀어놓은 방송뉴스에서 "1994년 이래 최고의 더위"란 내용이 나왔다. "1994년 그 해 여름 나는 무엇을 하고 있었지?"란 생각이 들며 회상에 빠졌다.

고교 시절 한춘섭 선생님은 존경의 대상

나는 경기도 성남시 수진동에서 태어났고, 초·중·고를 모두 성남지역 학교에 다녔다. 미래를 꿈꾼 것도 성남이었다. 특히 축구명문학교로 알려진 풍생고등학교 재학시절엔 인문학자가 되리라 마음먹었다. 당연히 가장 기다려지는 수업시간은 문학·문법시간이었다. 그 수업을 맡으신 분이 바로 존경하는 한춘섭 선생님이었다.

선생님은 풍생고 문학교사였다. 뿐만 아니라 시조시인이셨고 성남문화원에서 지역과 관련된 많은 활동도 하셨다. 성남에서 태어난 나는 유독 병자호란의 아픔이 새겨져 있는 남한산성과 한국 현대사의 아픔인 광주단지개발에 관심이 많았다. '청록집'의 아름다운 시어(詩語)와 '님의 침묵'의 감수성도 좋아했다.

이런 나에게 시조시인이자 성남지역에서 열심히 활동하시던 선생님은 존경의 대상이었다. 하지만 인연은 고등학교를 졸업하며 추억의 한 장면으로 남았다.

나는 희망대로 결국 역사학자가 됐다. 문학가의 꿈은 이루지 못했지만 인문학자가 됐으니 크게 보면 꿈을 이룬 셈이다. 그리고 2012년 가을 성북문화원 사무국장이 됐다. 지역의 역사·문화와 관련된 일들을 하게 된 것이다. 고등학생 시절 꿈으로만 생각했던 일들을 이루게 된 것이다. 그리고 나의 꿈을 실현하도록 많은 영감을 주셨던 분들 중의 한 분이 바로 한 선생님이었다.

졸업한 지 20년 만에 한국문화원연합회 회의 때 다시 만나

그런데 이게 어찌된 일일까. 한국문화원연합회가 주관하는 회의가 영등포문화원에서 열렸는데 여기에서 한 선생님을 우연히 만나게 된 것이다. 고등학교를 졸업한지 약 20년이 흐른 뒤였다. 선생님은 성남문화원장으로 회의에 참석해 말씀을 나누고 계셨다. 각 지방문화원들의 발간 서적 및 각종 자료를 비치할 수 있는 공간이 없고 체계적인 아카이빙 작업의 필요성을 이야기하시는 선생님의 모습은 지금도 기억에 생생하다.

내가 일하고 있는 성북문화원도 우편 등으로 받은 각종 자료의 수집·정리문제로 고민하던 때여서 선생님의 말씀은 더욱 가슴에 와 닿았다. 선생님의 발언은 성남문화원은 물론 전국 지방문화원 전체를 위한 조언이었다. 선생님을 뵙고 인사를 드리려했지만 하얗게 변한 선생님의 머리카락을 보고 "과연 나를 알아보실 수는 있을

까" 생각하며 선뜻 용기가 나지 않았다. 끝내 멀리서 바라보다 인사
도 드리지 못하고 말았다.

지방문화원 위한 꿈을 꿀 수 있게 해 준 든든한 멘토

하지만, 다시 이어진 인연은 다행스럽게도 계속됐다. 선생님은
성남문화원장을 퇴임하시고 한국문화원연합회 산하 향토사연구소
소장님으로 부임하셨고, 나는 향토사연구소 연구위원으로 위촉됐
기 때문이다. 향토사연구소를 연결고리로 다시 만난 것이다.

그때 한 선생님은 환한 웃음으로 반겨주셨다. 다시 선생님과 지
방문화원을 위해 꿈을 꿀 수 있게 돼 든든했다.

한춘섭 선생님은 고교시절 은사이자 철부지였던 나의 꿈을 키우
게 해준 멘토였다. 십여 년의 시간이 지난 지금도 한춘섭 선생님이
가까이에 있어 행복하다.

서성이던 시간

蘭 몇 촉을 옮겨 심은 어젯밤 꿈속에서
흰 밤조차 잊고 가는 남해안 돌섬 벼랑
내 꿈이 물결 칠 소리 그 소리 파도 소리.

못 잊어 맘 조이던 사랑 하나 바쳐 놓은
간 청춘, 세월 뒤켠 서성이던 인간 삶을
한 차례 다시 살아야 사무침이 없을란가.

낮에 활짝 핀 꽃을 볼 수 있는 것은
우리가 잠든 첫새벽에
꽃들이 개화(開花)를 준비했기 때문이다.

펴낸이 강민철